U0902981

她比“可爱多”更甜

[下册]

默小水　著

青岛出版社
QINGDAO PUBLISHING HOUSE

第二十一章

你不心疼她，会有别人心疼

凌晨四点多，公寓的门被悄然打开。

当发现客厅的灯是亮着的时候，韩胤希刚迈进屋的大长腿顿住了——空气中能闻到另一个人的气息。

明明是他熟悉的公寓，可是不知什么时候变得不一样了，多了一些什么。

韩胤希轻轻一笑，脚步不自觉地放轻了，怕吵醒她。

只是等他进了客厅，看到沙发上那抹娇小身影的时候，他愣住了。

原本回家发现有人开着灯等他，已经让他感觉到了前所未有地温暖，没想到她居然还在沙发上等他，等到睡着了。

韩胤希慢慢地走过去，弯腰凝视了她的睡颜一会儿，终于还是情不自禁地俯身下去……

他的脸逐渐靠近，鼻息间能闻到属于她的少女馨香，很好闻的味道，让人想要一亲芳泽。

他用鼻尖蹭了蹭她的脸颊，视线落在她的嘴唇上。

他正想蹭过去的时候，安子颜估计是被他惊扰到了，猛地睁开了眼睛，眼神惺忪地看着他，迷糊地说：“你回来了？”

你回来了。这种有人在等自己回家的感觉，让韩胤希心里激起一丝涟漪。

他轻轻一笑，明目张胆地在她的脸颊上啄了一下：“嗯，我回来了。”

兴许是他的动作太自然，也可能是她太困了，安子颜没觉得哪里有问题。

韩胤希把她拉起来：“回房间睡吧，在沙发上睡不舒服。”

安子颜还迷迷糊糊的，点点头，乖巧地让他搂进了房间。

回到床上，她还发出了一声喟叹，然后整个娇小的身躯窝进被子，用被子裹住自己，那模样，说不出的可爱。

韩胤希站在床边看了一会儿，转身要去洗澡。

她又睁开眼睛，声音含糊地问：“现在几点了？”

说着，她就要找手机。

韩胤希想起在客厅里看到她的手机，便去了客厅拿她的手机。

为了上课不迟到，她每天都有设闹钟，这公寓的隔音很不错，如果手机不放在床头上的话，在客厅里怎么响，她都是听不到的。

回到卧室，发现她已经坐起来了，他赶紧走过去，把手机放到了床头柜上，抱住她的双肩，示意她躺下去：“你继续睡吧，我洗完澡就回来。”

安子颜伸手去拿手机，只想看看几点了。

“都凌晨四点半了啊……你怎么这么晚才回来？”

韩胤希没有回答，视线还定在她的手机屏幕上——上面能看到最新的微信信息。

是南司耀发给她的：

“我真喜欢跟你有小秘密的感觉。

“看在你请我吃了这么贵的一顿饭的分儿上，我有个小秘密打算告诉你，你想听吗？

“睡着了？”

韩胤希眉头紧蹙——秘密？什么小秘密？

视线落在安子颜脸上，他俊脸微凛。

她和南司耀之间能有什么小秘密？这种感觉让他很不舒服，要有小秘密也应该是她和他，而不是她跟南司耀那家伙。

而且，她今晚请南司耀吃饭了？她怎么没告诉他？

睡意正浓的安子颜完全没注意到他此时的表情，她实在很困，只是强撑着而已。

见他没回答自己，她索性就躺了下来，一沾枕头，就进入了梦乡。

韩胤希看着她睡得踏踏实实的小脸，不忍心这个时候叫她起来。

他本来想把她的手机放回床头柜上，但手一顿，攥紧了手机。

他还是很在意。

她跟南司耀之间到底有什么小秘密？她有什么事瞒着他吗？

越想他就越在意、越想知道。

韩胤希盯着她的手机屏幕，一个数字一个数字地输入解锁。

他知道她的手机密码——之前他见她输入过一次，是很简单的密码，他甚至不用特地去记就记住了。

他知道，如果他偷看了，她发现新的信息没出现在手机屏幕上，很可能会注意到手机被动过。但他不在意这些了，他现在只想知道她跟南司耀之间到底有什么小秘密，还有她私下跟南司耀都聊了什么。

以前他从没想过偷看她的手机，但今天却办不到了。

他必须知道，他不喜欢她有事情瞒着他，尤其还是跟别的男人一起瞒着他。

手机解锁了，他点进微信，进了跟南司耀的聊天页面。

还好，聊天的内容是正常的。

看得出，南司耀时不时想用言语撩她，但她完全不接话，这一点让韩胤希很满意。

只是拉到上面，他看到了他们之间的小秘密。

“你也知道，我跟韩胤希说了我是有事才不能陪他去新生晚会，要是让他知道我晚上跟你在一起吃饭，他会生气的，你可以答应我今晚的事别告诉他吗？”

“这是我们之间的小秘密？”

“嗯。可以吗？”

“好，不告诉他。”

看着这几条聊天记录，韩胤希脸色有点黑。

而且直觉告诉他，安子颜所说的“今晚的事”不只是两人吃饭的事，还有其他的吧？

他想起她说过那晚她是办完自己的事然后才遇到南司耀的，真的是这样吗？有可能那么巧吗？

最奇怪的一点是，如果两人只是单纯地一起吃个饭，她至于这么紧张，还要特地叮嘱南司耀不能告诉他吗？

这其中绝对还有什么事。

不管是什么，都让韩胤希极其不爽——他的老婆，怎么可以跟别的男人有瞒着他的秘密！

这个秘密到底是什么？韩胤希深沉的黑眸一直凝视着安子颜，看着她那副安然熟睡的模样，想着她有这么多秘密，自己以为所了解的，真的是真正的她吗？

早晨。

安子颜醒来的时候就觉得有点说不出的疲惫。

她睁开眼的第一时间，便下意识地看向床的另一边。

床的另一边是空的。

他没回来？安子颜撑着坐起来，用手抚了抚额头，奇怪了，她明明记得他回来了啊。

难道是她做梦了？

她伸手拿过手机看时间，才发现已经上午八点多了。

糟糕！上课迟到了！

安子颜迅速起身下床，只是感觉头有点昏沉沉的，像是睡多了那种不舒服感。

闹钟没响吗？还是闹钟响了，她摁掉了，又倒在床上继续睡了？

可是她一点印象都没有。

不过这种事以前在她身上发生过，她自己摁掉了闹钟，但因为实在太困，醒来后就完全忘记了那段记忆。

她觉得这次可能也真的是自己摁掉了闹钟都不记得。

时间不早了，安子颜一边遗憾迟到了一节课，一边赶紧去洗漱。

把一切搞定，换好衣服走到客厅的时候，她顿住脚步。

对了，她昨晚不是在沙发上睡着了吗？怎么又回到床上睡了呢？

她明明记得韩胤希回来过，是他叫她回床上睡的，这到底是她的梦，还是他确实有回来，然后又提前出门了？

不知道是不是没睡好的关系，安子颜觉得脑子都不灵光了，整理不出逻辑来。

她索性就不想了，赶去上课比较重要。

她刚准备出门，就听到手机响起一连串叮咚声。

是微信。

她拿起手机，便看到了是南司耀发来的，有好多条，还在陆陆续续地发来。

这人烦不烦啊？

尽管嫌烦，安子颜还是点开了微信。

“你今天怎么这么晚？

“你人呢？

“你不会不来了吧？

“就算你不想知道我说的小秘密，也不用逃课啊。

“你要逃课怎么不跟我说？我陪你一起逃啊，我最喜欢逃课了！

“你现在在哪儿？”

看了这么一大串，安子颜往前拉，才看到他昨晚给她发的信息，说要告诉她什么小秘密的那几条。

这家伙还在发，估计是想用信息轰炸她。

安子颜终于受不了，发了一条回复：“今天起晚了，现在就去学校。”

南司耀马上就发了信息过来，口气带着质问似的：“起晚了？你昨晚跟韩胤希干吗了？是不是做了什么不可描述的事？”

安子颜懒得理他，发了一张“闭嘴，再说话就砍你”的表情图过去。

谁知南司耀这次很配合地发了一张“自封嘴”的表情图，然后说道：“你快来，我等你。”

安子颜这次没回复他。

她很快地出门了，到学校的时候，第二节课已经快下课了。

安子颜不想打扰老师上课，便在楼梯间站了一会儿，直到下课。

看到有同学出来，她才走进教室。

南司耀本来意兴阑珊地在桌子上撑着下巴，一看到她来了，眼睛都像是亮了起来：“你不是早就说来了吗？这么慢，你是走路过来的吗？”

安子颜说：“你走路过来试试。”

她是坐计程车过来的。

她本来以为有韩胤希载她来学校，所以让唐家的司机回去了。

早上正好是上班高峰期，她等了好久才打到车。

安子颜坐下后，就开始准备下节课要用的课本，一副不想说话的表情。

南司耀瞅了她一会儿，哼道："你的脸色看上去不太好，昨晚纵……喀喀，欲过度吗？"

安子颜给了他一记白眼："你再乱说话，我把你的嘴缝起来。"

这人私下乱说话也就算了，她可以当作没听到，但他这样说出来，让旁边的同学听到，到时候又不知怎么传她。

她现在已经见识到了学校论坛上胡说八道的力量，这种情况还是能免则免吧。

南司耀这次很听话，一听她的威胁，就在嘴上做出拉拉链的动作，然后做了个OK的手势。

安子颜突然打了一个喷嚏。

南司耀看她皱着眉，状态也蔫蔫的，终于不开玩笑了，担心地问："你不会是生病了吧？"

安子颜也有点怀疑自己是生病了。

她一醒来就感觉浑身不舒服，头也昏沉沉的，这么一想，倒有点像是感冒了的样子。

"可能吧，但没事，不严重。"

"你等我一下。"南司耀说着就起身走出教室。

安子颜没在意。

在快要上课时，南司耀回来了，手里端着不知哪儿来的保温杯，递给她："喝点热水，你们女孩子不舒服的时候，不是都要喝热水的吗？我兑过凉水了，不烫，是温的。"

安子颜哭笑不得。

女孩子不舒服的时候喝热水，这是谁告诉他的？

她摇头，婉拒了："不用了，谢谢。"

南司耀以为她是嫌弃保温杯是别人用过的，便解释道："保温杯是新的，刚刚在小卖部买的。你拿着，喝一点，你今天的脸色真的很差，你知道吗？"

安子颜摸了摸自己的脸。

她今天起晚了，匆匆忙忙地出门，没时间照镜子，所以没注意到自己的脸色，她的脸色真的那么差吗？

听他说保温杯是新的，她才接了过去，轻声说："谢谢。"

南司耀啧了一声，说："说话都有气无力的。韩胤希呢？他没发现你生病了吗？"

安子颜一顿。

他都没回来过，当然不可能发现她生病了。

南司耀看她不回答，冷哼了一声，说："差点忘了，他这时候跟别人在一起呢，怎么会发现你生病了！"

安子颜皱眉："你别说了行吗？我头疼。"

南司耀本来还想说什么的，难得有机会可以说韩胤希的坏话，他怎么能放过？但看她实在是不舒服的样子，他只好不说了。

这时候老师进来了。

安子颜示意他："你转回去。"

南司耀在转回头之前还叮嘱她："多喝点热水。"

安子颜敷衍地点头："嗯。"

上课期间，安子颜感觉得出自己是真的生病了，意识有点迷离，不太能集中精神。但她还是很努力地听了课，做好笔记。

放学后，她接到了医院打来的电话。

"好，我现在过去一趟。"

南司耀以为是韩胤希打来的，挑眉，说："去哪儿？我送你过去。"

安子颜当然不希望他跟着："不了，我自己过去，你去吃饭吧。"她刚拎着包包站起来，想起什么，指着他说，"你不准跟踪我！"

南司耀笑着，吊儿郎当地说："你又不是去做什么不可告人的事，这么怕我跟踪吗？"

安子颜皱着眉说："不管我做什么，不是你跟踪人的理由，你这毛病真的很不好，我拜托你改改好不好？"

做人怎么能连最基本的道德都没有！

南司耀摊手，不说话。

安子颜也不是他的什么人，当然也不指望他能听自己的，只要他别总是跟踪她就好。

她再次警告他："我要是发现你再跟踪我，我真的会生气，以后你跟我说话，我都不会理你。”

南司耀终于举手投降，说：“好、好、好，不跟踪你。”

安子颜这才离开了。

她到了医院，医生告诉她，妍妍被安排明天早上去美国做手术，怕她赶不及过来，所以想今天见见她。

这个消息让安子颜很高兴。

她正要去病房见妍妍，在病房门口遇到了妍妍的爸爸王海生。

王海生表情有些深沉，一抬头看到了她。

眼中的情绪像是挣扎了许久，他声音有些凝重地开口说：“唐大小姐，我有些话想跟你说，可以借一步说话吗？”

安子颜看他像是有重要的事情要跟自己说，便点点头。

她指了一个角落说：“就去那边吧。”

王海生本来还想找个没人的地方：“那边有个病房没人……”

没等他说完，安子颜就打断他的话：“就去那里，你有什么话就快点说，我还要进去看望妍妍。”

王海生想了一下，同意了。

安子颜先走了过去，他跟在她后面。

这个角落没什么人过来，但站在这里能看到走廊上来来往往的人，如果出什么事，也能立刻有人发现。

安子颜看向他说：“你想说什么？”

王海生蹙眉，好似还在犹豫中：“我做过一件错事，我一直在想，是不是应该跟你坦白，但我怕你会对妍妍……”

“我知道你想说什么。”安子颜叹了一口气。

王海生不解：“你知道我想说什么？”

“对。”安子颜点点头，对上他的眼睛。

王海生愣怔了，甚至有些慌：“你……你真的知道？”

安子颜索性直白地说：“如果你指的是温泉那件事的话。”

此话一出，王海生顿时僵住了——她真的知道！

他的声音有着明显的颤抖：“你……你是什么时候知道的？你一开始就知道？那你还救妍妍……”

向来看人通透的他，一时看不透她到底在想什么。

她突然变好，愿意救妍妍，已经让他不可置信。现在得知她知道真相，这便让他怀疑，这样的情况下她还愿意救妍妍，到底是有什么目的。

不是他多想，如果没有目的，她怎么可能会救一个曾经想要杀害她的人的女儿！

对，没错，他就是之前在温泉要杀唐沫颜的神秘人。

安子颜第一次见他的时候，被他用冰冷的眼神盯着，就觉得他的眼神像在哪里见过。

她向来记性不错，尤其是在那种生死关头。

后来妍妍失踪那天，王海生那种带着明显杀意的眼神让她恍然想起来，他便是她重生那天，想要杀唐沫颜的神秘人。

准确来说，他的刺杀计划已经成功，他杀死了唐沫颜，不然她也不会重生到唐沫颜身上。

所以安子颜面对他的时候，心情很复杂，也有着警惕。

这个人不像外表看起来那么纯良。

那眼镜是用来伪装的吧？把他装扮成一个斯文无害的人。

谁又能想到，一个看上去斯斯文文，好像手无缚鸡之力的男人，居然有着杀人的狠劲和能力。

安子颜不知道他以前干过什么，她也没兴趣去了解别人的过往，但她知道，如果不是唐沫颜害得他的女儿失去希望，他也不会动了杀心，这些都是因果报应。

其实她也曾想过要不要报警，后来因为妍妍的事，她打算先观察他看看，再考虑后续怎么做。

让她没想到的是，他居然想对她坦白这件事。

这可是杀人犯法的事，他坦白了，难道不怕她报警，让他接受法律的制裁吗？

妍妍只有他一个亲人，他去坐牢了，那妍妍怎么办？

他刚刚的犹豫，也只是怕她因为这件事而不再救妍妍吧？

安子颜不敢去赌，妍妍现在的心脏很脆弱，如果让她知道自己的爸爸做出杀人犯法的事，还要去坐牢，估计她的心脏会承受不住。

但现在，王海生想向她坦白自己的罪行。

这让安子颜松了口气，她至少不用再担心他什么时候还想杀自己。

这至少说明，她救妍妍这个弥补方式是有用的。

安子颜对他说："那件事我可以既往不咎，等妍妍做完手术，我也会安排你们到别的城市重新开始生活，希望我们以后不要再见面了。"

听到前半句的时候，王海生是震惊的："既往不咎？你真的愿意不追究？"

他不敢相信，他可是曾经想要杀她的人，她居然肯既往不咎！

安子颜故意冷着脸说："我是因为妍妍，不想她做完手术之后没有爸爸！"

王海生内疚地说："我当时是因为妍妍没救了，所以才失去了理智……"

安子颜心里很是复杂，如果不是他那天对唐沫颜下了手，那她会怎么样呢？是会重生到另一个人身上，抑或是就此消失？

安子颜对他说："别说了，我可以理解你，但我不会原谅你，所以我以后不想再看到你。"

王海生点头："我明白，等妍妍做完手术回来，我会带她离开燕城，离得远远的，你以后都不会再见到我。"

安子颜觉得这样是最好的。

虽然她挺喜欢妍妍的，但她也知道，不能让妍妍知道这件事。

他们去另一座城市开始新的生活，这是最好的结果。

该说的话都说完了，安子颜觉得这里空调设置得有点冷，便对他示意了一下，准备进病房看妍妍。

"唐大小姐。"蓦地，王海生叫住了她。

安子颜回头，不解地问："你还有什么话想说吗？"

这大概是两人最后一次见面了，他想说什么，就让他一次说完。

王海生神情有些矛盾："我不知道你怎么会变得跟以前不一样了，真的完全不一样了，像换了一个人似的，所以我之前对你的态度才会那么不好——不相信你，怀疑你的动机。现在我向你道歉，对不起，还有，谢谢，真的谢谢你。"

谢谢你让我女儿拥有新的生命。

安子颜面色淡定，笑了一下，说："不用谢，以后好好照顾妍妍。"

王海生郑重地点头。

安子颜这才转身进了病房。

病房的门刚打开，本来看上去没什么精神的妍妍一看到她，眼睛就亮了起来，像是突然有了生气一样：“颜颜姐姐！”

王海生跟在后面进来，听到这话，看过去一眼，教育道：“要叫唐大小姐。”

妍妍嘟嘴：“可她就是颜颜姐姐嘛……”

安子颜笑着走过去，摸了摸她的头，说：“就叫颜颜姐姐吧。”

每次听别人叫唐大小姐的时候，她都无法代入自己，总感觉叫的不是她，所以她还是更喜欢妍妍叫她颜颜姐姐。

妍妍顿时甜甜地笑了起来，又唤了一声：“颜颜姐姐。”

这丫头真讨人喜欢，安子颜只要想到这么可爱的孩子差点就要从这个世界消失，现在被她出力救了回来，心里就不禁庆幸。

她是第一次庆幸自己重生到了唐沫颜身上。

虽然是在帮原主收拾烂摊子，但能救到一条这么可爱的小生命，真的是太好了！

安子颜本来还想跟她多聊一会儿，但因为生病，体力不支，精神也有些撑不住，便借着中午休息的借口，聊了不到二十分钟就离开了。

她离开的时候，妍妍一直拉着她的手，恋恋不舍。

不知道妍妍是不是知道，这次一别，两人以后估计是没机会见面了。

安子颜还安慰妍妍手术的时候不要害怕，要勇敢。

看她要走了，妍妍终于还是流下了眼泪：“颜颜姐姐，再见。祝你和韩胤希哥哥幸福，一辈子在一起，永远不分开……”

安子颜笑了，摸了摸妍妍的头，离开了病房。

走出病房的时候，一束阳光晃了她的眼，让她难受地闭上了眼睛。

她总感觉病情好像加重了，正好在医院，是不是顺便看个病呢？

肚子响起叫声，她才想起自己午饭都还没有吃。

安子颜用变得不太灵光的脑子想了好一会儿，才终于做出决定——先看病吧。

她便下了楼去挂号。

医院里人来人往，不管什么时候，人都很多。

别人都是有人陪伴的，不是有家人就是有男朋友，只有她孤零零一个人。

其实她已经习惯了这样。

以前也是，她生病的时候，妈妈正好在上班，她就自己一个人去附近的私人诊所看病，看完病就自己回家。

这也形成了她独立的性格，什么事都可以自己处理，不去麻烦别人。

可是……她现在突然很想见到韩胤希，想他陪在自己身边。

人在生病的时候，总是难免会变得脆弱一点。

再怎么独立，她也还是个普通的女生，也想要被人呵护。

安子颜捧着手机，看着手机突然黑屏了，看来是没电了。

排队两小时，看病五分钟。

医生说她是感冒，但有发展成重感冒的趋向，就给她开了一些药，让她回家多休息。

安子颜走出医院大门的时候，被阳光晃了一下眼，顿时皱起小脸。

感冒了就是很烦，不是很痛苦，但是会很难受。

安子颜知道自己下午是没办法去上课了，她现在这种精神状态，还是听医生的话，回家吃药休息吧。

拦下计程车的时候，她犹豫了一会儿。

回公寓的话，韩胤希不在，那她也是孤零零一个人。

思考了一分钟，她决定回唐家。

人在脆弱的时候，还是会下意识地去寻找温暖的地方。

她回到唐家，一睡就睡了几个小时之久。

安子颜醒来后，便看到外面天色都黑了。

她感觉有些口渴，掀开被子，刚准备下床，就听到有人出声问道："你醒了？"

安子颜愣怔了一下，看向沙发那边。

南司耀？他怎么会在她的房间里！

安子颜差点以为自己是睡蒙了，在做梦。

"你怎么在这里？"

南司耀指了指阳台，一脸正大光明地说："我爬进来的，幸好你就住二楼，要是你住高一点，就麻烦了。"

安子颜皱眉——也就是说，他是偷偷进她家的。

"你就不能从大门进来吗？"

跟小偷似的。

南司耀耸了耸肩，说："我也想啊，但我来的时候看到你爸爸刚回来，我知道他不会让我进的，所以只能爬墙了。怎么样，你感觉好点没？”

安子颜本来都觉得病好点了，可是一看到他，又头疼了。

她问：“你来找我干吗？”

南司耀说：“我担心你啊！我这不是知道你生病了吗？看你下午没来，我就知道你一定是病得更严重了，所以我不放心啊，就来看望你了。”

安子颜无语，有人看望病人是爬墙进来的吗？

“你看完了不走的吗？”

这人不但不走，还躺在她的沙发上。

南司耀笑着说：“我留下来照顾你啊。你是不是很感动？”

安子颜：“……”

鬼才感动！

她现在是在家里，有用人和家人照顾她，还需要他吗？

她毫不客气地下逐客令：“好了，现在天都黑了，我也好了很多，你快回家吧。”

南司耀摸了摸肚子，一脸犹豫地说：“我在想，是不是该吃了晚饭再走。”

安子颜瞪过去一眼。

他还想吃了晚饭再走？这人还能更厚颜无耻一点吗？！

答案是，他能！

南司耀说：“听说你们家请了个很不错的厨师，不知道会不会做辣菜，给我做一道就行，不用太迁就我。”

安子颜：“……”

谁要迁就你啊！谁留你吃饭了吗？

安子颜感觉头疼，捏了捏眉心：“南司耀，我现在真的没力气跟你闹着玩。”

她口干舌燥地舔了舔嘴唇，好想喝水。

但这个家伙在这里，她要是叫用人进来的话，被看到了怎么办？

南司耀注意到她舔嘴唇的动作，拿了茶几上的水壶倒了一杯水，端着走到她的床边：“是不是渴了？喏，喝吧。”

安子颜接下杯子，再次下逐客令：“你快点走吧。”

南司耀一脸伤心地瞅着她："别赶我走啊，我只是想在这里陪着你，这样也不行吗？"

这时，房门突然被打开了。

门口站着一道修长的身影，一双深邃的黑眸冷得像是南极的温度。

"为什么骗我，说你不在家？"

他打她的电话是关机，找不着她，便想着她是不是回家了，可是打了电话到唐家，用人却说她不在家。

她不在家的话，会去哪儿？他到处找她，焦急不已，怕她出什么事了。

可是她呢？她却把南司耀带回了家，还让用人骗他，说她不在家。

安子颜不解地看着韩胤希，问道："我什么时候骗你说我不在家？"

她没有啊！她回到家，喝完粥、吃过药，就睡着了，直到刚刚才醒过来。

她根本不知道他找过她，更别说让用人骗他了。

安子颜被他突然指责也就算了，还感受到了他的目光非常冰冷，这让她不禁感到委屈。

她生病在医院的时候，自己一个人孤零零的，看着别人有男朋友关心，而她没有，她对他都没有任何怨念，他怎么反过来指责她？莫名其妙嘛！

韩胤希上前一步，冷冷地瞥了南司耀一眼，然后看向她，沉声说："我打电话给你，你的手机关机了，然后我打到你家，女佣说你不在家。"

如果不是她让用人这样说的，那为什么用人要骗他？

安子颜一头雾水，摇头说："我没有让谁说我不在家，我不知道为什么用人会这样骗你。"

南司耀趁机在一旁煽风点火："这还用问？这就说明这里不欢迎你啊！"

某人显然忘了自己是怎么进来的了。

韩胤希一记眼刀射过去。

南司耀看他生气，自己就高兴，乐呵呵地说："不是我说你，有你这样当未婚夫的吗？沫颜生病，你不在她身边，那就只能让别的男人在她身边关心她、陪伴她了。"

韩胤希眉头猛然皱起，急忙上前几步："你生病了？"

安子颜说："就是小感冒，好得差不多了。"

可能是吃的药有用，再加上她刚刚睡了一觉，所以现在脸色看上去不错，没了之前的病态，一时看不出她生病了。

韩胤希盯着她的小脸，确认她的话是不是真的。

但他有些不高兴："你生病了为什么不告诉我？"

所以她是因为生病了才回家？

安子颜想起手机没电打不了电话的事，窘了一下，只是简单地解释道："我的手机没电了……"

韩胤希走到床边，叹了一声，内疚地说："对不起，你生病我却不知道。"

安子颜笑着摇头："只是小感冒，又不是什么严重的病。"

韩胤希伸手想去握她的小手，但发现她手里捧着水杯，没办法握。

他一双黑眸凝视着她的脸，这样近的距离，他才看出她的脸色没有平时那么红润。

之前他还以为她是刚睡醒，脸上是困意，现在才发现，是透露出的一丝病态。

他问："怎么生病了？"

他回公寓后，只睡了不到两个小时，就又出去了，走之前看她还好好的，怎么一转眼就生病了？

安子颜摇头说："不知道，可能是流行性感冒吧，不小心接触到了病菌，就被传染了，有这个可能。"

一时说了太多话，她实在是口渴得不行，捧起手中的水杯喝了起来。

韩胤希眉头拧了拧，问道："看过医生了吗？"

安子颜点头，如实回答："看过了，我早上去医院看妍妍，顺便看了医生。"

韩胤希眉头拧得更紧了："你一个人？"

安子颜笑了一下："嗯，一个人也没什么关系啊。"

这让韩胤希更自责了。

她生病了，他不但不知道，还让她一个人去看医生，南司耀骂得没错，他是怎么做她的未婚夫的！

一旁的南司耀倚靠在墙上，眯起眼睛盯着安子颜看，不爽的情绪染上他的眼眸——她对着韩胤希的样子，跟对着他的样子，完全是天壤之别嘛！真是差别对待！

明明韩胤希进来的时候，还是一副很生气的样子，他还以为两人要吵架了，正要高兴地看戏，谁知道原来只是一个误会。

但看韩胤希现在的表情，估计韩胤希心里也不好受。

南司耀看不得韩胤希舒坦，接着火上浇油，对他进行一番指责：“韩胤希，她觉得一个人没关系，难道你也这么觉得吗？你知道早上的时候她的脸色多难看吗？她病得脸都白了，嘴唇都青了，而你呢，你在哪儿？你还让她一个人去医院看病。一个人看病，天啊，我想想都心疼死了！”

他这么一说，韩胤希也想到了安子颜一个人去医院看病的时候是怎样的心情。

生病了，身体难受是一回事，但自己一个人去医院看病，心里难受又是另一回事。

只是南司耀后面的半句话就让他不满了，韩胤希冷眼瞥向南司耀，说：“轮不到你心疼。”

南司耀冷哼一声，反驳他：“你不心疼，还不让别人心疼她？”

第二十二章
就凭我是她的未婚夫

“你们两个都轮不到！”突然，一道厉声闯入两人之间。

韩胤希一愣，望过去，只见门外站着唐父，唐父脸上很明显是一副不欢迎他的表情。

他瞬间明白了，看来是唐父对他不满，所以才吩咐用人骗他说安子颜不在家。

“岳父……”他出声唤道。

唐父眉头皱起，抬手制止道：“别喊我岳父，胤希，我之前对你还是挺满意的，但今天你让我很失望，如果你不能照顾好我的女儿，那么我会考虑解除你们的婚约。”

他一开始就不看好韩胤希跟他女儿在一起这件事，只是因为女儿喜欢，他才同意两人订婚。

他原以为两人订婚后多相处，就能处出感情来，但今天的事让他意识到一点：女人还是应该选一个爱你的人才对，不然你生病的时候，没人照顾你、没人关心你，还得你自己一个人孤零零地去医院看病。

唐父想到这一点就生气。

他们唐家就这么个宝贝女儿，宠都不够，从小到大就没让她受过一丁点委屈，所以他不容许有人让他女儿受委屈，哪怕是一丁点都不可以。

韩胤希没想到唐父会这么说，这让他心惊了一下。

“岳父，是我不对，颜颜生病的时候，我不应该不在她身边照顾她。我知道错了，希望您能给我一次改过的机会。”

唐父哼了一声，转开目光，故意晾着他。

一旁的南司耀听到这话，简直要高兴坏了。

哈哈，解除婚约，太好了！

谁知他刚一乐，唐父的目光就射了过去，手指着他问：“还有你，你是怎么进来的？”

南司耀支吾：“我……”

他哪儿敢说自己是爬墙进来的，在人家爸爸面前说自己爬墙进的人家女儿的房间，不被打死才怪，这点认知南司耀还是有的。

所以他只是在一旁傻笑，装傻充愣地转移话题：“唐伯父，好久不见，没想到您还记得我。我现在跟沫颜同班，知道她生病了，所以特地来看望她。看到她的病好得差不多，那我就放心了。”这个时候，他当然是要想办法溜了，“哦，天都快黑了！我要赶紧回家吃饭了……”

唐父把手指转到了韩胤希身上：“你也走。”

“岳父……”

韩胤希才刚来没多久，尤其是知道安子颜生病了，现在心里内疚得很，当然不想马上就走，只想留下来多陪陪她。

唐父却不给他任何机会：“走。”

只要事关女儿，平时温和的父亲也会变得严厉起来。

韩胤希不想跟长辈起冲突，看了安子颜一眼，只好妥协了：“你在家好好休息，明天见。”

安子颜点点头。

韩胤希这才跟南司耀一起出去了。

南司耀松了口气，大摇大摆地走出大门。

没想到韩胤希喊住了他：“你给我站住。”

南司耀反应过来韩胤希是在喊自己，手指指着自己，疑惑地问：“我？韩大少爷，请问有什么事吗？”

韩胤希凌厉的眼神瞪着他：“你是怎么进她的房间的？”

从南司耀之前支吾的反应看，这人不是光明正大进唐家的。

唐家那么多用人在，加上安子颜在生病中，要是有人来看望她的话，用人一定会汇报给唐父的。

南司耀一副欠扁的表情，说："我干吗要告诉你啊？"

他继续往前走，不搭理韩胤希。

韩胤希哪儿可能轻易放过他，大长腿加快了几步："南司耀，我警告你，以后别缠着颜颜！"

论坛上那张照片里南司耀望着安子颜的眼神，让他有了警惕。

不管是不是真的，他都要杜绝任何被挖墙脚的可能。

南司耀在他扯住自己的时候，一个反手把他的手挣开了。

南司耀回头，笑得有些阴险，盯着韩胤希好笑地问："你凭什么命令我？"

韩胤希说："就凭我是她的未婚夫！"

南司耀想起唐父刚刚的话，幸灾乐祸地哼了一声，笑着说："说不定很快就不是了。"

韩胤希眼神一凛，这次警告都没有，拳头瞬间就挥了过去。

南司耀完全没想到韩胤希突然就动手，猝不及防之下被揍到了脸。

他的脸！南司耀引以为傲的俊脸被这样当面打了一拳，而且旁边还有用人看着，他不要面子的吗？他的面子往哪儿搁？

就算明知道要是来真的，自己可能打不过韩胤希，但若是被打还不敢还手，他还是不是男人？

南司耀脾气上来，也跟着动手。

两人就在唐家的大门口打了起来。

用人在后面看得目瞪口呆。

屋内。

女佣快速地跑去安子颜的房间，告诉她屋外发生的事："小姐，不好了，韩少和南少在外面打架！"

安子颜诧异，还以为自己听错了："打架？他们为什么打架？"

女佣都不用想，就肯定地回答："当然是为了小姐你啊！"

安子颜不太相信，之前南司耀就算再欠扁，在韩胤希面前都不敢太过分，她看得出来，南司耀还是有点忌惮韩胤希的，所以南司耀怎么可能会跟韩胤希打架？

安子颜想下去看看，但被唐父拦住了。

唐父不以为然地说："打架就打架，随便他们打，你还生着病，再多休息一会儿，等下吃晚饭再叫你。"

安子颜说："我感觉好多了。"

唐父就是不让她下床，索性对女佣说："你下去，叫人把那两个打架的赶走，他们要打去别的地方打，别在我们家门口打。"

安子颜窘了一下。

女佣听了吩咐便出去了。

过了一会儿，女佣回来，汇报道："韩少和南少已经打完了，两人都走了。"

安子颜有点担心韩胤希的情况，问道："他们打得怎么样？"

女佣还以为她问的是战况，笑着说："好像是韩少赢了！感觉韩少比南少厉害一点。"

安子颜想知道的是他们有没有伤着。

这时唐父开口说："好了，你不用管他们有没有打伤，男孩子打个架很正常。"

说完，他便带着女佣出去了，让她在房间里继续休息。

安子颜按捺不住，起身拿了床头柜上的手机。

可惜她之前忘记充电了，插上数据线充了一会儿，手机才开机了。

她本来想给韩胤希打电话，没想到先收到了他的微信："你今晚好好休息，明天我过来接你。"

安子颜笑了一下，打字问："好啊。听说你刚刚跟南司耀打架了，没事吧？"

韩胤希像守着手机在等她，几乎是下一秒就回复了："你是关心他，还是关心我？"

安子颜感觉自己好像在这段文字中看到了醋味。

她没回答，转而问道："你们为什么打架？"

"他这么欠扁，早就想揍他了。"

安子颜哭笑不得，对他这句话表示了认同，南司耀那家伙确实是欠扁了一点。

他又一条信息发过来："他是不是爬墙进你房间的？"

安子颜没想到他这么会猜，发了一个字过去："嗯。"

“刚刚揍轻了。”

看到这句，安子颜笑了一下，对他说：“那你明天再揍他一顿，让他以后别再这样做了，他吓到我了。”

任谁刚睡醒，看到一个人莫名其妙地出现在自己的房间，都会被吓到。而且南司耀这个人，做事有点太任性妄为，安子颜很不喜欢这一点，这让她想到了唐沫颜。

另一边，车上。

韩胤希看着她发来的信息，终于笑了——这是不是说明她心里其实挺讨厌南司耀的？

只是很快他又拉下俊脸，打字道：“对不起，你生病我都不知道，没在你身边照顾你。”

想着她一个人在医院看病的心情，他心里就很愧疚。

然而她回复了一个可爱的笑脸，又回复道：“你要是觉得对不起我的话，明天就给我带好吃的，那我就原谅你了。”

这个小吃货。韩胤希的眼神一下子变得温柔似水。

他想着手机另一头的她，明明才刚刚分开，他又突然好想见到她。

屋内。

安子颜发了那句话过去，就开始想他会给自己带什么好吃的呢？

叮咚，微信上来了一条新信息。

没想到是语音信息，她点开，手机里传来一道让她心悸的低沉嗓音：“我好想你。”

安子颜捧着手机，整个人愣住了，心脏的悸动来得猝不及防，他真是……

她回过神，已经几分钟过去了。

她犹豫了一会儿，摁下语音键，支支吾吾地说：“我也……”

实在说不出口，她又取消了。

她想要打字，但打了几次，删了几次，还是没能发出去。

折腾了十来分钟，安子颜终于还是败给了自己的矜持，只发了简单的三个字给他：“明天见。”

想了想，她又补上一张可爱的表情图。

韩胤希像是一直在等着她，几乎是下一秒就回道："明天见。"

安子颜有点懊恼，自己的回复是不是让他失望了？他是不是也在等着她说，她也想他……

安子颜感觉自己太没用了！她把自己甩到床上，手拽过枕头，捂住了自己的头，发出呜呜声。

晚上，安子颜下楼去用餐。

唐父看到她，便把手机递给她，说是她妈妈打来的。她妈妈还在那边应酬吃饭呢，知道她醒了，就打了电话过来。

她把手机接了过来："妈妈？"

手机那头唐母关心地问道："好点没？"

安子颜说："好多了。"

唐母那边还能听到别人说话的声音，显然还在应酬，唐母不好一直打电话，便言简意赅地说道："我应酬完就坐晚上的飞机回去，大概凌晨回到家，明天你就能见着我了。"

安子颜一惊，急忙说："我已经好了，你不用赶回来了啊，你有工作就忙你的，真的不用担心我。"

她妈妈在外地出差呢，怎么能因为她放下工作匆匆赶回来呢，而且她就只是生了一点小病。

唐母显然有些诧异她这么说："真的吗？你不用我赶回去？"

安子颜坚定地说："不用！真的不用！你忙吧，我现在好很多了，明天就能正常去上课。"

唐母笑了一下："宝贝，你爸爸说你变得不一样了，我还不太相信呢，看来我家宝贝终于懂事了。"

安子颜有些疑惑，以前的唐沫颜到底是有多不懂事？

她不知道的是，以前的唐沫颜虽然在父母面前很会装，在外面的嚣张跋扈回到家就收敛起来，只在父母面前展现出好的一面，只是任性这一点是改不了的，尤其是每次生病，唐沫颜都非要父母在身边照顾自己，不然就发很大的脾气。

安子颜听着这话也不好说什么，只是傻笑。

唐母叹了一声："本来你这么小就订婚，我是不太赞成的，但看来喜欢一个人让你改变了很多，这也算是好事吧。"

安子颜想起刚刚唐父还对韩胤希说要解除婚约呢，估计他没有把刚刚的事告诉唐母吧？

她不想打扰唐母应酬，便体贴地说："你忙你的吧，不用担心我，我很好。"

唐母那边有人跟她说话了，她便轻声说："那我挂了，你晚上好好休息。"

"嗯，拜拜。"

"宝贝拜拜。"

电话挂断了，安子颜还有些恍惚，这一声声的"宝贝"，让她有种自己被宠爱呵护的感觉。

她突然想起南司耀告诉她的那件事——唐沫颜并不是唐家的血脉……

这件事是真的吗？

安子颜不是那种别人说什么就相信的人，尤其南司耀那人还那么不靠谱，说的话自然是要打几个折扣的。

不管如何，她现在就是唐沫颜，她一定要把这件事查个清楚。

第一步就是先确认唐沫颜是不是唐家的血脉。

这个好办，安子颜吃过晚饭，就趁着唐父在楼下的空当上了楼，悄悄地进了父母的房间。

她目标很明确——梳妆台，还有床头的枕头。

她从这两个地方收集到了两人的头发。

两个一起做DNA，才最准确。安子颜在学习上严谨认真，平时做事也有同样的习惯。

她还用纸巾把两根头发包了起来。

这前后花了不到五分钟，她要赶紧离开房间。

让她没想到的是，这时候房门被打开了。

唐父就站在门口，诧异地看着她："你怎么在我房间？"

安子颜整个人僵住了，真是怕什么来什么。这种当场被抓到的感觉太可怕了，她的小心脏都缩紧了。

"我……我……"

幸好她还算镇定，动作自然地把手中的纸团放进了口袋。

她的脑瓜开始疯狂地转动，想着找什么合理的借口。

说她来他房间找他？这不合理啊！刚刚吃完饭，她明明知道他就在楼下的，偏偏选他不在的时候偷偷进房间，这举止太引人怀疑了。

安子颜想了好几个理由，都觉得不靠谱，自己推翻了。

呜呜呜，怎么办？进父母的房间还能有什么理由？谁来帮她想想啊，急！

终于，一道灵光闪过，安子颜露出难为情的表情说："爸爸，我……我就是想来看看妈妈有什么首饰，我想买一份礼物给她，可是怕买到的她正好就有，所以就偷偷溜进来看一眼她的首饰……"

这个理由应该能过关吧？

闻言，唐父笑了，伸手摸了摸她的头，欣慰地说："原来你记得你妈妈的生日啊？她要是知道，一定很开心。"

安子颜愕然地瞪大眼睛，原来……唐母快过生日了啊？那真是凑巧了！

他是以为她想给妈妈买生日礼物吗？这理由就完全没有破绽了啊！

安子颜顿时松了一口气，顺势点头，问道："你一定知道妈妈喜欢什么吧？"

她看了一眼唐父手上的结婚戒指。

一般年纪大了的人，很少再戴结婚戒指了，可是唐父一直戴着，说明他跟唐母的感情是真的很好。

她突然想到，要不然也买一对戒指送给他们？

唐父听了她的问题，笑着说："只要是你送的，你妈妈都会很喜欢的。"

安子颜问："你们的结婚纪念日是什么时候？"

唐父突然抿嘴一笑，眼睛都弯起来了："我们的结婚纪念日，跟你妈妈的生日是同一天哦。"

安子颜惊讶："真的啊？"

唐父仿佛陷入了回忆："我还记得，我是在她生日那天向她求婚的，然后当天我就拉着她去领了证，把她给定了下来，让她成了唐太太。"

安子颜哇了一声，语气羡慕地说："好浪漫哦！"

唐父不知想到了什么，眉头微蹙了一下，叹了一声，说："本来那时候答应了她，以后每年的结婚纪念日我们两人就找一个地方旅游，过二人世界。"

闻言，安子颜也能感受到他的遗憾。

“是因为妈妈把心思都放在工作上，不肯跟你去吗？”

毕竟唐母是个工作狂。

唐父却摇头，目光落在她脸上，笑起来，眼里都是父爱：“是因为你。”

安子颜一愣：“因为我？”

唐父说：“你算是早产儿，比预期早出生了半个月。那天下了一场大暴雨，你妈妈被困在路上，没想到突然动了胎气，只能匆匆地去了最近的医院，很辛苦地生下了你。然后那天医院又出了状况，乱糟糟的，你妈妈怕你出什么事，自己的身体还没康复就急着转院……

“你从出生后，身体就不太好，你妈妈放不下你，当然是哪儿都不肯去了。

“说起来，自你出生后，我和你妈妈就再也没有去旅游过。”唐父看她表情有点不好，便笑着解释，“爸爸不是在抱怨你。”

安子颜难受的并不是这个，而是听着他述说那天的事，心想，可是他不知道，就在当天晚上，他的亲生女儿被调换了。

如果他们知道，他和唐母疼爱了这么多年的女儿并非他们的亲生女儿，他们会是什么样的感受呢？

想到这一点，安子颜就感到难受。

但为了不让唐父担心，她努力地展露笑颜，说道：“爸爸，我现在已经长大了，你们不用再记挂我了。这次的结婚纪念日，你就带妈妈去旅游吧，享受你们的二人世界。”

唐父笑着说：“我也很想啊！只是你妈妈现在是标准的工作狂，我估计她是不肯放下她的工作的。”

安子颜强调道：“工作一直有，做不完的啊，可是结婚纪念日一年就一次！”

唐父点头：“我也是这么想的，可是你妈妈她……”

安子颜眼神坚定地说：“交给我，我帮你说服妈妈，让她暂时放下工作，去好好地过一次结婚纪念日，而且这还是她的生日呢！”

生日加结婚纪念日，这是重中之重的日子啊！

唐父瞅着她问：“你想怎么说服她？”

哪儿有那么快就想好，安子颜挠挠头，诚实地说：“我还没想好，不过你放心，在妈妈出差回来之前，我一定会想好的！”

她心里也想到了礼物的事，既然是他们的结婚纪念日，那她准备礼物当然是要准备两份咯！

送两个人的话……她想起了自己之前送的那对戒指。

当然，那个价值的戒指要送给唐父、唐母是送不出手的，她只能买更昂贵的品牌的。

或者她可以自己设计一个？

她最近有补一些奢侈品牌的知识，知道有高级定制这个概念。

这个思绪在脑子里兜了一圈，安子颜很快就做出了决定，就弄一对“高奢”的高级定制戒指，自己来设计款式——送这样的礼物才有意义。

唐父笑着说：“好，那我就等着你的好消息。”

安子颜可爱地敬了一个礼：“包在我身上！”

唐父看着她可爱的样子，笑意更甚，眼中满是温柔。

他问：“对了，你的零花钱还够用吗？不够的话，就跟我说。”

他只是突然想起，最近一段时间都没见她要过钱，要换作以前，她一个星期最少要问他要一次钱，有时候一个星期要好几次，可是这都开学大半个月了，她居然一次都没问他要过钱。

安子颜想起自己的账户里那一串字数的金额，就算帮妍妍付了那昂贵的手术费，她的存款也还有很多，估计这一辈子都花不完。

但是她想到以唐沫颜的性格，花钱毫无节制，应该会时不时跟父母要钱吧？所以她顺势说：“爸爸，那你给我点零花钱呗。”

唐父就等着她说这句话呢，笑着点头：“好，给你，要多少？”

安子颜也不知该说多少，五万元？还是十万元？以零花钱来说，这数目会不会太多了？

唐父看她皱着小脸，还以为她很缺钱用，就不等她说，直接用手机给她转了钱：“先给你一点，你还需要的话，再跟我说。”

安子颜也不知他给自己转了多少，她的手机不在身边，要回房间才能看到。

她笑着说：“谢谢爸爸！”

唐父盯着她的笑脸看：“你的脸色是好多了，但药还是再吃点，吃了晚上也睡得好一些。”

安子颜点头："嗯，知道了，那我回房间去了。"

"嗯，早点休息。"

"爸爸晚安。"安子颜说着就往外走，跟他挥了挥小手。

等出了房间，她才大大地松了口气。

偷东西的时候被撞个正着，她没想到这么戏剧化的剧情就在现实里发生了，更没想到的是，她顺利过关，还多了一笔零花钱。

安子颜高高兴兴地回了自己的房间。

她前脚刚进屋，女佣后脚就跟了进来，手里还捧着托盘。

女佣说："小姐，你该吃药了。"

安子颜接过水杯，拿了药，动作利落地吞了下去。

女佣笑着说："小姐，你第一次吃药这么快呢。"

安子颜看向她，把喝完的水杯放回托盘上。

女佣还以为自己说错话了，吓了一跳，赶紧低下头，怯怯地道歉："对不起，小姐！"

安子颜笑道："没事，你出去吧。"

女佣毕恭毕敬地颔首，捧着托盘匆匆地离开了房间。

安子颜想起刚刚唐父给她转了零花钱的事，便去拿手机。

不知道唐父给了她多少零花钱呢？她一边好奇地想着，一边解锁手机。

然后她就看到一条银行发来的转账信息。

"哇，居然给了二十万元零花钱。"

等等……好像不对！她数了数那一串的零，个、十、百、千、万……

安子颜惊呆了，是两百万元才对！

一次零花钱就给两百万元？！安子颜表示，有钱人的世界她不懂……

她感觉自己快要不认识"零花钱"这三个字了，这只是零花钱，至于给这么多吗？

安子颜还以为唐父平时就是给唐沫颜这么多零花钱的。她不知道的是，唐父就算是富养女儿，也不会太过分，平时给的零花钱是几万元到十万元之间，最多的时候也只是给到二十万元。这一次之所以给这么多，完全是因为她最近变乖了，加上知道她要给妈妈买生日礼物，才特地给多了些。

第二天，安子颜因为昨晚睡得早，所以起得也早。

她吃完早饭，便坐在客厅等韩胤希的电话。

唐父一边打着领带，一边下楼，看到她，问道：“怎么还不去上学？”

“我……”安子颜搂着抱枕，支吾了一下。

唐父仿佛一眼看透了她：“在等胤希来接你？”

安子颜想起他昨天说的话，怕他还在生韩胤希的气，连忙否认：“不是啊！”

唐父说：“走，我送你去学校。”

安子颜知道他不顺路，摇头拒绝：“不了，爸爸，你赶紧去上班吧，妈妈出差了，公司需要你坐镇呢。”

唐父睨着她：“你就是在等那家伙吧？”

那家伙……安子颜哭笑不得，看来他还在生韩胤希的气。

她正不知道该怎么回答的时候，手机响了。

一眼就看到来电显示，她立马接起，还怕被唐父看见，往后躲开几步。

“喂。”她小声地说话。

手机那头传来韩胤希低沉的嗓音，他带着抱歉说：“颜颜，对不起，我可能赶不及去你家接你了。”

安子颜一愣。

从早上就满心欢喜地等着他来接她，他突然说不来了，她心里难免一阵失落，但她还是体贴地说：“没关系，我自己去就好。那你今天还到学校吗？”

“到的，我们学校见。”

安子颜这才心情好了起来：“好，学校见。”

她刚挂了电话，一抬头就对上了唐父责怪的眼神。

唐父哼道：“他不来接你了？”

安子颜赶紧说：“都说了不是咯。好了，我去上学了，拜拜！”

她赶紧拎着包包往外跑。

唐父在后面喊道：“你慢点，别用跑的，上学还赶得及。”

到了学校，安子颜不知道韩胤希什么时候来，就双手交叠在桌子上，下巴抵在手上，眼睛一眨不眨地望着门口。

蓦地，一道修长的身影跳了进来，还对她露出笑脸，招手示意。

是南司耀那家伙。

安子颜翻了一个白眼，转开视线。

南司耀快速地奔了过来，跨坐在她前面的椅子上，耍帅地甩了下刘海儿，对她说："早啊。"

安子颜想起他昨天的所作所为，不想跟他说话。

南司耀看她不看自己，便又绕到她面前，再次说："沫颜，早啊。"

安子颜还是不看他。

南司耀问："谁惹你生气了？告诉我，我揍死他！"

安子颜看向他，一字一顿地说："一个叫南司耀的浑蛋。"

南司耀咧嘴笑起来："南司耀这个名字这么好听，一听就知道这是一个风流倜傥的帅哥，怎么可能是浑蛋呢？"

安子颜知道他脸皮厚，但不知道这人的脸皮能这么厚。

她对他哼道："昨天我就应该让我爸爸打死你。"

南司耀露出可怜的表情："为什么要打死我？我这么可爱、这么帅，你忍心吗？"

安子颜点头，狠心地回答："忍心。"

南司耀捂住心口，一副伤心欲绝的样子。

安子颜被他闹得都没办法生他的气了。

她无奈地说："你以后别这样了行不行？我真的很不喜欢！再有一次，我真的会生气。"

南司耀很无辜地说："别怎么样？我关心你，还有错吗？"

安子颜无奈地道："你爬墙偷偷进我的房间，有你这样关心人的吗？你就不怕吓死我吗？"

南司耀哈哈大笑："你哪儿有那么胆小啊。"

安子颜白了他一眼，不想跟他驴唇不对马嘴，再次申明道："总之，以后不准这样！不准爬墙进我的房间，不准跟踪我！听到没有？"

南司耀慵懒地答道："好。"

就算他保证了，安子颜还是不太相信他，但也懒得理他了，又把目光转向了教室门口。

南司耀学着她的样子，双手交叠在桌子上，下巴抵在手背上。

她看门口，他则看着她。

两人就在一张桌子上，面对面。

终于，上课铃响了。

安子颜始终没等到想等的那道身影，这让她眼中流露出一抹失落。

他到底干吗去了？说好了来她家里接她，没来；说好了在学校见，也没来。

一只手突然在她面前晃了晃。

她一转头，就看到南司耀那张讨人厌的脸。

“干吗啊？”她问。

南司耀从她的语气就听出了她心情不好，问：“你干吗啊？在等韩胤希吗？”

“不是。”安子颜否认。

南司耀哼了一声，道：“你说谎，你明明就是在等他，别以为我看不出来。”

他上身往前一探，凑到她面前，挑眉说：“你想不想知道他最近在忙什么？”

安子颜皱起眉头，想也知道他是想跟踪韩胤希。

她一把推开他的头：“我不想知道！”

南司耀说：“女人真是爱口是心非，你脸上明明就写着‘我想知道’四个字。”

安子颜指着自己的脸反驳他：“我脸上哪里写了四个字？你告诉我，哪里写了？”

南司耀手一指，就对着她的脸比画，道：“你看，‘我想知道’四个大字清清楚楚，你不信的话可以问别人。”

安子颜才懒得跟他继续这幼稚的行为，道：“你的精力这么旺盛，不能干别的事吗？你就那么喜欢跟踪别人，挖别人的隐私吗？”

南司耀一本正经地说：“你以为谁的隐私都能让我感兴趣吗？拜托！我也很挑的好不好？”

安子颜白了他一眼，说：“那我要不要谢谢你？”

南司耀露出八颗牙齿说：“不用谢。”

安子颜一怒，操起桌上的课本就往他头上砸。

但她还知道分寸，砸的力气很小。

虽然她很想把这家伙砸成傻瓜算了，但伤人是犯法的事，她才不干。

南司耀夸张地捂着头顶说：“我的头好痛！你下这么重的手，把我砸成傻子了怎么办？我告诉你，你要对我负责哦！”

安子颜皮笑肉不笑地说：“好，我对你负责。”

“真的？”南司耀不信她这么好说话。

安子颜继续笑，这次笑得有点阴险：“我会帮你负责身后事。”

南司耀的表情顿时垮下来：“你真狠心。”

安子颜问：“你是想火葬还是海葬？”

南司耀微微一笑：“我想跟你葬在一起。”

安子颜没想到被他反将一军，气得又用课本砸他：“我不要！”

这人这么烦，她不想死后还要被他烦，当个鬼也不得安宁，也太惨了吧？

南司耀突然觉得这个主意不错的样子，继续说：“不能同生共死，死后同穴也不错。你喜欢哪个墓地？我现在就去买！”

安子颜还没见谁在这个话题上能如此百无禁忌的，这人是疯的吧？她不想跟他说话了！

聊不下去，她便转开了话题：“老师来了，你转回去，要上课了。”

其实老师早就来了，但不敢打扰他们，就只好站在讲台上，用手势对其他同学示意上课了。

南司耀回头一看是数学老师，就发出了哀号：“又是一节听不懂的课。”

安子颜不解：“怎么就听不懂了？数学很简单啊，只要记熟公式，套进题里面就行了。”

南司耀表示听不懂：“你说的每个字我都知道是什么，但我听不懂。”

安子颜知道他是学渣，但没想到这么渣。

南司耀突然挑眉，笑眯眯地凑上去说：“不然你教我？”

她才不要！安子颜一惊，急急摇头，坚定地说：“不好意思，我没空，你还是找个家教来教你吧。”

南司耀想起什么，笑得很坏，对她说：“小的时候我妈给我找过老师，那老师可逗了，我把蛇放进她的包里，她摸到后吓得尖叫，哈哈哈哈，那声音真是笑死人了。你有没有听过那种一边尖叫，一边抖的声音，真的特别有意思。”

安子颜：“……”

不好意思，她一点都不觉得有意思，一点意思都没有！

南司耀补充说明：“那还是一条毒蛇，被咬上一口，半个小时不救的话，人就得死。”

安子颜听着，不禁皱起眉头：“后来呢？你那个老师有没有被蛇咬到？”

他小时候就这么坏了吗？

“她用手去抓，当然被咬到了。”南司耀看她这么紧张，便笑着说，“放心，我让司机送她去医院了，刚好在半个小时内把她的小命救回来了。”

安子颜看他还一副好玩的样子就来气：“你怎么能拿这么危险的事来玩？”

南司耀摊手说：“不是送她去医院了吗？人没事不就行了？”

安子颜感觉自己完全无法理解他的“三观”。

南司耀突然一笑：“好了，骗你的！我是拿蛇吓过老师，但不是毒蛇。不过你放心，你来教我的话，我一定不会用蛇吓你。我给你买好吃的，各种好吃的，你想吃什么都有，这样行吧？”

安子颜第一次对“好吃的”不为所动：“我不会教你的，你快转回去。”

她这才发现他又转了回来，一直在跟她说话，完全无视了正在上课的老师。

南司耀索性耍起赖来：“我不转，你不答应教我的话，我就不转回去，我就一直这样坐！”

安子颜拿起课本，作势要砸他：“你转不转过去？”

南司耀绷紧了一张俊脸，咬牙说：“我不！”

就在两人对峙的时候，一只手凭空出现，啪地一下拍到了南司耀头上。随后是一道冷酷的声音：“你的头是不是不想要了？不想要的话，我可以帮你把它给拧下来。”

南司耀抬头，对上了韩胤希凌厉的眸子。

他撇了撇嘴，赶紧转了回去。

安子颜也看到了是他，顿时欢喜地说：“你来了？”

韩胤希点头，坐了下来。

安子颜在他手上扫了一眼，发现他的双手是空空的，什么也没拿。

她不禁有些失落，不是说好给她带好吃的吗？他忘了吗？

因为已经上课了，她便没有开口问他，想着他大概是忘了。算了，也不是多大的事。

第二十三章

情话说上瘾了

下一节课是体育课。

老师刚说完自由活动，韩胤希就牵着她的手把她拉到了不远处的树下。

他示意了一下草坪，让她坐下。

安子颜不解，但还是照着他所说的做。

韩胤希笑了一下，随后侧身坐下，然后就朝她身上躺了下来。

他把她的双腿当枕头了。

安子颜用手指戳了戳他的脑门："你干吗啊？"

韩胤希打了一个哈欠，伸了伸懒腰，说："我好困啊，昨晚都没睡，你让我睡一会儿。"

安子颜不禁疑惑：他昨晚干什么去了？居然一整晚都没睡！

但她又不好过问太多。

看他这么困，她也没动他，就任他枕着她的大腿。

然而这位大少爷对此还不满意，他朝她伸出手，说："手。"

安子颜不解地把手递给他。

韩胤希抓住了她的小手，放到自己头上，然后嘀咕："按摩。"

安子颜哭笑不得——这位大少爷还真会享受。

但她没有拒绝，看着他脸上露出的一丝倦意，她就忍不住有些心疼。

她用指腹帮他轻轻地按压头部。

韩胤希舒服地喟叹一声，道："嗯……很好，继续……"

不远处看着这一幕的南司耀咬牙切齿，这是朝他炫耀吗？有未婚妻了不起是不是？

而其他同学则是被两人"秀了一脸"。

有人还跑去跟体育老师告状："老师，有人'虐狗'！"

老师当然也看到了，笑着说："你不看，就不会被'虐'到了。"

哇，好有道理哦！

可是，一个是韩少，一个是唐大小姐，两人随便一个就是备受瞩目的主体，更何况还凑在一起，谁能忍得住不看？

在安子颜的按摩下，韩胤希好似睡着了。

她低头看着他的俊颜，不禁在心里感叹，怎么有人能长得这么好看呢？

她再细看，发现他的眼睫毛也很长，真是让女生都妒忌了。

安子颜看着看着，自己都没察觉自己的头越凑越近。

这时韩胤希突然睁开了眼睛。

两人的目光近距离地对上。

安子颜羞了一下，小脸通红地猛然抬起头。

韩胤希勾唇而笑："你想偷亲我？"

"我才没有！"她赶紧否认，她本来就没有想偷亲他啊，刚刚只是不小心看他看入迷了而已。

韩胤希轻哼一声，表示不信："你就是想偷亲我。"

他心里遗憾，早知道就不睁开眼了，等她亲下来。

当然他也知道，这丫头这么害羞，估计只是有贼心没贼胆。

"我真的没有！"安子颜说着就要起身拿开他的头。

韩胤希正享受这个时刻，哪儿能让她走掉，双臂一捞，把她的细腰紧紧地环住："好、好、好，没有就没有，你别走啊，回来！"

安子颜只好坐回原位，还支支吾吾地解释："我就是看你脸上好像有东西，所以贴近了想看仔细一点而已。"

"有点什么东西？"韩胤希抿嘴偷笑，还自己接了话，"有点喜欢你？”

安子颜一愣，被他逗笑了：“什么啊！”

明明知道他是在逗她，但听到这句话，她心里还是忍不住愉悦了，心情像是天空中的云朵一样飘然。

韩胤希啧了一声，道：“你没听过‘土味情话’吗？”

安子颜当然听过，但故意假装没听过，装作懵懂地摇头：“没有听过啊，你说几句给我听听。”

韩胤希一副拿她没办法的表情，道：“听好了。”

安子颜点点头。

韩胤希说：“你身上带火机了吗？”

安子颜抿嘴，忍住笑意，摇头说：“没有啊。”

韩胤希对上她的眼睛说：“那你是拿什么点燃我的心的？”

安子颜哈哈笑了起来。

韩胤希看她这么喜欢“土味情话”，继续说：“你知道我的心在哪一边吗？”

安子颜回答：“在左边？”

韩胤希摇头说：“在你那边。”

安子颜又笑了。

继续，韩胤希叹了一声，皱眉说：“你怎么能害我呢？”

安子颜不解：“我怎么害你了？”

韩胤希把她的小手握在自己的掌心，晃了晃，说：“害我那么喜欢你。”

安子颜笑容更甚，有点受不了地害羞了：“好了，你别说了，够了。”

韩胤希看着她的笑容，就觉得不能停下来，继续说：“你知道我为什么感冒了吗？”

安子颜还是顺他的意问了：“为什么？”

韩胤希一脸正色，很认真地说：“因为……我对你毫无抵抗力。”

安子颜听到了心跳的声音。

“行了、行了，这些‘土味情话’真的好土。”

这些话有些是很逗趣、很好笑，但有些……她还真有点被撩到了，尤其是他用那双深邃的黑眸凝视着她，再用低沉的嗓音这样说的时候，真的让她毫无抵抗力。

明明是她对他毫无抵抗力才对！

安子颜怕自己的小心脏负荷不了，所以赶紧打住，不让他说下去了。

她感觉自己给自己挖了个坑，明明怕他撩自己，还主动让他撩，真是搬起石头砸了自己的脚。

韩胤希却玩得起了兴致，睡意都没了，脑子里快速转动，想着下一句“土味情话”：“还有一句，你等我想想。”

安子颜捂住他的嘴：“你别说了，已经够了。”

他很坚持：“不行，我还要再说一句，最后一句。”

安子颜实在拿他没办法，只好妥协了，强调道：“最后一句。”

韩胤希点头同意。

他问她：“你知道我最喜欢喝什么酒吗？”

安子颜摇头：“不知道。”

韩胤希把握着她的手变成了两人十指相扣，嘴角含着笑意说：“我最喜欢……天长地久。”

安子颜甜甜地笑了。

她低头望着他，突然有一股冲动，想亲他一口。

当然，她只是想一想。

如果不是在大庭广众之下，不是有那么多人盯着她的话，她或许会真的做出这个举动，但在那么多双眼睛的瞩目之下，她当然是不敢的。

韩胤希要是知道她此时的想法，肯定会迫不及待地把她拉到一个无人的地方，让她可以尽情地实施她想做的事。

可惜，某人并不是真的有读心术。

安子颜捋了捋他的黑发，说：“你不是困吗？再睡一会儿吧。”

跟她玩了一会儿，韩胤希现在不觉得困了，他摇头说：“不困了。”

安子颜其实很好奇他昨晚去干什么了，但她问不出口，就算两人订婚了，但彼此间还是需要一点私人空间的，她觉得这是最基本的原则。

两人刚刚玩“土味情话”的时候，那气氛简直像是被粉红色的泡泡包围住了，南司耀实在看不下去，板着俊脸走了过去。

“喂，韩胤希，再来比一场。”南司耀还没走近，就远远地喊道。

韩胤希眼皮都没挑一下，酷酷地说：“没必要。”

他那语气仿佛在说：手下败将，没有再比的必要。

南司耀想起昨天两人打架的事，就更恼火了："你是不是不敢？怕我赢你是不是？"

韩胤希不接受南司耀的挑衅，他现在跟老婆在享受二人世界呢，没有什么比这个重要。

当然，某人没有老婆，是不会懂的。

他懒懒地说："没空，没看见我在休息吗？"

南司耀看他还挪了一个舒服的姿势，气得牙痒痒。

鬼才不知道你在休息！就是看你休息得这么舒服不爽！

"沫颜，你过来一下，我有话跟你说。"

韩胤希一个反手就把老婆抱住，瞪了南司耀一眼："她也没空。"

南司耀对安子颜暗示："我有些'小秘密'想跟你说，你真的不想听吗？"

他一说"小秘密"，韩胤希就想起了两人的微信对话，顿时就冒火了。

"你想打球是不是？"韩胤希一下子坐了起来，一双黑眸犀利得有些吓人。

南司耀不自觉地后退了一步："打球……"

南司耀突然不想打球了。

安子颜能感觉到两人之间的火药味，赶紧说："今天这么热，别打球了，在树下乘凉多好。"

南司耀抬头看了一眼今天过分灿烂的太阳，同意地点头："对，今天太热了，确实不太适合打球。"

韩胤希重新躺了下来。

南司耀没好气地睨了他一眼，小声哼道："'秀'恩爱，死得快！"

我就看你们能"秀"多久！

放学后，南司耀扭头就问安子颜："中午去食堂吃吗？"

还没等安子颜回答，一旁的韩胤希就说："不去。"

南司耀直接无视了他，问安子颜："你想去哪儿吃？不去食堂的话，我们出去吃也行。"

韩胤希也以牙还牙，无视南司耀，等安子颜收拾好东西后，就拉起她的小手往外走。

“喂，到底去哪儿吃？”

“二人世界，请勿打扰。”

南司耀气得踹了一脚桌子。

下了楼，安子颜才问韩胤希：“我们去哪儿吃？”

韩胤希笑着说：“说好给你带好吃的，不过我想着，带来就没那么好吃了，还是带你去现场吃最好。”

安子颜还以为他忘记这件事了呢。

“那我们去哪儿吃？”

“等一下你就知道了。”

因为下午还要上课，再加上她刚病愈，韩胤希也没带她跑太远，就只是开车二十分钟左右就到了。

看上去是一家私厨，开在一个典雅的庭院里面，如果不是外面挂着个招牌，还真看不出是吃饭的地方。

“这里好漂亮。”

中式的庭院，让人很轻易地就放松下来。

两人进了包间，有一面大的开窗能看到庭院。

点餐是由韩胤希负责的。

他问她：“你的病好点没？有什么需要忌口的吗？”

安子颜摇头：“差不多好了，你随便点吧，我都可以。”

韩胤希点了清淡的菜色。

等上菜的时候，他收到了一个文档，用手机看了起来。

安子颜不知道是什么，也不好意思探头看，就把视线转到外面，欣赏外面的景色。

泡着的茶飘起袅袅的雾气，屋内充满了好闻的茶香味，这里舒服得她想睡觉。

韩胤希放下手机，看向她，问道：“周末有空去露营吗？”

“露营？去哪儿？”安子颜听着还挺感兴趣的，她还没有露营过呢。

韩胤希解释：“是我们学生会的活动，之前的新生晚会辛苦他们了，算是犒劳一下他们。地点是隔壁市的度假村，里面有酒店，你要是不想在帐篷睡，可以在酒店的房间睡，他们想露营的，就让他们在露营地待着。”

安子颜笑着说："我可以啊，是周末两天吗？"

韩胤希说："嗯，你要去吗？"

安子颜点点头。

所以她算是陪同的家属吗？

周六。

唐家。

安子颜一大早就醒来了。

女佣看到她醒得这么早，还好奇地问："小姐，今天是周末啊，你怎么这么早就起了？"

因为她生病，唐父不让她回韩胤希的公寓住，非要她留在家里养身体。

安子颜感觉自己就只是在家里养了两天，好像就胖了一些。

她对女佣说："今天有事出去。"

对了，陪韩胤希去露营的事，她还没告诉唐父呢。

主要是她不知道该怎么说，因为唐父好像还在生韩胤希的气，肯定不会同意她跟韩胤希去的。

可是他们去两天一夜，是要过夜的，不可能不让家里人知道……这可怎么办呢？

为今之计，就只好……安子颜想到了一个办法。

她洗漱完，换好衣服，拎上收拾好的包包，就悄悄地下楼。

在下楼梯的时候遇到用人，她赶紧摆手，制止对方喊自己。

用人一脸疑惑，但还是乖乖地闭嘴。

安子颜继续悄悄地下楼梯。

可她来不及阻止，另一个用人喊了她。

"小姐，早上好！"

没想到唐父、唐母正好在吃早餐，听到用人喊"小姐"，两人望了过去。

唐父诧异了一下："你起这么早？"

唐母说："今天是周末，不用去上学，可以睡个懒觉的。"

她这个女儿每到周末，可是要睡到下午才醒的。

最近女儿常常早起，还经常能看到她在房间里学习或做卷子，这转变实在太大，他们夫妇俩有时候都怀疑是不是在做梦。

安子颜原计划是偷偷溜出去，不被发现，然后再打电话告诉唐父，说自己今晚不回家了，来个先斩后奏，谁知道计划的第一步就失败了。

安子颜无奈地笑着朝他们走过去："妈妈、爸爸，早上好。"

唐父示意她坐下吃早餐。

安子颜乖乖地坐下，但吃得很快。

唐母挑了一下眉，问道："约了人出去吗？"

唐父一听这话就警惕起来："约了谁？胤希？"

安子颜呃了声，不知该不该诚实地回答，还是转为计划B。

就在这时，管家进来说："小姐，韩少爷来了。"

安子颜一惊，他怎么偏偏这个时候来了？

她本来想发条信息给他，让他不要进来，就在外面等她的。谁知道这家伙来得这么早，她现在想不承认都不行了。

唐父看向她："难怪起这么早，去约会？"

安子颜只能点点头。

看唐父的表情，她这个时候要是敢说今晚在外面过夜，一定不会被允许出门。

这时唐母看了一眼她的包包，一般女儿出门多是背小包包，很少背这种大包，她顿时就明白了什么。

唐母问她："今晚还回家吗？"

安子颜一僵。

在两人如炬的目光下，她只好说实话："学生会组织这个周末去玩……就在隔壁市的度假村，今天去，明天就回来了……就待一个晚上……"

唐父蹙眉，不太赞成的样子："你的病才刚好，就不要去那么远了。"

安子颜怕他真不让自己去，着急地说："我已经好了，而且我也会注意的。"

唐母倒是比较开明："那里也挺好的，去呼吸一下新鲜空气也好，难得放假，孩子想出去玩就去吧。"

安子颜连忙附和："我们就在度假村里面，不会去其他地方，很安全的。"

唐父哼了声，对管家说："把那家伙叫进来！"

在安子颜担心的目光下，韩胤希走了进来。

韩胤希温和地对唐氏夫妇打招呼："岳父、岳母，早上好。"

唐母微微颔首。

唐父则是直接不给好态度："我说过，不要叫我岳父，我现在还在考虑要不要解除你们的婚约。"

韩胤希保持微笑。

唐父转过身，面对他问："你要带沫颜去玩？"

韩胤希点头，解释道："学生会的团队建设活动，明晚就回来。岳父放心，我会照顾好颜颜的。"

唐父哼道："你就光会说，上次她生病你在哪儿？还让她自己一个人去医院看病，你还好意思说能照顾好她！"

看来他对之前的事还耿耿于怀。

韩胤希也知道唐父一时不会轻易原谅自己，只好拿出态度来："我一定会对颜颜寸步不离。"

唐父却抬起手说："不用你寸步不离，我可以让你带她去玩，过夜也可以，但是！"

这个"但是"他咬字很重。

韩胤希顿时有不好的预感。

唐父盯着韩胤希，严厉地说："你们不能睡一个房间，要分开住，就算是套房也不行。"

韩胤希立马点头应道："好的。"

唐父还是不放心地睨着韩胤希："你不要想什么歪脑筋。"

韩胤希笑而不语。

安子颜感觉这气氛有点怪，赶紧说："爸爸，我们时间赶不及了，大家都在等着我们呢，我们要走了。"

韩胤希朝她伸出手。

安子颜很自然地走过去，让他牵住自己的小手。

唐父看到这一幕，不禁在心里叹了一声：女大不中留啊！

唐母颔首，叮嘱道："注意安全，好好玩。"

安子颜点头："嗯，妈妈，你刚出差回来，周末就休息一下，别太辛苦哦，爸爸也是。正好我不在，你们就可以享受一下二人世界啦。"

说最后一句时，她调皮地对父母眨了眨眼。

向来女强人模样的唐母难得地露出了一丝类似羞赧的神情："你这孩子，你不在家的时候我不是都跟你爸爸过二人世界吗？"

安子颜说："那不一样，今天是周末呢，妈妈出差也累了，该放松放松。爸爸，你要不要也带妈妈出去走走啊，看个电影、约个会什么的，对不对？"

被她这么一提醒，唐父恍然大悟："对哦！我们都好久没约会了，可以出去看个电影，带你放松一下。"

唐母说："我觉得在家里就很放松了，不用出去。"

唐父笑了起来，明白她的意思，都老夫老妻了，两人待在家里也一样是二人世界，不需要出去约会什么的。

但他不这么认为："约会是你的宝贝女儿提议的，我觉得不错，就这么定了，我看看最近有什么电影。"

"看电影就算了吧……"

"不能算，我们都好多年没一起看电影了，你以前不是很喜欢看电影的吗？我们可以重温一下结婚之前的时光。"

"重温什么啊，真是……"

在父母的对话中，安子颜悄悄地拉着韩胤希走了，不打扰他们。

走出门后，韩胤希把俊脸往她那边凑近，小声说："我们今晚住帐篷。"

安子颜好笑地看着他，没好气地说："你可真是个机灵鬼啊！"

住帐篷就不算违抗唐父的话了？

韩胤希本来怕委屈了她，没想睡帐篷的，但这种情况下，就不得不选择帐篷了。

他说："我觉得住帐篷挺好的，你放心，现在的帐篷质量很好，我保证让你睡得舒舒服服。"

安子颜微微眯眼，总觉得他像是话中有话。

她说："算了，我还是住酒店吧。"

两人走到了车旁。

韩胤希一边帮她拉开车门，一边笑着说："不好意思，酒店没房间了，今晚我们只能住帐篷。"

安子颜挑眉，知道他是骗自己的，问："你怎么知道没房间了？"

韩胤希弯腰帮她系安全带。

两人的脸离得很近。

安子颜能闻到他身上的男人气息，顿时有些羞赧，小心脏也跳快了几分。

他一只手摁在椅背上，几乎是把她困在椅子上，然后故意往前倾，用气势逼迫她。

安子颜身后就是椅子，完全无路可退。

“喂！”她只好出声阻止他危险的行径。

这可是她家门口！他想做什么啊？

韩胤希嘴角含笑，修长的手指一伸，指腹在她脸上抹了一下：“你脸上有点东西。”

安子颜问：“什么东西？”

韩胤希说：“有点喜欢我。”

安子颜一愣，没忍住笑了，他说“土味情话”上瘾了是不是？

“拜托了，你别跟我说‘土味情话’了行不行？”

韩胤希收回身，继续刚刚的话题：“因为酒店被我包下了，所以我说没有了就是没有了。”

安子颜愕然地瞪大眼睛问：“真的啊？”

他们学生会才多少人啊，居然要包下一座度假村吗？

果然，有钱人的思维她无法理解。

韩胤希关上她这边的车门，绕回到驾驶座上，启动了车子，说：“我想包下的话，当然没问题。”

所以到底有没有包下？

安子颜虽然对隔壁的C市不熟，但那座度假村很有名，还是准五星级的，所以她还是听说过的。

那么大一座度假村，能同时容纳很多人，要是包下来，得花多少钱啊？

她不禁好奇：“那很贵吧？”

韩胤希抿着嘴笑道：“不贵，不用花钱。”

安子颜不解地问：“为什么不用花钱？”

怎么可能不用花钱！

韩胤希神秘一笑，说：“你猜？”

安子颜本来是想到，之前的丽思会所是他家开的，难道这度假村也是吗？但她没有问出口，反正到了那边就知道答案了。

两人到达集合地的时候，其他人已经在等着了。

毕竟是团体出行，所以安排的是豪华大巴。

本来韩胤希是想开车载她去的，在自己的车上始终比较舒服，但安子颜觉得这样不太好，大家都坐大巴车，他们却自己开车，好像有点不合群，所以她建议还是一起坐大巴车。

韩胤希没意见，把自己的车停好后，便牵着她的小手上了大巴车。

两人刚一上车，车上的人就发出了一阵哄闹声。

有人是高兴安子颜的到来，尤其是男生，大部分把她当女神了。

有些人则是发出了哀号。

“会长，不带这样的！请爱护一下我们这些‘单身狗’好不好？”

“会长，‘秀’恩爱这种习惯很不好，非常不好，我们强烈抵制！”

“会长，你是想一路给我们喂‘狗粮’吗？这样我们到了那边就不用吃饭了，给你省了一笔钱？不得不说，你这计谋非常阴险。”

这次去露营，是韩胤希为了犒劳大家，所以整个活动的费用都是他自己出的。

韩胤希笑着说：“‘狗粮’呢，你们吃着吃着就习惯了，反正早晚也是要习惯了，早点习惯更好。”

闻言，众人发出抗议声。

安子颜被他弄得不太好意思，赶紧拉着他到旁边坐下。

这时有人惊呼：“又来一对‘虐狗’的？”

“等等，南少怎么会在这里？”

南少？安子颜好奇地望过去，就看到南司耀大长腿一跃，就上了车，还刚好就在她面前。

他像是早就知道她在，对她挥手打招呼：“哈喽，看到我惊不惊喜？

惊喜是没有，惊讶就有，安子颜问：“你怎么会来？你不是学生会的吧？”

南司耀一副很嘚瑟的样子，说：“你是什么身份来的，我就是什么身份来的。”

有人在身后起哄：“南少，唐大小姐可是我们会长夫人哦，你也是吗？哈哈哈。”

南司耀转向那人说："错，是家属！"

家属？车上的人这才发现他身后站着一个女生，是他们学生会的成员。

有人惊呼："莹莹，你怎么会跟南少一起的？"

莹莹在后面羞红了脸："我……南少是……"

她显然不知该如何回答。

南司耀倒是大方，面向众人说："我是陪她来的家属！"

顿时有人起哄："南少，所以你是莹莹的男朋友吗？"

莹莹紧张地看向南司耀。

南司耀却没看她，反而看了安子颜一眼，笑着说："如果非要算的话，也可以说是一日男友。"

一日男友？什么嘛！

不过，大家从他的目光落在谁身上，就明白了他的意图。显然他是为了安子颜才跟来的，莹莹不过是被他利用而已。

虽然有些人同情莹莹，但也有人是羡慕的，能当南少的女友，可是不少女生梦寐以求的事，哪怕只是一日也好。

南司耀在说这句话的时候，一直观察着安子颜的表情，可是他发现，安子颜好像毫不在意，这让他不禁有些不爽，他也不知道为什么，就是很不爽。

既然是学生会成员的家属，韩胤希也没有理由把他赶下车。

但韩胤希扫了一眼车后，对南司耀说："不好意思，这辆车已经满了，你去另一辆吧。"

南司耀说："没有满啊，这不是还有位置吗？"

是还有位置，但两个位置是分开的，难道他要跟自己的"女友"分开坐吗？

南司耀当然不会这么过河拆桥，他笑着凑到了坐在安子颜后面的那个男生旁边，几乎是用一种强制的语气说："你可以去那个空位坐，让我和我女朋友坐在一起。"

那个男生有点不爽，凭什么要让给他坐？但他一转头，看到另一个空位旁是一个女生，顿时就点头同意了。

韩胤希瞥了一眼，就看着南司耀还很绅士地让女生坐里面，他坐外面。

这样刚好是斜对角，他就可以看到安子颜的侧脸了，还方便跟她说话。

果然，刚坐下一分钟，南司耀就戳了戳安子颜的背，朝她挑眉："看到我来，是不是很高兴？"

安子颜皮笑肉不笑地道："看得出你比较高兴。"

这家伙怎么就这么阴魂不散呢？

南司耀脖子都要伸到她前面去了，乐呵呵地说："能跟你一起旅游，我当然很高兴啊！"

韩胤希皱眉，一巴掌把他的脸往后推了回去："关门，叫司机开车！"

安子颜刚扭回头，突然一抹冰凉的触感凑到她脸侧，吓了她一跳。

她侧头一看，才发现是一瓶饮料，是身后的南司耀递给她的。

他也不吱个声，都吓到她了。

她摇头说："我不要。"

南司耀非要给她："别跟我客气，这瓶就是买给你的，你不是喜欢喝这个口味的吗？"

看他还想要塞给她，韩胤希瞪了他一眼，索性把饮料抢了过去："我也喜欢喝这个口味的，给我吧。"

南司耀不满地对他啧了一声，道："我是给沫颜买的，你想喝，自己买去啊。身为学生会会长，怎么能抢别人的东西呢？不要脸！"

韩胤希黑了俊脸，到底是谁不要脸啊？信不信他把南司耀踹下车？

一旁的莹莹怕他们吵起来，赶紧调解道："会长，我这里还有一瓶，我这瓶给你吧。"

韩胤希没理她，只是把手中的饮料塞到了安子颜手中，说："你这是给她的，对吧？我是她的未婚夫，她的东西就是我的东西，对吧？所以我拿来喝，有什么问题吗？"

他一边说，一边把刚塞到安子颜手中的饮料拿走了，下一秒还拧开了盖子，当着南司耀的面光明正大地喝了起来。

南司耀哼了一声。

莹莹怕南司耀不高兴，便把自己的饮料递给他："南少，你把这个给唐大小姐吧，我还没喝过，这个味道的也很好喝。"

安子颜说："我不用了，你喝吧。"

莹莹说："我没关系，我现在不渴。唐大小姐，给你喝吧，这个味道的真的很好喝，我超级喜欢的。"

安子颜哪儿能夺人所爱，微笑着摇头。

南司耀啧了一声，被她们让来让去的弄烦了，索性把饮料抢了过来，拧开就喝："给我喝吧！"

安子颜白了他一眼。

莹莹倒是无所谓，还很开心地笑着，眼神痴痴地看着他。

车子开了。

韩胤希看向安子颜，点了点自己的肩膀，对她说："肩膀借你，靠着我再睡一会儿，还要三个小时才到那边。"

安子颜摇头："我不困。"

只是三个小时的车程是有点无聊，她正想着该怎么打发时间，就感觉到一颗脑袋靠在了她的肩上。

"你不睡的话，那你让我睡。"

安子颜用余光看了他一眼，觉得他这话说得……总感觉有别的意思似的。

本来嘛，被他枕着也没什么问题，但慢慢地她就感觉到肩膀有点沉，撑不住了。

她只好推了推他的脑袋，笑道："你这脑袋里装的是水泥吗？这么重。起来，别压着我了。"

韩胤希却不肯起，还故意压着。

就坐在他身后的南司耀看不下去了，拍了拍他的椅背，说："你起来啊！她都嫌弃你了，没听到吗？"

韩胤希回头冷冷地瞥了南司耀一眼，目光转到安子颜身上，问："你嫌弃我？"

"没有啊。"她哪敢！

韩胤希这才满意了，继续把脑袋搁在她肩膀上，还蹭了蹭，挪了一个舒服的位置。

安子颜实在拿他没辙，只好算了。

南司耀在后面翻了个白眼。

莹莹悄悄地瞅他，小声问道："南少，你困吗？要不要我……"

没等她说完，南司耀就冷声拒绝："不用了，我不困，我不像某人那么不要脸，女孩子的肩膀都靠。”

韩胤希则是愉快地哼起了小曲。

某人这是嫉妒，就让他慢慢嫉妒吧。

怕安子颜的肩会酸，韩胤希也没有靠太久，很快就起身了。

第二十四章
你问他是不是金屋藏娇了

三个小时后，豪华大巴车到了C市的度假村。

这里光是门口看上去就很高端了。

一路开到了主楼的酒店，车子才停下来。

众人拎着自己的行李下车，没想到就看到齐刷刷的两排人站在前面，双手交叠，毕恭毕敬的，像是在迎接什么人。

学生会的成员交头接耳起来。

“是迎接我们的吗？”

“你想多了，一看就知道是迎接韩少的。”

“难道这度假村是韩少家开的？”

众人正说着，安子颜和韩胤希下了车。

只见那两排人突然齐声喊道：“欢迎小姐、欢迎韩少爷！”

众人顿时愕然，欢迎小姐指的是唐大小姐吧？难道说……

安子颜也没想到会有这样大的阵仗，被他们的喊声吓了一跳。

韩胤希及时地搂住了她的腰，还顺便往自己怀里带。

安子颜疑惑地看向他：“这……”

韩胤希笑了一下，知道她不清楚这个情况，便好心提醒她：“这是你家的产业，你忘了？”

安子颜愣怔，这度假村是唐家的产业？！

等等，那他之前说……她不解地问：“那你怎么说来这里不用花钱？”

又不是他家的产业，为什么不用花钱？

韩胤希用理所当然的语气说：“你是唐家大小姐，你带未婚夫来自己家的度假村玩，需要花钱吗？”

安子颜：“……”

韩胤希搂着她往前走：“好了，跟你开玩笑的，钱还是要花的。”

安子颜说：“我可以跟他们说一下……”

可以打个折什么的。

韩胤希睨了她一眼：“我像是吃软饭的人吗？”

安子颜失笑。

不知什么时候，跟在他们身后的南司耀哼了一声。

知道这是唐家的产业后，其他人都不敢走在前面，等着韩胤希和安子颜先走。

因为是周末，酒店里还能见到其他客人。

但有唐大小姐在，经理自然是给他们开了VIP通道，很快给这么多人做好了登记，还安排了随行的管家。

登记完，众人往里走，坐上度假村的电瓶车，往露营地开去。

到了目的地，安子颜看着眼前的场景，惊呆了。

这是帐篷？这帐篷好大啊！

经理也跟来了，领着她往前走，指着扎营在最好位置的帐篷对她说：“小姐，这是我们给您准备的帐篷，您看您满意吗？晚上您如果想回酒店住的话，房间已经准备好，您在前台说一声便行。”

安子颜看着那个跟其他人不同的帐篷，走了进去。

经理给她掀开帘子。

一入眼，先是一个像是玄关的地方，还有椅子用来坐着换鞋，更夸张的是，旁边还摆着一个花瓶，像是用作装饰的，不知道的人还以为进了酒店。

这哪儿是帐篷啊！

安子颜懒得脱鞋，便掀开门帘往里面看。

里面的空间还挺大的，放着一张大床，床上还铺着柔软的被子，放着几个好看的枕头，摆设得很温馨。

床的对面还拉下了一个投影的幕布，侧面则是放着一张舒服的双人沙发，甚至有一张放着果盘和小点心的小茶几。

安子颜还是第一次看到这样的帐篷，再次疑惑，这真的是帐篷吗?

经理在一旁问：“小姐，您满意吗？要是嫌太空的话，我可以叫人搬一些摆设过来，看小姐您想要什么样的风格。”

安子颜摇头说：“不用了，这样已经很好了。”

她从来不知道帐篷还能搞成这样，这也太……夸张了吧！

经理看她满意，露出了笑容，说：“那小姐、韩少爷，我就不打扰两位了。有事吩咐的话，再打电话给我，或者告诉管家通知我。”

安子颜说：“好，麻烦了。”

经理一只手放在胸前：“不麻烦，为小姐服务是我的荣幸。”

说完，他便走了。

韩胤希握住她的小手，说：“要不要进去看看？”

安子颜说：“不用了啊，这一眼就能看透。”

韩胤希含笑，挑眉暗示道：“不试一下床吗？这床看着还挺舒服的。”

安子颜装作没听懂他的意思。

不过帐篷里就一张床，所以真如他所想两人睡一个帐篷的话……安子颜羞得不知该怎么办才好。

这时一个脑袋探了进来：“你们的帐篷也太好了点吧？”

南司耀掀开帘子，走到他们面前。

安子颜问：“你的帐篷怎么样？”

南司耀一脸嫌弃：“还行，但跟你这个没法比。”

安子颜想起他是跟那个女生一起来的，难道他要跟那个女生睡一个帐篷吗?

这样不太好吧？他只是当人家的一日男友，就睡在一起的话……

当然，这不关她的事，她也无权过问太多。

说白了，这也是人家女生心甘情愿的，她有什么好过问的呢?

南司耀伸长脖子朝帐篷里面瞄了一眼。

一眼就看到了那张大床，他问：“你们这床还挺大的，睡三个人都够了，介意我过来跟你们一起睡吗？”

韩胤希冷了脸："非常介意。"

"小气。"南司耀吐槽了一句后，转向安子颜，俊脸凑近一些，小声问："你和他进展到哪种阶段了？"

安子颜一愣，有些羞窘。

南司耀一看她的反应就明白了："亲亲？抱抱？我猜就到亲亲吧？"

南司耀的语气多了一分愉悦——要是她和韩胤希真发展到最后的阶段，她不可能是这种表情。

韩胤希听不下去了，他怎么能容许有男人跟他老婆聊这种话题："好了，你去找你的女朋友吧，别在我这里碍眼。"

他现在很想揍人，尤其是在南司耀的愉悦表情下，他想起自己连亲亲都没有，就别说抱抱了。

他越看南司耀越恼火。

南司耀是个聪明人，看出他眼里的杀意，赶紧走人："对了，该吃饭了吧？我饿了。"

韩胤希一脚把他踹出去："滚！"

南司耀跑得及时，没有被踢到。

韩胤希转身拉起安子颜的小手，示意她脱鞋，两人进了帐篷。

安子颜坐到沙发上。

韩胤希就从后面搂住了她，下巴抵在她的肩膀上，撒娇似的。

安子颜笑道："怎么了？"

韩胤希没说话，只是用嘴唇蹭着她的侧脸，若有似无地擦过她的耳垂。

安子颜微微颤了一下，心尖像是被羽毛撩过，有种酥酥的感觉。

"你干吗？"她都没意识到自己的声音软成什么样。

韩胤希直白地说："想亲你。"

安子颜一愣，脸上浮上一抹红晕，道："你在意他说的话。"

韩胤希轻哼一声，闹别扭似的把她搂得更紧了些，像是要把她揉进自己的身体。

被他热乎乎的身体贴着，还有那股属于男人的气息几乎包裹住她，安子颜感觉自己都开始发热了，小心脏也跳得飞快。

安子颜跑出去后，用手扇了扇脸，想要散去脸上的热气。

她沿着湖边走，路过其他帐篷的时候，忍不住探头看了几眼。

其他人的帐篷虽然比不上她那个，但也相当豪华了，里面铺着气垫床，还有椅子、桌子，被子看上去也很舒服。

在一处空地，还有人让管家搬来了液晶电视，用Switch（一款游戏主机）玩起了游戏。

有人则是进了湖里游泳。

湖水非常清澈，呈现出漂亮的碧绿色，再加上四周树木围绕着，充满了让人感到舒适的负氧离子。

这里真的很舒服，跟酒店那边的度假区域不同，这里更贴近大自然，让人仿佛置身在大自然之中。

看大家都玩得很开心，到处有欢声笑语传入耳中，安子颜听着也感觉心情愉悦。

但她始终融入不了他们，因为她更喜欢清静，她便往另一侧人少的地方走去。

她并没意识到，一道身影跟在她身后。

安子颜还是有安全意识的，不会一个人走进森林，她走到了森林边缘就准备转身往回走。

只是，一个猝不及防，她差点撞到一个人身上。

“南司耀？”

南司耀想要伸手拉她，安子颜自己站稳了，往后一步，蹙眉看着他，问道：“你干吗跟着我？”

南司耀弯腰摘了旁边的小野花递给她：“我有话想跟你说。”

安子颜没接花：“别摘了，这花长在这里好好的，摘了多可惜。”

南司耀见她不要，便丢掉了。

他睨着她，没好气地说：“你这是陷进去了吗？我的提醒你到底有没有听进去？”

他都让她不要对韩胤希认真了，她偏不听，她是不是傻啊？他快被她气死了！

安子颜不解地问：“什么啊？”

南司耀翻了一个白眼，咬牙切齿地说：“我是指韩胤希！你这样陷进去，到时候惨的是你自己，你知道吗？你以为我是骗你吗？我真是……好心遭雷劈！”见安子颜还是不为所动，他生气地吼道，“你就这么喜欢当第三者吗？”

安子颜被他吼得蒙了几秒，回过神后，才反应过来他的意思。

她皱眉问：“什么第三者啊？”

她怎么就成第三者了？

南司耀冷哼一声，指着她的帐篷那边说：“你去问问韩胤希，他是不是金屋藏娇了，我看他会怎么回答你。”

安子颜很烦他这样有话不说清楚，不高兴地说：“你不会又跟踪他了吧？看到一点什么，就危言耸听。”

“我危言耸听？”南司耀指着自己的鼻子，仿佛听到了什么笑话，冷笑了一声，“你不信就算了，我该提醒的也提醒你了，你还要一头扎进去，我也救不了你。到时候你被伤了心，别回头找我哭！”

安子颜沉默地看着他。

南司耀更来气了，觉得她就是不相信自己。

“你对他就那么信任吗？你用脑子想想行不行？他之前那么烦你，对你避之唯恐不及，为什么还答应跟你订婚？他如果不是有目的的，我把头劈下来给你！”

安子颜越听越烦了：“好了，你别说了。”

南司耀吼道：“好，我不说了！你没脑子关我屁事啊！”

说完，他就愤然走了。

安子颜闭了闭眼，目光转向湖面。

不知是什么原因，原本平静的湖面突然激起了一圈圈波澜。

韩胤希身边真的有另一个女生吗？

她不知道南司耀说的话是不是真的，尤其是最近几天，韩胤希的行迹有些奇怪。

但她知道一件事，她确实是个第三者……跟韩胤希订婚的人是唐沫颜，跟他在一起的人也是唐沫颜，而她，是安子颜。这样算起来，她当然是第三者。

她用着唐沫颜的身份跟他在一起，享受他给予的甜言蜜语，这些原本都应该是属于唐沫颜的才对，她只是一个鸠占鹊巢的小偷。

从小到大，安子颜从来没拿过别人的东西，更不喜欢欠人东西，在个人原则上，她是一个近乎偏执的人。

不管说服过自己多少次，她始终无法心安理得地享受本不应该属于她的这一切。

不管是韩胤希，还是唐父、唐母的爱，这些都不是属于她的。

可是……南司耀之前透露的秘密，让她有了一个大胆的猜测。

如果唐沫颜不是唐父、唐母的亲生女儿，而她又那么巧跟唐沫颜在同一家医院同一天出生，又遇上重生这么不可思议的事，会不会她才是唐父、唐母的亲生女儿？

这个想法一旦在脑中产生，就像扎根了一般，快速地生长。

她非常想要知道真相。

但她该怎么做呢？她拿到了唐父、唐母的头发，目前能做的也只是检验唐沫颜跟他们是否有血缘关系这一点，而她的身体已经死了，要如何才能验证她可能是唐家的血脉？

安子颜唯一能想到的是，她去世后，妈妈还保留着她的房间，说不定回去能找到几根头发。

可是她又要如何才能趁妈妈不在家回去找头发呢？

她没做过偷鸡摸狗的事，所以实在很头疼。

“喂！”

突然，一道声音唤回了她的意识。

刚刚气愤而走的南司耀，不知怎么又兜了回来。

安子颜侧头看着他，脸上没有表情，眼神中漾出忧郁。

南司耀烦躁地捋了一下头发，说：“真受不了你这样！好了，算我错了，我不该跟你说这些，你别难过了行吗？”

他刚刚都走了，可不知怎么，脚像是有自己的意识，越走越慢，然后回头看她的时候，就看到她一脸忧郁难过地望着湖面。

他也不知道自己怎么了，那一刻他很烦躁，突然后悔自己跟她说出真相。

她什么都不知道，是不是就能开心一点？明明他的初衷就是想看她难过，想她对韩胤希失望，可真正看到她露出难过的神情，他就受不了啦。

安子颜听出他的关心之意，轻轻摇头说：“我没事。”

南司耀烦躁得想揍人——她这神情，这说话的语气，明明就是在闷闷不乐！

他愤愤不平地说：“不就是个男人吗？这个不好，你换下一个啊！你要什么男人没有？何必吊死在一棵树上！”

安子颜说："我真的没事。"

南司耀以为她就是执迷不悟，就是认定了韩胤希，这样一想就更来气了，韩胤希那家伙凭什么得到她这样的痴情！

安子颜现在就想一个人静一静，尤其是不想看到他这家伙。

她指了指那边的人群，说："你看，他们玩得很开心，你不过去吗？"

"不去！"南司耀一个屁股蹲儿在她身边坐了下来。

安子颜没力气赶他，就随他了。

一时间，两人谁也没说话。

南司耀无聊地捡起石子，在湖面上打水漂儿。

安子颜就看着，不知道在想什么。

南司耀撑着下巴，突然转头看向她说："我给你讲个笑话吧？"

"我不想听……"

没等她拒绝，他就讲了起来："从前有个人，他喜欢在水边玩打水漂儿，后来他去了非洲，一看到水就忍不住玩打水漂儿，然后他就被鳄鱼叼走了。"

安子颜像是没在听。

南司耀看她一点反应都没有，只好换招了："我给你扮鬼脸，你要不要看一看？不过我这么帅，扮鬼脸也肯定不丑。"

说着，他就用手指了捏自己的脸，往她面前凑。

安子颜看都没看就扭开头。

这招不行，南司耀又换了一招。

安子颜就看着他换了一个又一个方法，想要逗她开心。

她觉得虽然这家伙平时讨厌了点，但也没那么坏。

终于她有了反应，站了起来。

南司耀看向她，就听到她说："饿了，想去吃点东西。"

他哀怨地跟在她身后："我也好饿，说了那么多话，口都干了……"

他想卖一波惨，让她对他产生恻隐之心。

然而安子颜只是往帐篷走，没搭他的腔。

走到帐篷门口的时候，安子颜突然停下了脚步。

南司耀疑惑地看着她突然变了的脸色。

帐篷里，韩胤希不知道在跟谁讲电话，语气很是亲昵，还带着笑意调侃道：“嗯哼，真的那么想我吗？”

安子颜觉得心口有些发堵。

有那么一瞬间，她想转头就走，不想再听下去，但理智让她顿住了。她告诉自己，不能逃避，有事情就去面对，逃避是没有用的。

所以她深呼吸一口气，掀开帘子走了进去。

先入眼的便是韩胤希布满笑意的俊脸，那笑容中还带着明显的宠溺意味。

跟他打电话的到底是谁？

身后跟来的南司耀自然也听到了韩胤希与电话那边的对话。

他挑了挑眉，赶紧跟上，看向韩胤希，话中有话地说道：“哟，跟谁打电话呢？这么亲热。不知道的人还以为你背着我们唐大小姐藏了个什么小蜜呢。”

韩胤希瞥了他一眼。

他也注意到了安子颜的表情有些不对劲，显然她可能误会了。

韩胤希索性把通话开了外放。

手机那头传来了一道稚气可爱的声音，甜甜地笑着说：“胤希哥哥，我真的好想你，你过来嘛，我放假了，很有空、很有空。”

安子颜和南司耀都愣了一下，原来是他们误会了……

南司耀挑眉，却怀疑是韩胤希发现了他们在外面偷听，所以就让手机那边换了一个人。

安子颜则是呼了口气，脸上有了笑容。

她问：“这小妹妹是谁啊？”

韩胤希说：“我最小的表妹，五岁。因为今天放假，打电话说想我，让我过去她家找她玩，这小东西可黏人了。”

安子颜从他宠溺的语气听得出来，他应该很喜欢这个小表妹。

没给她说话的机会，那头的小妹妹就嚷嚷起来，很霸道地说：“胤希哥哥，你在跟谁说话啊？你跟我说话啊，我不准你分心，我不高兴了哦。”

韩胤希笑了起来，声音也跟着放软了：“我跟你颜颜姐姐说话呢，你要不要跟她说说话？颜颜姐姐可漂亮了，你一定喜欢她。”

小表妹却不乐意了，一口拒绝：“不要！你明明说过涵涵最漂亮！”

韩胤希失笑，看了看安子颜，一本正经地对小表妹说：“不好意思，以前你最漂亮，但现在，颜颜姐姐才是最漂亮的，你见到她就知道了。”

小表妹哼道：“我不管，我是最漂亮的！”

安子颜也知道韩胤希会很为难，便出声说：“好、好、好，你最漂亮。”

这种口头上的输赢，她并不在意。

然而反倒是韩胤希固执起来了，他很坚定地说：“不，当然是我老婆最漂亮，这一点不接受反驳。”

小表妹不高兴了，发出泫然欲泣般的呜咽声：“胤希哥哥，你是不是不喜欢我了？”

韩胤希说：“当然不是，但我现在最喜欢颜颜姐姐。”

没想到他会说出这种话，安子颜在一旁露出难为情的神情。

南司耀则很不爽地拧着眉，最后受不了，转身走了。

小表妹显然对着韩胤希也不敢太娇气，只好妥协了，声音软软地说：“那这样，颜颜姐姐第一漂亮，我第二漂亮，可以吗？”

韩胤希应道：“可以。”

小表妹顿时高兴起来：“那胤希哥哥，你什么时候来我家？”

韩胤希上前两步，牵住了安子颜的手，说：“下周末吧，我带颜颜姐姐一起过去，你看到她一定会喜欢她的。”

“不能现在来吗？”

“我现在在外面。”

“在约会吗？”

没想到五岁的小朋友连这个都懂。

韩胤希眸中含笑：“算是吧。”

小表妹遗憾地说：“那好吧……”

挂了电话，韩胤希把手机放好，长臂一拽，就把安子颜拉到怀里，搂得紧紧的。

他盯着她的眼睛问：“刚刚吃醋了？”

安子颜摇头：“没有啊。”

韩胤希眯起眼：“真的没有？”

安子颜突然有点怕这种暧昧的氛围，不自然地挣开他，笑了一下，说：“我有点饿，而且快中午了，我们吃点东西吧，是让酒店送过来吗？”

韩胤希没察觉她的情况，以为她是真饿了，便说道：“应该是在湖边烧烤吧？之前就打过电话，让酒店准备烧烤的东西了。”

安子颜说：“那我们出去看看吧。”

韩胤希可不想她饿着了，牵着她的手一起出去。

两人到了空地，果然看到已经有人在弄架子准备烧烤了。

南司耀和他的一日女友莹莹也跟着过来了。

莹莹问南司耀：“你喜欢吃什么？我帮你烤。”

南司耀却看向安子颜，问她：“你喜欢吃什么？”

安子颜问：“你会烤吗？”

南司耀笑得露出牙齿：“不会。”

安子颜失笑：“那你还问我？”

他反过来问她：“那你会烤吗？”

她说：“我也不会。”

就算会，她这个时候也得说不会。

南司耀再次问她：“那你到底喜欢吃什么？”

安子颜想了想，说：“鸡翅吧。”

南司耀便对莹莹说：“烤几只鸡翅吧。”

莹莹乖巧地应道：“好的，我知道你喜欢吃辣，我会烤得辣一点。唐大小姐的话，她吃辣吗？”

安子颜觉得让她烤不太好意思，道：“我的就不用了，你烤给他吃就行。”

莹莹笑着对安子颜说：“没关系的，反正都要烤，烤一只是烤，烤两只也是烤嘛。唐大小姐，你还有什么想吃的吗？我帮你一起烤。”

安子颜看她这么好，心里很是可惜她为什么会喜欢南司耀这家伙。

几个女生在一旁负责烧烤，其他人则围坐在一起，准备玩游戏。

玩什么呢？有人贼笑着提议了玩真心话大冒险。

没人反对，于是一致通过。

南司耀打了一个哈欠：“好无聊的游戏啊……”

然而当第一个被选中的是韩胤希的时候，他顿时就来劲了：“第一把，来个真心话吧，韩少，敢不敢？”

韩胤希挑眉：“好。”

南司耀瞄了一眼他身后，笑容更甚：“韩少，你交往过那么多女朋友，最喜欢的是我们唐大小姐吗？”

见他问这么尖锐的问题，众人惊了一下。

也就南司耀敢问出来了！

尤其是他们发现安子颜正往这边走来的时候，更是期待韩胤希的回答。

韩胤希几乎没犹豫就回答：“不是。”

在他身后，安子颜顿住了脚步。

南司耀瞄了一眼安子颜的神色，确认她听到了刚刚那些话，顿时就幸灾乐祸地看向韩胤希。

而其他人也齐齐看向安子颜，神色各异。

韩胤希回头，看到安子颜的时候并没有露出任何惊讶，他微微一笑，凝视着她，慢悠悠地补了一句：“因为我只喜欢过一个人。”

只喜欢过一个人，所以当然就没有“最喜欢哪个人”的问题了。

此言一出，众人皆惊呼：“韩少，你也太会撩了！”

南司耀也挑起眉，心里冷哼，这家伙脑子转得还真是快。

他怀疑韩胤希是不是早就猜到安子颜会过来，所以故意中他的圈套，再来一个反转。

女人最吃这套了！想也知道，安子颜听到这话，现在肯定是心花怒放。

南司耀气自己就这样被某人利用了。

韩胤希朝安子颜伸出手。

安子颜没有把自己的手给他，而是把手中的盘子递给了他。

韩胤希只好接过来，放到桌子上。

她走近后，他伸手就拽她过来，让她坐在自己身边。

安子颜示意了一眼鸡翅，对他说：“趁热吃吧，不然凉了就不好吃了。”

除了鸡翅，她还拿了一些牛肉串过来。

毕竟不好意思只拿一点点，她对其他人客套道：“你们也吃吧，她们烤得挺香的，味道应该不错。”

众人听了，面面相觑：他们没听错吧？唐大小姐这是要分给他们吃？

不得不说，现在的唐大小姐真的变了挺多，至少比以前让人容易亲近了。

有些人早就想抱她大腿，当然是不客气了，伸手就拿了牛肉串：“谢谢唐大小姐！”

有人却在这时不知死活地问韩胤希：“韩少，你刚刚说你只喜欢过一个，那以前交的女朋友……”

韩胤希淡漠地说：“玩玩而已。”

在没人察觉的地方，他放在一旁的手紧紧地握住了安子颜的小手。

听到这个答案，其他人识相地哦了一声，就不再问了。

韩胤希不想玩了，对安子颜说：“我们去游泳吧。”

安子颜没动，说道：“我不去了。”

其实她不会游泳，但她猜唐沫颜有很大可能是会游泳的，所以她要是下水不就露馅儿了吗？她当然不能下水！

韩胤希不知藏着什么心思，非要她一起游泳。

安子颜没辙，只好找了一个借口：“我没带泳衣，游不了。”

韩胤希笑了起来：“这简单，这里有商店，我带你去买。”

安子颜就这样被拉了去，坐上电瓶车，回了酒店那边。

这里简直是一条小型的购物街，连包包店、服装店和咖啡厅都有。

韩胤希很有兴致地给她挑了一件泳衣，布料很少那种，说：“这件怎么样？感觉很适合你。”

安子颜：“……”

他又拿起另外几款，同样是布料少的。

但很快他就意识到一个问题：她穿给他看是没问题，可是穿出去，不是让别的男人也看到了吗？

那可不行！

韩胤希一转念，就把手中的泳衣放下，拿了另外的款式，这次是布料比较多的，问：“我觉得这个也不错，你喜欢吗？”

安子颜哪个都不想选，推了推他，说：“你应该也没带来吧？你去挑你的吧，我的我自己来挑。”

韩胤希知道她是在害羞，便同意了，走过另一边的男式区域去挑选自己的。

他走了后，安子颜松了口气。

面对着架子上的那些泳衣，她随意地翻着，其实脑子里在想找什么借口才不用下水。

谁知道，她手中刚放下的一件泳衣突然就被抢走了。

“这个我要了！”

安子颜看向突然出现在她身旁的女生，那女生一副傲慢的姿态，让她不禁想到了唐沫颜。

安子颜意识到什么，又伸手拎了另外一件泳衣。

果然，又被女生抢走了。

“这件我也要了！”女生一把夺过，然后递给了在她身后候着的销售员。

安子颜微微眯眼，确认了对方就是在针对她。

这个女生莫非是唐沫颜的仇家？

安子颜双手环胸，睨着对方。

女生挑衅地瞪着她。

安子颜蹙眉。

女生说：“你就是韩少的新女友吗？这脸蛋是挺漂亮的，不过身材嘛就……”

最后她的语气有点讥消的意味。

安子颜瞄了一眼对方的身材，确实是很好，也不怪对方那么骄傲。

听对方话中的意思，应该是不知道她的身份，可能是看到了她和韩胤希在一起，就认为她是韩胤希的新女友。

安子颜微微一笑，摇头说：“我不是他的女友。”

我是他的未婚妻。她在心里补了一句。

女生不信，傲慢地瞥了她一眼，说：“真的？你别想骗我，我不怕告诉你，我是韩少的前女友，也是跟他交往时间最久的那一个！”

安子颜不懂“交往时间最久”这一点有什么值得炫耀的，不还是被甩了吗？

她笑了一下，说：“怎么没听他说过你啊？也是，他交过那么多女朋友，估计也记不得几个吧。”

女生愤愤地反驳道：“我告诉你，我绝对是他最念念不忘的那一个！”

这女生还挺自信的嘛，安子颜仿佛看到了打脸的画面。

“是吗？那我把他叫过来，让你跟他叙叙旧吧？”

女生一顿，脸色微变。

第二十五章

把你一个人丢下不管

安子颜说着，就招手喊了韩胤希。

而韩胤希离得并不远，一听到声音，就赶了过来。

“挑好了吗？”韩胤希伸手就搂住她，看都没看那个女生一眼，好像对方并不存在似的。

安子颜示意了一眼旁边的女生：“你的旧情人，你不打个招呼吗？”

旧情人？韩胤希这才望了过去。

女生赶紧换上娇柔的表情，声音嗲嗲地唤道：“韩少，又见面了，你有没有想我？”

韩胤希挑眉：“你是谁？”

女生一僵：“我……我是雨蓉，你的蓉蓉啊！”

韩胤希一脸冷漠地说：“我真的不认识你，我想你是认错人了。”

女生泫然欲泣地瞅着他：“韩少，你怎么这样……”

安子颜睨着韩胤希，问道：“你是真不记得，还是假不记得？”

她猜，他是怕她生气所以才装作不认识的吧？

女生哀怨地盯着韩胤希，抱怨道：“韩少，前两天我们才在医院见过面的，你忘了吗？”

前两天？安子颜一愣，错愕地看向韩胤希，前两天他去过医院？

韩胤希蹙眉，面色冷了几分，一口否认：“我真的不认识你。我警告你，最好别再乱说话了，要是惹我老婆吃醋了，我可不会放过你。”

他最后一句隐约带着一点威胁的意味。

那女生一时不敢吱声了，只是可怜兮兮地盯着他。

韩胤希连泳衣都不买了，拉着安子颜就走。

走了一段距离，安子颜终于忍不住问他：“你前两天去医院了？哪里不舒服吗？还是受伤了？”

不会正好是她自己在医院看病那天吧？

她不禁想到，他前几天总是不见人，难道是因为受了伤瞒着她，自己去医院了吗？

韩胤希说：“没有。”

他的回答过于简洁，甚至有点不想说的意味。

没有？是指没有去医院，还是指不是因为生病或受伤才去的医院？他越是这样，越是弄得安子颜很想知道。

安子颜继续问：“不是生病？那是哪里伤着了吗？你怎么不告诉我呢。”

韩胤希说：“不是生病，也不是受伤，我没事，你别担心。”

安子颜笑了一下，似乎是调侃地问：“其实你记得她的吧？只是怕我不开心，所以才说不认识她。你们前两天才见过，怎么可能这么快就不认得了呢？”

说出这些试探性的话后，她突然感到自我厌恶，有疑问为什么不直接问出来呢？非要这样阴阳怪气地去试探……

明明是自己很讨厌的一种行为，可是她还是做了，她不喜欢自己这样子。

韩胤希停下脚步，对上她的眼，那双深沉的黑眸里似乎有着难言的情绪。

他把她的小手紧握在手心中，叹了一声，说：“你生气了？”

安子颜失笑，心里却一阵发堵。

他这样是不是间接承认了她说的？

这其中也透出一个事实，那就是他前两天确实去过医院。

可是他刚刚一直闪烁其词，没有说明自己是为什么去医院。

当然，她不是南司耀，不是非要探知他的隐私，只是他这样对她不坦诚，像是有什么事不能告诉她似的，让她心里不太舒服。

这是不是也说明，她对他来说，还不是可以信任的人？

安子颜越想越深，也越想越觉得难受。

她摇摇头，露出明朗的笑容，继续扮演好一个善解人意的角色，说道："没啊，没生气。其实你不用遮遮掩掩的，她是你的前女友也没什么啊，我又没吃醋。你这样遮遮掩掩的，反而很奇怪好吗？"

韩胤希深深地看着她，把她拉近一些，跟她额头相抵，低沉着嗓音说："对不起，我只是怕你生气而已，我以后不这样了。"

"嗯。"安子颜点点头。

韩胤希盯着她问："你真的不吃醋吗？一点都没有？"

安子颜想表现得大方得体一点，但听出了他的意思，笑了一下，诚实地说："好吧，是有一点点吃醋的。"

他以前交过那么多女朋友……就算那些是过去式，她还是没办法不在意。

明明之前她都不在意的，可是开始在意他后，这些事她就不可能不在意了。

喜欢一个人，是不是就会这样呢？恨不得参与他所有的过去，把他的时光都占据了，哪怕一分一秒都不想分给任何人，想他只属于自己，想他只看着自己。

安子颜不想承认，可是她现在无法否认了：她动心了，她喜欢上了这个人。

喜欢会让人变得敏感，变得处处在意，变得偏执，想要知道关于他的一切。

人生的第一次动心，安子颜没想到会是给了他。

但是一切好像又水到渠成，谁让他总是撩她呢？她怎么防也防不住，一颗芳心还是沦陷了。

听到她承认吃醋，就像间接听到她承认喜欢他，这怎么能不让韩胤希高兴呢？

他只差把她搂住，吻下去。

韩胤希是个想到就去做的人，只是安子颜却挣开了他的手。

她说："走吧，我们回露营地去。"

韩胤希又把她拉回来，困在他的手臂和结实的胸膛之间，好像这样她就是属于他的。

“不回去，我们还没买泳衣呢。”

安子颜摇头说：“不买了，我不想游泳。”

韩胤希突然一笑：“那买睡衣？我刚刚看到一条丝绸的睡衣，感觉特别适合你。”

安子颜不知道他不安好心，道：“不要，我有带睡衣。好了啦，我有点困，想回去歇一歇。”

韩胤希还想跟她再过一会儿二人世界，露营地那边都是电灯泡，太不方便了，尤其是有南司耀那个碍眼的。

他想了想，说：“不然我们回房间休息吧？露营地那边，他们一玩闹起来就很吵的，影响你休息。“

安子颜哪儿会不知道他想干什么，这当然不行，所以她很坚持地说：“不了，我们回露营地。你别忘了，这里是我家的产业，你要是跟我一起进酒店的房间，信不信下一秒我爸爸就过来了？”

她当然只是吓唬他的，但韩胤希一听，就想起了唐父对他的警告，只好妥协了：“好吧，我们回帐篷里休息，我也困了，我们一起睡一会儿午觉。”

安子颜点点头。

其实她是想要一个人静一静的。

所以回到露营地后，她就找借口想一个人待在帐篷里，哄他出去：“你不用陪我的，你是会长，丢着成员不管多不好，你去找他们吧。”

对韩胤希来说，当然是老婆比较重要，他说：“我在他们反而放不开来玩，而且来这里玩就是为了放松，让他们随便玩吧。”韩胤希牵起她的小手，说，“你不是说困吗？来，我们睡觉！”

安子颜露出无奈的表情。

这时候她突然很希望讨人厌的南司耀能够跳出来捣乱，最好把韩胤希引开。

可偏偏她最需要他的时候，南司耀不知跑哪儿去了。

她只好任他牵着到了床上躺着。

韩胤希从后面搂着她的腰，下巴在她肩上蹭了蹭，嘴里嘀咕了句什么。

安子颜感觉他说了什么，却没听清，问：“你说什么？”

她只好转过身，谁知某人的俊脸突然往前一凑。

两人面对面，离得好近，彼此的气息萦绕在一起。

安子颜下意识地往后退开一点，谁知道这家伙又逼了上来。

他嘴角含笑，眼神缠人。

安子颜知道他又想要撩她了。

只是没等他开口，一道铃声打断了这甜蜜的气氛。

韩胤希蹙了一下眉，不知想到了什么，倏然起身，道："我接个电话。"

安子颜也跟着起身，看他拿了手机，动作很快地接了电话。

虽然只是一瞬间，但她眼神好，看到了来电显示的名字。

晚晚……这一看就是女生的名字。

她想起之前那个叫涵涵的小表妹，这会是另一个小表妹吗？

只是相比之前，韩胤希这次的神情不一样了，他紧皱眉头，看上去很是担心的样子。

"好，我马上过去。"

安子颜心脏沉了一下，不知道为什么，一时有些低落。

韩胤希收起电话，转身对她说："我有事要去处理一下，很快回来。"

安子颜勉强扯出一抹笑容，轻柔地说："嗯，你去吧。"

韩胤希匆匆走了。

安子颜躺回床上，却毫无睡意，心情一下子变得非常烦闷。

外面时不时传来嬉笑声，跟帐篷里的空寂形成鲜明的对比。

安子颜叹了一声，起身坐了起来。

算了，她出去走走吧，一个人待在帐篷里反而会胡思乱想。

她穿上鞋，掀开帘子，才发现天空不知什么时候变得有些阴沉，早上来时那灿烂的阳光仿佛是假的。

"好像要下雨了！"

"不会吧？这么扫兴！"

"还没下，希望别下吧，下雨就不好玩了。"

这时一辆电瓶车开了过来。

众人望过去，有人像是认识车上的人。

"咦，那不是一中的宋雨蓉吗？我记得她好像跟韩少交往过。"

正说着，就见宋雨蓉下了车，朝安子颜走过来。

宋雨蓉站定在她面前，拿着手机，晃了晃上面的照片，问安子颜：“韩少呢？”

安子颜实话实说：“他走了。”

宋雨蓉哼了一声，表示不信：“你别想骗我，你是不想让我见到他吧？真没见过你这么小气的女人，你以为你能跟韩少在一起多久？跟他交往过的人都知道，当他女朋友的期限很短，正常是一个星期，长的话也就是两个星期，你自己算算，你还剩多长时间呢？”

安子颜自信地回答宋雨蓉，只说了三个字：“一辈子。”

那时候她是真的这样以为。

宋雨蓉一愣，像是听到了什么笑话，笑得前仰后合：“你是我见过最天真的人！你真是……也太痴心妄想了吧！”

安子颜的视线落在宋雨蓉手上。

那是宋雨蓉跟韩胤希的合影，照片中，韩胤希虽然没看镜头，但揽着宋雨蓉的肩，这一看就是情侣合照。

安子颜心里堵了下，醋意瞬间汹涌而来。

看来宋雨蓉没有说谎，她确实是韩胤希的前女友，可是那又如何呢？

宋雨蓉得意地晃了晃手中的照片，往前一凑，睨着她，故意压低声音说：“我还有我和韩少在床上的照片哦，你想看吗？”

这一瞬间，安子颜感觉像是有人一拳头砸在她的胸口上，很是难受。

但她保持着冷静，漠然地看着宋雨蓉：“好啊，我想看看。”

宋雨蓉错愕了一下，还以为她会选择逃避，谁知道她居然这样勇于面对。

这可是你自找的。她勾唇，从手机里找出了一张照片，递到安子颜面前：“你自己看吧！别伤心哦，我知道韩少不是跟哪个女友都亲密的，可能对他来说，我是特别的那个吧。”

安子颜感觉到胸口有点闷闷的，才意识到自己屏住了呼吸。

她勇敢地面对那张照片。

确实是床上的照片，从白色的枕头可以看出，应该是在酒店。韩胤希侧躺着，看不到脸，但熟悉的人一眼就能认出是他，而宋雨蓉的脸就拍得非常清晰明显了，她的肩还是露的，不知下面是不是穿着衣服，或许有，或许没有。

安子颜只觉得胸口闷得像是喘不过气来。

她有再好的演技，这时候都很难掩饰自己真实的情绪。

宋雨蓉看她表情黯然，就笑得很开心："是不是很羡慕呢？哦不，是嫉妒吧？"

突然一只手不知从哪里冒出来，夺走了她的手机。

"谁啊！"宋雨蓉想要抢回手机，却发现对方是个帅哥。

南司耀瞥了一眼那张照片，不以为然地哧了一声，把手机丢回给宋雨蓉。

他对安子颜说："这照片是PS的。"

宋雨蓉急急地吼道："不是PS的！"

安子颜看向南司耀问："真的是PS的吗？"

宋雨蓉再次强调："不是PS的！你不相信的话，问韩少就知道了。韩少呢？我要见他！"

"都说他走了，你是耳朵聋了，听不见吗？"安子颜不知不觉脾气暴躁起来。

南司耀看她不高兴了，便帮她赶人，把宋雨蓉轰出了露营地。

回到帐篷，他就看到安子颜闷闷不乐的样子。

"你别不开心，那照片绝对是PS的。"他伸手想要碰她，给予安慰。

安子颜推开他的手，露出一个勉强的笑容："我没事。"

等韩胤希回来，她问他，就知道那照片是不是PS的了。

只是安子颜没想到，那个说"很快回来"的人，到了晚上都不见人影。

一直到很晚，众人玩累了，都进了帐篷睡觉。

南司耀陪她等着，没见韩胤希回来，他怕她一个人睡会害怕，还提议要不要留下来陪她。

他指着那张双人沙发说："我就睡在沙发上，保证不对你做任何事。"

安子颜指着门外，一个字没说，只是脸上的表情是冷的。

南司耀无奈地站了起来，走了。

夜深了，安子颜躺在床上，听着外面呼呼的风声。

这是她第一次睡在帐篷里，其实是有点害怕的。

不知道韩胤希还会不会回来，她毫无睡意，睁着眼睛等着。

窸窸窣窣的声音中，她好像隐约听到有脚步声。

安子颜看向门口，心中涌起一股期盼，是他回来了吗？

她迅速下床，只是刚走到门口，门帘就被拉开，走进来一道黑影，手中还举着什么东西。

旁边的灯突然亮了。

在看清进来的人是谁后，安子颜气得不行，伸腿就踹了对方一脚："你吓死我了！"

南司耀敏捷地退开，笑着举起手中的东西："饿不饿？请你吃夜宵。"

安子颜没好气地瞪他一眼："不饿！你半夜偷偷进我的帐篷干吗？"

绝对没安好心。

南司耀表示冤枉："我是看你一直睡不着，在里面翻来覆去的，想着你不开心嘛，就找了点甜的东西给你吃，不是都说女生不开心的时候吃点甜的就好了吗？"

安子颜这才看向他手中捧的托盘，托盘上有小蛋糕，还有冰淇淋。

她不解地问："你从哪里拿的？"

南司耀一副求表扬的表情，道："你猜？"

安子颜不想猜："你出去吧。"

南司耀赶紧改口说："好、好、好，不猜就不猜，我直接告诉你答案，我让管家送来的。"

他们一群人可是VIP客人，这种小事，一个电话就搞定了。

安子颜还以为他回帐篷去睡觉了，没想到他找管家弄了这个来。

南司耀笑嘻嘻地凑近："是不是很感动？"

安子颜本来是有点感动的，但被他这么一说，那一丁点的感动都没了。

她说："都这么晚了，你怎么不回帐篷睡觉？"

南司耀无奈地叹息，反问她："我回哪个帐篷睡啊？"

安子颜虚指了一下："就……你女朋友啊……"

南司耀说："说好了是一日男友，过了零点就不是了啊。再说了，我怎么可能去她那边睡，那人家女生的清誉还要不要了？"

他已经利用了莹莹，不至于坏到那种程度。

安子颜不可思议地瞅着他："你还知道要顾着女生的清誉啊，那你大半夜跑进我的帐篷？"

南司耀咧嘴笑道："你跟她哪儿能一样。"

安子颜懒得跟他扯下去，道："走吧。"

南司耀摇头："不走。"

安子颜白了他一眼："去外面吃！"

南司耀这才欢喜起来，连连点头。

两人就坐在帐篷外，点着台灯，一边吃蛋糕，一边赏月。

"今天是十五吗？月亮这么圆，好漂亮。"

南司耀看向她，嘴甜地说："没你漂亮。"

安子颜装作听不到。

终于吃完了夜宵，南司耀想在她这里睡觉："我就待在外面，这样总行了吧？你一个人，我实在不放心。"

安子颜犹豫了，她其实也有点害怕，尤其是经过刚刚被他吓了一跳之后。

她想了想，说："我记得外面有把躺椅，你去搬过来吧。"

总不能让他就坐着睡吧？

南司耀顿时欢喜，做了个俏皮的手势，说："Yes，madam！（好的，女士！）"

接着他就屁颠颠地去搬椅子。

然而他才刚走开，就听到身后传来了安子颜的尖叫声。

他眼神一凛，拔腿就往回跑，就见安子颜被不知哪儿来的酒鬼缠住了，那酒鬼拉拉扯扯的。

那该死的酒鬼居然还嘟起嘴想亲她？

南司耀恼火地冲上去，把对方扒开，直接一脚踹开，然后上去狠狠地补了几脚，骂道："你是不想活了？！她是你能碰的吗？找死！"

那酒鬼倒在地上，显然被踹得很痛，像一条虫一样扭着啤酒肚，想要躲他的攻击。

南司耀正在气头上，下脚非常狠，仿佛恨不得把这个人碎尸万段了。

酒鬼这时酒醒了几分，连声求饶："别打了，求求你别打了……"

南司耀一张脸黑得像阎王似的，接着骂道："你是哪里来的脏东西啊，她是你能碰的吗？"

说着，他想起这垃圾还想亲安子颜，下一脚就直接踩在了酒鬼的嘴上。

酒鬼被封了嘴，只能发出狼狈的呜咽声。

南司耀不但踩着，还像捻烟头似的用脚尖用力捻。

本来对方就被他踢得吐血了，这样一折磨，嘴都肿得不成人形了。

酒鬼这下是完全吓醒了。

南司耀泄愤了一会儿，才丢下酒鬼，回身去照看安子颜："沫颜，你没事吧？"

他想到自己没有保护好她，声音里满是自责和担心。

安子颜捂着脖颈，小脸有些发白。

透过帐篷外开着的灯，南司耀看到了她的指尖沾到的血。

他吓了一跳，眼睛瞪大，快速跑了过去："怎么回事？你的脖子伤了？"

"嗯……"安子颜艰难地点点头，发出的声音极其微弱。

她的脖子不敢动得太厉害，一动就扯到伤口。

南司耀咬着牙，眸中仿佛染上了猩红，骂道："这该死的家伙，我现在就去弄死他！"

安子颜说："你先救我，行吗？"

南司耀把她扶到椅子上坐下，小心翼翼地查看她的伤口。

他不解："怎么会伤到这里？"

安子颜示意了一眼地上被摔破的酒瓶，道："我刚刚也蒙了，事情发生得太快，我们拉扯的过程中他手中的酒瓶碎了……"

她心里庆幸，自己刚刚的反应还算快，不然被这东西扎到要害的话，可能小命就没了。

南司耀怎么也没想到，转眼间就发生了这种事："这醉鬼是哪里冒出来的？"

安子颜不想去分析了，她现在更担心的是自己的伤势，道："你进去帮我拿件衣服捂一下。"

南司耀白了她一眼："还捂什么捂啊，赶紧去医院！"

伤到脖子，这可不是小事，脖子上那么多血管，要是不小心扎到大动脉怎么办？

安子颜摇头说："我没事，就一点点疼而已，流的血也不多，伤口应该不深。”

南司耀没好气地说：“你是医生吗？你怎么知道你伤得不严重？而且，要是有碎片留在伤口里怎么办？”

这种时候当然是去医院更稳妥。

安子颜见他不听，只好自己进了帐篷，去找衣服。

南司耀拉住她，态度强硬：“去医院！”

安子颜无奈地看着他：“我没说不去医院，我只是想先把血止住，你打电话给管家，让他们安排车。”

南司耀此时暴躁得不行，打电话的时候还对管家发火了，说这是什么垃圾度假村，连客人的安全都得不到保障！

他越想越气，尤其是想到韩胤希那家伙：“韩胤希那家伙死了吗？把你一个人丢下不管，他是怎么做你的未婚夫的！”

如果韩胤希在的话，就不会有这样的事情发生了。

南司耀也怪自己，为什么正好在那个时候走开，自己要是没走开，就不会让她被人袭击了。

安子颜正拿着手机，想着要不要给韩胤希打个电话。

可是打了又能怎么样呢？这个时候他应该是陪在那个叫晚晚的女生身边吧……她眼眸一垂，放下了手机。

两人等了没多久，管家的车就到了。

之前南司耀毒打那个醉鬼的时候，醉鬼的惨叫也扰醒了其他帐篷的人，大家纷纷好奇地出来，看是什么情况。

安子颜擦干了手上的血，用一个东西摁住了伤口，躲开众人的目光，上了管家停在一旁的车。

有人发现了她，但看她面色淡定，所以没注意到她受伤了。

那个醉鬼被打得很惨。

其他帐篷外的灯光打开后，能很清楚地看到那个醉鬼被打得鼻青脸肿的。

“啧啧，南少下手也太狠了吧，这张脸都被打成猪头样了。”

“我看他妈都认不出他了。”

“活该！谁让他找谁下手不好，偏偏找唐大小姐下手，没被打死就算好的了。”

南司耀在走之前，气愤难消，又去踹了一脚那个醉鬼。

管家带来的人吓坏了，生怕他真把人弄死了，急忙道：“南少，让我们来处理吧。”

南司耀冷冷地扫了他们一眼，说：“我告诉你们，你们这垃圾度假村，等着被我告到破产吧！”

工作人员慌了起来，说：“这……”

南司耀放下狠话，回身上了安子颜所在的车。

安子颜无奈地提醒他：“这度假村是我家的产业……”

南司耀低声咒骂一声——他把这茬儿给忘了。

他目光一转，转到了司机身上，不悦地说：“开车啊！赶紧去医院！”

管家回过神来，慌慌张张地招呼司机开车：“快、快、快！”

小姐可不能有半点事啊，不然他估计人头不保。

到了医院，安子颜处理了伤口，被安排到普通病房里。

南司耀一进病房，脸就黑了下来：“这什么病房啊！没有VIP病房吗？！”

护士抱歉地说：“不好意思，今天VIP病房都满了……”

南司耀厉目瞪过去：“我不管你们是劝个人让出病房也好，自己想办法空出一个病房也好，总之，我要VIP病房！”

这什么普通病房，一个房间住四个人，怎么住啊？

护士很为难：“这……”

安子颜倒是不在意，对南司耀说：“好了，我就住一晚，将就一下。”

南司耀非常暴躁地道：“不能将就！为什么要将就？”

最后折中之下，安子颜被安排到只有她一个人住的普通病房里。

翌日。

天际刚现出鱼肚白，空气中还带着露水的味道，韩胤希早早就回了露营地。

他掀开帘子，因为天还没亮，所以光线有些暗，他心心念念地想着里面的人，一时没注意到地上的狼藉。

脱了鞋，怕扰醒了她，他轻手轻脚地进了帐篷。

外面刚刚泛起一缕阳光，韩胤希的眼睛很快就适应了帐篷内的昏暗。

所以在朝床那边望过去的时候，他立刻就发现了不对劲的地方。

他迅速开了灯，果然，床上没人，空荡荡的。

她人呢？

"颜颜？"他蹙眉找了一圈，没找着人。

他再摸床铺，是凉的，显示着昨晚没人睡过的痕迹。

韩胤希目光一顿，注意到了被丢在床上的一件衣服。

他走过去拿起衣服，看到了白色T恤上鲜明的血迹。

一瞬间，呼吸像是凝固住了，鲜红的血迹刺痛了韩胤希的眼睛，他心里蓦然感到一阵不安。

她出事了？

他赶紧拿出手机，迅速拨了她的电话。

先是响了几声，在他焦急地等待，希望她快点接电话，好让他确认她平安的时候，通话蓦地被切断了。

他心里一怔，赶紧再拨一遍。

然而这次直接提示他，他所拨打的电话已关机。

她一定是出事了！韩胤希的心顿时揪了起来。

到底发生了什么事？她现在在哪儿？

他沉着脸，快步走出帐篷。

下一秒，旁边的帐篷被扯下拉链，里面睡得正香甜的男生蓦地被拽了起来。

"颜颜呢？她哪儿去了？！"

毫无预兆的吼声在耳边炸开，男生猛然惊醒，一睁开眼看到的便是韩胤希凛然的脸，顿时被吓得一哆嗦："韩、韩少……有什么事吗？"

韩胤希急不可耐地重复道："颜颜她人呢？昨晚发生了什么事？！"

颜颜？男生蒙了好一会儿，才反应过来他指的是唐大小姐。

男生急忙回答："韩少，唐大小姐她……昨晚有个醉鬼，半夜突然闯进了唐大小姐的帐篷，唐大小姐好像受了惊吓，就离开了……"

韩胤希愕然，没想到昨晚他不在的时候发生了这样的事。

该死的！她一定吓坏了吧！想起衣服上的血迹，他一阵焦心，问男生："她伤到哪儿了？"

男生发蒙地道："唐大小姐受伤了吗？不知道啊，没听谁说她受伤了，应该没有吧？"

没有受伤？那血迹是谁的？

男生生怕他生气，继续回想着：“南少昨晚把那醉鬼揍得半死，要不是管家拦着，我估计那人就死定了。唐大小姐没看出什么异样，应该是受了惊吓而已吧，上了管家的车，然后就走了。”想想那人鼻青脸肿、不成人样，估计半条命没了吧，男生忍不住赞叹，“说起来，南少昨晚简直太帅了！换作我是女生，被他这样护着，我肯定会爱上他……”

这话让韩胤希听着就觉得很刺耳，他蹙眉打断对方的话，问道：“后来他们去哪儿了？”

男生摇头道：“我不知道。”

人家一个是唐大小姐，一个是南少，去哪儿怎么会告诉他呢？

问不出自己想要的答案，韩胤希手一甩，男生跌了回去。

韩胤希不耽搁时间，一边走出帐篷，一边给管家打电话。

管家支支吾吾地说：“我、我不知道……”

韩胤希冷声说：“不说是吗？惹怒我的下场，你最好想清楚了。”

管家赶紧解释：“是南少让我别说的！”

韩胤希不想听废话，厉声喝道：“说！”

半个小时后，一辆跑车急刹车地停在医院门外。

在路人诧异的目光下，一道修长俊逸的身影迅速下车，快速地跑进医院。

问到了她所在的病房，韩胤希心急地推开门，却没想到看到的是这样一番景象：安子颜躺在床上，还在睡梦中，而她的一只手被趴在床沿的南司耀紧紧地握着。

韩胤希脸色一冷，转身出了门。

第二十六章

他昨晚在谁身边

病房内。

等安子颜醒了，南司耀确认她没事，放下心来，便出去给她准备吃的。

过了一会儿，病房的门又被推开。

安子颜还以为是南司耀回来了，便下意识地唤道：“司耀，你这么快回……”

谁想，她一回头，对上的是一双深沉的黑眸。

韩胤希本来是调整好了心情才进来的，但听到她这么亲昵地唤南司耀，一股怒火就涌上来了。

就一个晚上的时间，两人就变得这么亲密了吗？还是说两人私下本来就是这么亲密的，只是她在他面前装出对南司耀好像很不待见的样子？

安子颜没想到会是他，愣怔了一下，才回过神来，怔怔地问：“你怎么知道我在这里？”

韩胤希一遍遍告诉自己，她现在受伤了，自己应该先关心她的伤势，其他的之后再计较。

所以他很快收拾好表情，走到病床旁，弯腰伸手探向她的肩颈处，关心地问：“还疼吗？”

安子颜摇摇头，不小心扯到了伤口，痛得皱起眉。

韩胤希赶紧制止她："小心点！"

他刚刚去问过医生关于她的情况，她的伤口不深，缝了七针，因为这块肌肤比较嫩，不好恢复，所以有很大的概率会留疤。

他小心翼翼地扶住她的脖子，不敢让她动作太大，怕又扯到伤口，便半蹲着仔细地查看她的伤口。

还好没出血，说明伤口没有撕裂，应该是愈合了不少。

安子颜用余光看着他，抿了抿嘴唇，问道："你刚刚才回露营地的吗？"

她猜测，他应该是回了露营地，发现她不在，才知道她在医院的。

她有些生气，这就是他所说的"很快回来"吗？

韩胤希点头应了声，松开手，跟她面对面，眉头微蹙，表情有些严厉地说："你昨晚受伤了，为什么不打电话告诉我？"

她被醉鬼袭击受伤了，这么严重的事，她居然都没打电话告诉他，为什么？是不是因为有南司耀在她身边，所以她觉得不需要他了？

他忍不住偏执地这样想着。

明明他不想去这样想的，可是忍不住。

安子颜善解人意地说："你不是有事吗？我不想你担心。"

明明是笑着，笑意却没有直达眼底，她不由得低下头，感到自我厌恶。

她为什么要说这种违心的话？这样的她，她自己都觉得很讨厌。

有什么话不能好好地说明白，偏偏要装作没事的样子，却句句试探？说着反话，却又希望对方能发现自己在赌气。

韩胤希握住了她的手，责怪道："你不想我担心，但你不说只会让我更担心，你懂不懂？"

她怕他担心，却让南司耀来照顾她？他搞不懂她到底在想什么。

安子颜乖巧地点头，其实有点敷衍地说："嗯嗯，知道了。"

韩胤希莫名有股无力感，为什么明明两人在好好地说话，他却感觉两人之间隔着什么？

这种疏离感让他很难受。

他下意识地攥紧了她的小手，好像这样两人的心就能靠近一些。

"昨晚发生了什么事？为什么会有醉鬼正好闯进你的帐篷？"

不管怎么想，这事都有些蹊跷。

露营地离酒店主楼有些距离，又处在度假村僻静的一角，不可能有醉鬼经过才对。而且那么多帐篷，怎么那醉鬼就偏偏进了她的帐篷？

说到这件事，安子颜昨晚睡着之前也分析过，她说：“我怀疑是你那个前女友。”

她也不相信会那么凑巧。

韩胤希问道：“为什么怀疑是她？”

安子颜睨着他，不悦地说：“怎么，我不能怀疑她吗？因为她是你的前女友，所以你要护着她吗？”

最可疑，甚至可以说唯一可疑的，就是那个宋雨蓉。

安子颜不是针对谁，虽然她不喜欢宋雨蓉，但她是对事不对人。

韩胤希赶紧解释：“你想什么呢，我为什么要护着她？我只是想知道，你为什么怀疑是她而已，根据是什么？”

安子颜对他本来就有着怨念，被他这样一问，就赌气地说：“没有什么根据！我就是怀疑是她，可以吗？”

韩胤希放柔了声线说：“可以，我让人去查，如果是她的话，我不会放过她！”

安子颜听着他哄自己，之前积累的委屈都涌了上来，小声地埋怨：“如果你昨晚在的话，就不会发生这样的事了……”

韩胤希听了，心口猛地一揪。

从他知道她被袭击受伤的时候，他就一直自责，如果昨晚他在的话，是绝对不会让这种事情发生的。

他轻轻地搂过她的头，让她靠在他的胸口上，他低声道歉：“对不起，是我的错。”

安子颜有点难过——他还是没有主动解释昨晚去哪儿了，为什么没有回来。

那个叫晚晚的女生到底是谁？让他可以丢下她去陪了一整夜。

她突然觉得有点累了。

她试探了那么多次，给了他那么多机会，他还是什么也不肯说，两人之间隔着的那堵墙，是他自己不愿去推倒。

这样近距离闻着他身上的气息，想着他是不是也这样安慰过别的女生，她心口就堵得难受。

那曾经让她心跳不已的气息，突然变得让她想逃离。

安子颜缓缓地推开了他。

韩胤希还以为她原谅自己了，松了口气。

他捏住她的小手，趁机提出自己的不满："南司耀那家伙对你不安好心，你以后离他远一点，可以吗？"

他微不可察地观察她的反应。

安子颜听他这么说，皱起眉头说道："昨晚是南司耀帮了我，如果不是他在，我可能就不只是受这么一点伤了，你这个时候让我疏远他？那我不成忘恩负义之人了吗？"

他有没有站在她的立场想过？

韩胤希看她不肯答应自己，有些生气："你就那么在意他的感受吗？你有没有想过，你那么亲密地叫他'司耀'，我怎么想？"

还有早上他看到的那一幕，她知道他当时是什么感受吗？

如果不是顾虑到她受伤了，他早就冲进去把南司耀揍一顿了，敢觊觎他的女人，那就是找死！

安子颜冷冷地看着他，反问道："你怎么想？"

他说："你觉得我怎么想？"

安子颜执着地问："你说啊，你怎么想？"

两人对视，气氛仿佛一下子降到了冰点。

偏偏这时候南司耀拎着早餐回来了。

一看到韩胤希，他就怒了，差点把早餐甩过去，但幸好他还记得安子颜正饿着。

他慢慢地走过去，语气嘲讽地道："哟，原来你没死啊？"

韩胤希脸瞬间黑了："你什么意思？"

南司耀笑着，声音却带着暗讽："我还以为你死了呢，不然怎么会丢下自己的未婚妻不管呢？"

韩胤希本来就看他不顺眼，哪儿听得下他这样的嘲讽，冷冷地道："这是我跟她之间的事，你一个外人，还轮不到你插嘴什么。"

南司耀耸了耸肩，说："我路见不平，拔刀相助不行吗？我就是看不下去某人。"他拎着早餐走到病床边，把早餐放到床头柜上，一转头对着安子颜的时候，声音都变得温柔似水："来，我们吃早餐，不理他。"

安子颜有些受不了他这有些做作的温柔，道："你说话正常点吧，我怕我吃不下去。”

南司耀立马就顺服地点头：“行、行、行，你大小姐说什么就是什么。我给你买了猪肝粥，说是补血的，你昨晚流了那么多血，该补补。”

他说的时候还故意强调了“昨晚流了那么多血”这句，然后瞥了韩胤希一眼，这责怪的意味就很明显了。

如果不是因为韩胤希昨晚不在，会让她受伤流血吗？说来说去，都是某人的错！

安子颜也看出了他是故意的，也不想让韩胤希太自责，便解释：“也没有流多少血，就一点而已。”

南司耀呵呵地笑道：“是没多少，就是你的一只手沾满了血而已。”

韩胤希脸色微变。

他想起被丢在床上那件沾血的衣服，现在他问过医生，看过她的伤口在哪儿后，也能想象到她当时是怎样捂着伤口的。

差一点就伤到脖子的动脉……他想起医生说的，她运气算好，要是伤的位置再高一点，就不好说了。

南司耀看韩胤希表情难看，就知道自己的话有了效果。

他就是要看韩胤希难受！

于是他接着说：“你都不知道，看到你被那醉鬼缠着的时候，我的小心脏都吓得颤抖，尤其是他那猪头样还想吃你的豆腐，要不是我刚好在，我看你不只是受伤，说不定还会被……”

他故意没说完。

安子颜受不了他的描述，还小心脏呢，也不想想昨晚是谁揍人揍得眼都红了。

她转移话题，问道：“你知道那人怎么样了吗？你昨晚下手那么重……”

南司耀冷哼道：“我还嫌轻呢！那种人就该活活打死，留着也是祸害！”

安子颜倒也不是同情那醉鬼，她自己才是受害者，但眼睁睁地看着一个人在自己面前被打死，还是太恐怖了些。

对方怎么样都没关系，就是别被她看到就行。

她说：“好了，别说了，我不想想起昨晚的事。”

南司耀又瞥了韩胤希一眼：“是啊，昨晚你一定吓得不轻，心里别留下阴影才好。也不知道某人是怎么想的，丢下你一个人不管，也不用脑子想想，你一个人住那么大的帐篷会不会害怕，会不会出什么意外。不过吧，可能对方没把你放在心上，想不到那么多也很正常。”

本来韩胤希看着他们说话，完全像是遗忘了他似的，他好像才是那个“外人”，可是听完南司耀的这段话，他心口像是被狠狠地揍了一拳。

是啊……他昨晚不在，她一个人住那么大的帐篷会不会害怕？

安子颜又怎么会听不出南司耀这些话是故意说给韩胤希听的。

昨晚在她遇袭的时候，当时她脑海里第一个想到的就是韩胤希。

她多希望就像电视剧和小说里写的那样，在自己出现危险的时候，他会及时地出现帮助自己。

可现实毕竟是现实，哪儿来那么多巧合呢？

安子颜出声阻止南司耀再说下去：“好了，吃早餐吧。”

她把枕头垫在身后，靠坐在床头上，端起粥，就准备吃早餐。

南司耀环视一圈病房，不爽地啧了一声，道：“这病房，连个在床上吃饭的设备都没有，桌子、椅子也没有。”

一旁的韩胤希这才想起一件事，对安子颜说：“我已经想办法把你调到了VIP病房，现在就转过去吧？”

安子颜疑惑地看向他：“转病房？”

韩胤希点头：“这普通病房什么都没有，实在不方便。”

安子颜笑了一下，说：“不用了。”

韩胤希蹙眉：“为什么不用？”

难道她还在生他的气吗？

安子颜说：“我又没什么事，今天看完检查报告就可以出院了。”

之所以在医院过夜，是因为南司耀担心那瓶口有什么脏东西，怕她感染，就让医生对她进行了详细的检查。

她伤得又不重，只要今天拿了检查报告，确认不会感染，就可以出院了，所以没必要再换病房什么的。

被她一提醒，南司耀想起了什么，拍了一下床沿：“对了，时间也差不多了，检查报告怎么还没送来？”

安子颜说：“你去问问吧。”

南司耀点点头：“那我去找医生问问，你慢慢吃，如果某人在这里让你倒胃口的话，你就把他赶出去。”

他说着，擦过韩胤希身边的时候，还扯了一下嘴唇。

南司耀离开后，病房里就安静了下来。

粥实在有点烫，安子颜就转身把粥放到了床头柜上，这样的姿势喝粥有点别扭。

韩胤希不知道什么时候绕到了这边来，端起了粥。

安子颜抬头看他。

韩胤希声音温柔地说："我喂你。"

安子颜对上他的眼，他那双黑眸充满了歉意地看着她，在求她的原谅。

跟他赌气，让她也很不舒服，但让他喂自己的话，又好像真的原谅他了，可想起昨晚的事，她还是有些生气的。

其实她在意的并不是自己遇袭受伤这件事，而是他明明在走之前说好了"很快回来"的，可是一整晚不见人。

还有那个打电话给他的人，他也不说，也没想要给她任何解释。

她生气的是这件事。

韩胤希见她不说话，索性硬着来，舀了粥吹凉了，然后送到她嘴边。

安子颜没张嘴。

韩胤希黑眸忧郁地看着她，轻唤一声："颜颜。"

安子颜终于启唇了，但她说："我自己来吧，又不是伤了手，不用喂。"

韩胤希不肯，非常坚持，还可怜兮兮地说："你就让我喂你吧，好不好？"

安子颜知道拗不过他，只好妥协了，就是一顿早餐，没必要弄得纠纠缠缠的，很奇怪，而且她真的很饿。

韩胤希一看她愿意让自己喂，顿时就欢喜了，"你不想转病房的话，等你吃完早餐，我们就出院，我带你回去休息。"

安子颜说："先等司耀拿了报告回来吧。"

韩胤希看了一眼自己放在床沿的报告，对她坦白："其实我来之前就已经找过医生，拿了报告，报告显示你没什么问题。"

安子颜没好气地说："那你不说一声？还让司耀白跑一趟。"

韩胤希听她一口一个"司耀"，喊得那么亲昵，心里很是不爽。但他也知道，自己现在没有不爽的资格。

韩胤希不说话了，只是默默地给她喂粥。

安子颜怎么会猜不到他就是故意支开南司耀的！

粥喝了一半，南司耀回来了。

“韩胤希，你已经拿了报告怎么不说啊，害我白跑一趟，你这人怎么……”

韩胤希突然起身，对她说：“你歇一下，我下去办出院手续。”

“喂，你……”南司耀指着他，还要吵架的样子。

韩胤希直接越过他，出了病房。

南司耀瞪了一眼韩胤希，然后转身走到安子颜身边，拍了拍床铺，对她说：“走，我们现在就出院，在他回来之前。”

安子颜瞥了他一眼，说：“你无不无聊啊？”

南司耀就是想着，这时候带走她，绝对能气死韩胤希，这么绝佳的机会怎么能错过？

他问：“你跟不跟我走咯？”

安子颜淡淡地摇头。

南司耀愤然地说：“是不是不管他做了多少伤你心的事，你最后还是会选他？你的脑子到底清不清醒啊！你忘记了吗？他这样对你置之不理，你还对他痴心不改？”

他就没见过这么傻的人！就算傻，也该有个限度吧？

安子颜摇头说：“你说什么呢，我只是觉得你这个做法很幼稚而已。”

这人真是会胡扯。

南司耀不管，继续胡扯道：“你还不敢承认，他这样对你，丢下你不管，你气也没朝他发，说话还软绵绵的。唐沫颜，你是被什么脏东西附体了吗？这么软弱还是你吗？”

安子颜皱起眉，说：“我这怎么就软弱了？”

南司耀说：“你就是软弱！你的未婚夫丢下你一个人，也不知道跑去哪儿了，说不定还是去私会哪个女人，你因为他不在而遇袭受伤，你却没生他的气，还对他好声好气的！”

安子颜：“……”

她该怎么说？说自己根本就不是唐沫颜，所以其实心里由始至终没把自己当成韩胤希的未婚妻？

她永远被动，不敢主动，只不过是因为她心虚。

而且她和韩胤希除了这个订婚关系，以及平时那些暧昧，还有什么关系吗？

除了之前那次的“土味情话”，他除了撩她，有说过任何一句喜欢她的话吗？

没有。

所以她甚至没敢把自己放在他的女朋友的位置上。

从小到大，因为在单身家庭的关系，她最早学会的就是看眼色，在没有得到确切的答案之前，她不敢去妄想任何事。因为妄想都是虚的，你要是自己骗自己，把它当成实的，到时候受伤的只有你自己。

南司耀看这么说她都不答应，只好拿出撒手锏了。

他睨着她说：“明明是他带你来参加学生会的团队建设活动，可是他昨晚丢下你一个人，你想知道为什么吗？想知道他昨晚去哪儿了，跟谁在一起吗？”

安子颜如他所愿，有了反应，她问：“你知道？”

南司耀自信满满地说：“有我南司耀不知道的事吗？”看时间一分一秒地过去，他也很怕韩胤希这个时候会回来，这样他就带不走她了，于是他接着说，“你想知道的话，那你就现在跟我走。”

安子颜看了看病房门口。

南司耀催促她：“快点决定，不然就赶不及了。”

安子颜从来没有这么想知道一件事，她终于还是败给了自己的好奇心。

她迟疑地点了一下头。

南司耀乐起来，迅速拉起她的手，几乎是小跑：“走！赶紧！”

安子颜被动地让他拉着跑，想着真的要这样做吗？

南司耀笑得很贼：“等他办完手续回来，看到你不在，不知会是什么表情呢？”

他真的很期待。

安子颜心忖：他应该会很生气吧？

她忍不住问南司耀：“你就不怕惹怒了他吗？”

某人不在，南司耀立马就刚硬起来：“老子为什么要怕他？”

安子颜：“……”

也不知之前畏惧韩胤希的人是谁哦，这家伙是胆肥了吗？

南司耀放狠话：“现在就算他站在我面前，我也敢把你带走！”

安子颜没有拆穿他，只是提醒道：“有些话还是别说得太满，不然打脸的时候会很疼的。”

她挣开他的手，跟着他从最角落的电梯下楼了。

此时，病房门口，韩胤希办好了出院手续，一回到病房，就发现房间里空空的。

她人呢？因为有之前发生的事，他心惊了一下，怕她是不是被人掳走了之类的。

脑海里闪过很多可能，他才发现，自己从没这么怕过一件事，怕她再受伤、怕她离开自己、怕……失去她。

最后走出医院的时候，南司耀也不避开监控录像，还像是故意似的，对着镜头比了一个V的手势。

安子颜还想着韩胤希回病房看到她不见了会怎么样，随即她就被南司耀推上了计程车。

他看向安子颜，好像来了什么兴致，说道：“我突然想玩个游戏，我们来考验一下韩胤希，怎么样？”

安子颜不解：“什么意思？”

南司耀坏坏地笑着说：“你对他这么痴心一片，但他好像对你不够在乎，你心里肯定不舒服吧？我们来算计他一番，测试一下，看他对你的感情有多深。”

安子颜蹙眉，按平时，她应该会第一时间就否定这个提议，可这次她居然犹豫了。

她心里深处还是很想知道，韩胤希对她的感情到底是真的还是假的，如果是真的，又到什么程度呢？

南司耀现在了解她不少，看她没有第一时间拒绝，就知道她心里在想什么了。

“反正你不答应我也会绑走你，逼你配合，所以你还是乖乖答应了吧。”他就用强迫的方式，就当作给她一个台阶下。

安子颜问：“你想怎么做？”

南司耀笑得很神秘：“这个不能告诉你，怕你演技不够好。到时候你只要配合我就行了，韩胤希那家伙眼睛那么毒，你要是演得不够真，会被他看穿的。”

安子颜心想，她现在的演技超好的好吗？就算韩胤希的眼睛再毒，也没发现其实唐沫颜的身体里换了个人。

怕她犹豫，南司耀继续说道：“我真不知道你的脾气什么时候变得这么好了，昨晚那种情况，是他带你来的，他却丢下你不管，要是按照你以前的脾气，不得气到翻天？”

而她居然连生气都没有，南司耀真没见过比她脾气更好的人了。

这还是他认识的唐沫颜吗？哦不，其实她早就变了。

南司耀心头突然一顿，早就变了……是什么时候开始变的呢？明明变化那么大，他却感觉好像不知不觉就接受了她的转变。

安子颜没注意到他的眼神，他刚刚的话让她有了一丝危机感，毕竟好久没被人怀疑了。

她只好找借口说：“我不是脾气好，我这是看对象。”

南司耀回过神来，听到她这话，就哼了一声，道：“看对象？因为是韩胤希，你就变得脾气好了？”

安子颜不说话，就当默认了，反正有什么事就推给“她为了爱情改变”这一点，准没错。

南司耀有点来气，但他忍了下来，因为现在不是讨论这个的时候。

他转回正题：“你放心，我知道分寸，不会做你不愿意的事。”

要换作以前，安子颜对他的话肯定连百分之一都不会信，但经过昨晚的事，她现在对他改观了一些。

南司耀看她没有反对，就知道她是同意了。

他朝她伸出手：“现在先把你的手机交给我。”

安子颜犹豫了两秒，照做了，把自己的手机放到他的手心里。

南司耀很是满意，这是她第一次这么乖乖地听他的话。

他觉得她对自己乖巧的样子，真是有种说不出的可爱。

他突然想到，她对着韩胤希的时候，是不是总是这样乖巧，顺着韩胤希呢？他的情绪莫名地就有些不好了。

安子颜问他：“那我们现在去哪儿？”

南司耀扯了扯嘴角，一字一顿地说：“不告诉你。”

安子颜：“……”

她有了一丝后悔，但现在好像来不及了。

南司耀随便在一个地方让计程车停了下来，然后他不知从哪里找来了一样东西，把她的眼睛给蒙住了。

“假戏就是要真做才能逼真，让人猜不出它到底是真的还是假的。”他得意扬扬地说出了这番话。

此时安子颜后悔的心又增加了一分，但南司耀叫来的车已经到了，她被推上了车。

车子一直往前行驶，不知道开了多久。

车子终于停下来后，安子颜的身体晃了一下，把她从差点睡着的状态拉了回来。

她问：“到了？”

她下意识地想要扯下眼睛上的东西，却被阻止了。

南司耀说：“还不能脱下来，等进去再脱。”

安子颜只得放下手。

然后车门打开，南司耀先下车，再伸手去牵她。

安子颜感觉牵手有些奇怪，就把他的手翻了过来，她的手抓在他的手背上。

南司耀哭笑不得：“你把我当太监吗？”

安子颜难得有了开玩笑的心情，笑着说：“小耀子，你小心点走，别绊倒我了。”

车头方向似乎传来了司机一时没憋住的笑声。

南司耀倒没生气，反倒是配合她，笑眯眯地说：“女王陛下，您慢点走，小心台阶。”

安子颜一听有台阶，赶紧抬起了腿。

南司耀看着她迈出一步，跨过根本就没有的台阶，就觉得这画面很是搞笑。还好他忍住了，没笑出声，不然这位大小姐可能要生气了。

安子颜一脚踩下去，就意识到自己被骗了——哪儿来的台阶啊！

“小耀子，你再敢骗我，我就赐你死罪。”

“女王陛下饶命，我再也不敢了！”南司耀戏谑地嚷嚷着，很做作的演技。

安子颜不想跟他玩这个幼稚的游戏了，问：“还有多远才到？”

南司耀说："大概……还有五百米吧。"

安子颜："……"

这家伙又想骗她！

"这里到底是哪儿啊？"

南司耀还是神秘兮兮的："很快你就知道了。"

安子颜说："还要走五百米……这么远，你为什么不让车子开到门口再停？"

五百米不远，但蒙着眼睛走路，一百米都很远，更别说五百米了。

她突然怀疑他是不是故意捉弄她的，害她要走这么远的路。

南司耀说："刚刚停车的地方就是门口，你等一下就知道了。"

又是等一下，安子颜本来还觉得自己是个有耐心的人，但她现在完全没耐心了，只想快点扯下眼睛上的东西，重见光明。

看不见之后，才深深地明白能看见是多么好的事，人大概就是这样吧，等失去了才知道珍惜。

心里念着这句话，她又不由自主地想到了韩胤希。

"台阶……台阶！"

他突然加大的音量唤回了她的注意力。

可惜已经来不及了，安子颜没抬脚，被台阶绊倒了，还好南司耀及时地捞住了她的腰。

安子颜几乎是第一反应就推开了他。

南司耀愣愣地看着她，怀里似乎还残留着几缕属于她的味道。

安子颜皱起眉说："不是说还有五百米吗？"

南司耀还回不过神来，好像还在回味什么。

"喂？喂！南司耀！"

安子颜不知道他为什么安静下来，担心是不是自己推得太用力，把他推倒了、撞晕了什么的。

南司耀终于说话了，纠正她："是司耀。"

安子颜总感觉他的声音有些变化，问："你怎么了？"

南司耀掩饰地说："没什么。好了，刚刚是骗你的而已，没有五百米，五米都没有，我们已经进屋了，现在要上楼梯。"

安子颜一顿："进屋了？那我可以把东西拿下来了吗？"

南司耀说："不可以。"

安子颜这次不听他的了，强行把眼睛上蒙的东西扯了下来。

南司耀没有绑着她，所以也没办法阻止。

因为眼睛被蒙了一段时间，所以重见光明的时候，她觉得光线很是刺眼，缓了一会儿才适应过来。

安子颜环视房子："这里是哪儿？"

南司耀答："金屋藏娇的地方。"

安子颜白了他一眼，道："把话咽回去，重新说。"

南司耀笑了："好、好、好，这里是你的宫殿，可以了吗，女王陛下？"

安子颜问："这里还是C市吗？"

"不算，靠近燕城了，这是我在郊区的一栋房子。漂亮吧？我买来以后养老用的。"南司耀一边解释，一边带她上楼。

安子颜说："你才几岁啊，就买来养老。"

南司耀居然正经地回答："本少爷今年二十岁，生日是2月30号，水瓶座。"

安子颜一听就听出了不对的地方，纠正道："第一，2月没有30号；第二，水瓶座是在2月18号之前。"

南司耀是故意骗她的，没想到她这么聪明，居然这么快就听出来了，又道："厉害嘛，那你猜猜我的生日是什么时候？"

安子颜直接说："不猜。"

她不进他的圈套。

南司耀说："你猜，猜中的话，我给你一个奖励。"

安子颜对此毫不动心："我不想要。"

南司耀又换了个方式谆谆诱导："如果那个奖励是我告诉你一个关于韩胤希的秘密呢？比如我之前说过的，他金屋藏娇的事。"

他知道，她对这个一定很感兴趣。

果然，安子颜没有一口就拒绝。

她突然想起什么，问他："你不是说我答应跟你来，你就告诉我他昨晚的事吗？"

南司耀点头："是啊。"

安子颜等着他说。

南司耀摊手："我现在还不知道，等我知道了再告诉你。"

安子颜瞪大了眼睛，气得想拿东西砸他，可偏偏两人走在楼梯上，旁边没有可用的东西。

再走几步就到了二楼，她看到了摆在那边的花瓶，心里忖道：这花瓶砸下去，会不会死人呢？

注意到她的眼神落的地方，南司耀像是知道她在想什么，说道：“那个花瓶很贵的哦，上百万元。”

安子颜睨了他一眼：“你不是说自己没钱吗？”

南司耀说：“没流动资金啊。”

古董、房产什么的属于固定资产。

安子颜本来还对他改观了一点点，现在又回到了之前，她转身就想走。

南司耀赶紧拉住她：“好了，我的意思是，等我去调查，调查到了结果，我马上告诉你！”

安子颜转头看他：“那金屋藏娇的事呢？”

“这个嘛……”南司耀瞅着她，认真地问，“你确定要知道吗？”

安子颜没有犹豫地回答：“要。”

经过这几天的事，她感觉自己真的很不了解韩胤希。

现在她的想法改变了，她尊重他的隐私，但她该知道的事，她认为自己有资格知道。

第二十七章

他怎么能骗她说只是朋友

两个小时后。

韩胤希动用了一切能用的资源，并不算很难地找到了南司耀藏匿安子颜的地方。

其实这中途南司耀有故意搞事，让踪迹断掉，增加韩胤希寻找的难度。

但韩胤希是什么人？他轻松地破解了南司耀设的难题。

站在这处庄园的大门口，韩胤希想起南司耀在医院最后离开的时候对着监控镜头做出的手势，他黑眸阴鸷，脑海里演练着怎么把那家伙比V的两根手指折断。

大门旁边的扩音器突然沙沙地响起，然后传来南司耀的声音："韩胤希，有你的，比我预想的时间还早了一半，厉害。"

韩胤希冷着脸问："颜颜呢？"

南司耀笑得有些流气，说道："她啊，在床上呢，我在水里加了点料，药效刚刚发作了，她正扭着腰，等我的临幸。所以你来得真不凑巧，我这个时候不方便招待你。"

韩胤希明知道他说的这些是假话，但还是动气了，语气凌厉地说："把她还给我，不然我把你这里夷为平地。"

南司耀哈哈大笑：“你想让我和颜颜殉情在这里吗？好像也不错啊。”

韩胤希怒道：“不准你喊她颜颜！”

这是他专属的爱称，只有他知道颜颜这个名字背后代表了什么。

南司耀就是故意惹他生气的，他越是生气，自己越是高兴。

“你不信我给她下了药是不是？那好，我给你看看她可爱的样子，保证你也会把持不住的。”

韩胤希不知他要怎么给自己看，正想着，手机响了一下，是微信的提示音。

他打开一看，是用安子颜的微信发给他的一段视频。

韩胤希没意识到自己屏住了呼吸。

他点开视频，视频的开头是黑的，然后跳出一行字：“骗你的！才不给你看呢！”

接着继续跳出一行行的文字：

“真的那么想看吗？

“好！

“我们来做个游戏吧。

“我问你一个问题，你只要没说谎，我就给你看她的视频。”

韩胤希皱眉，不知道南司耀到底想搞什么鬼。

随后他就看到一行放大的红字跳了出来：“提问！你手机里备注叫晚晚的人是谁？”

看到“晚晚”这两个字，韩胤希眉头一皱，表情看上去有些严肃。

他没有回答，反而问道：“你怎么知道她的？”

南司耀那边回复：“你别管我是怎么知道的，你只要回答问题就好。你敢回答吗？敢实话实说吗？颜颜现在就在我身边哦。”

韩胤希太阳穴突突地跳着，额边似乎隐隐有青筋暴跳。

屋内，南司耀正等着答案，他猜韩胤希是不大可能说实话的，而这个问题还只是第一关。

他准备了很多问题，要对韩胤希咄咄逼人。

过了一会儿，聊天页面跳出一行字：“她是我的一个朋友。”

看到这个答案，南司耀哧的一声笑了——真是敷衍的答案！

果然跟他预想的没有什么两样，韩胤希这家伙心里有鬼，不然为什么不敢坦白那个女生到底是他的谁呢?

南司耀对这个答案当然不能满意，啪啪打字："这个答案不算，再给你一次机会。两分钟的时间，你不乖乖说实话，我就不管了，到时候颜颜成了我的人……"

他这样威胁，看韩胤希怎么办。

如果韩胤希真的着急、在乎安子颜的话，就会为了她牺牲一些东西，比如韩胤希的秘密。

他一边猜测着韩胤希可能会给的答案，一边想着他此时会是什么表情。

对哦！他差点忘了，他明明有监控可以看的，干吗还要去想呢?

南司耀把视线转到了监控镜头上，却吃惊地发现，韩胤希不见了!

韩胤希跑哪儿去了? 他眉头一皱，心头一惊，不知道为什么，有一种不太好的预感。

他调了几个监控镜头都没找到韩胤希的身影。

这人是鬼吗? 就这样消失不见了? 到底哪儿去了!

还是说，韩胤希一气之下就走了? 他想想又觉得不大可能，韩胤希对安子颜的在意是真的，应该不会丢下她不管。

不过也说不准，以韩胤希的睿智，很可能猜到这是他和安子颜合伙的算计，觉得被戏弄了，一气之下就走了。

南司耀找不着人，只好给韩胤希发微信：

"喂，你去哪儿了? 你不会走了吧? 你不要颜颜了吗?

"如果你真的不要了的话，那行啊，从现在开始，她以后就是属于我的了。

"你走了也好，没人打扰我，我就可以好好地享用她了。"

他故意说这些话来刺激韩胤希，就不信韩胤希看到这些话还能淡定。

如果韩胤希真能淡定地不管，那就说明韩胤希心里根本就没有安子颜。

要是这样的话……南司耀扯了一下嘴角，这样他也是不介意接收安子颜的。

他又等了一分钟，韩胤希还是没有回复。

OK，两分钟的时间已经到了，韩胤希出局!

看来他还是太高估了韩胤希对安子颜的在意程度。

“是你自己不要她的，那她就是我的了。”南司耀说着把手机丢到茶几上，起身准备去房间里找安子颜。

蓦然，他感觉后面有人。

他迅速地想要做出反应，可还是慢了半拍。他的脖子被一条手臂勒住了。

南司耀依着求生本能举起双手：“别，有事慢慢说。”

一道冰冷的嗓音在他身后响起：“你刚刚说什么？”

韩胤希！这怎么可能！南司耀心脏突然猛跳了一下，有那么一刻的惶恐。

但他努力保持淡定，吊儿郎当地笑着说：“是你啊？你怎么会找到这里来的？这么厉害。”

为了迷惑韩胤希，他把人都安排到了主楼那边，这栋小房子没有人守着，安静得像一座空城，所以韩胤希想要进来是很容易的事，但问题是，韩胤希是怎么知道他们在这里的？

南司耀想着以韩胤希的能力，最终还是会找到这里来，只是他没想到，韩胤希这么快就找来了，在这么短的时间！

难怪韩胤希刚刚失联了，微信也不回，估计就是用这个拖延时间，转移他的注意力。

他失算了！

韩胤希黑眸冷若冰霜，手臂用力，仿佛要把南司耀的脖子给勒断了。

南司耀只觉得有点喘不过气，便知道自己这下糟了，韩胤希不会轻易放过自己的。

南司耀㞞了：“韩胤希，哦不，韩少！有话慢慢说，别太用力了，要是吓到了颜颜怎么办？你——”

韩胤希又用了点力道。

南司耀脸都白了，努力往后缩，但脖子又被韩胤希的手臂扣得死死的。

他立马意识到问题出在哪儿，赶紧开口说：“好、好、好，我叫她沫颜可以吗？”

“她在哪儿？”韩胤希的声音犹如死神。

南司耀是真的有点怕了，他之前是知道韩胤希很厉害，打架的话，自己有可能打不过韩胤希，但他没想到，韩胤希会这么厉害，这超出了他对韩胤希的预想。

明明两人年纪一般大，为什么韩胤希不但智商高，打架厉害，连气魄都这么强大？

真没道理！

南司耀不想承认自己“羡慕嫉妒恨”了。

他不敢怠慢，指着旁边的房间说道：“她就在房间里，你放心，我没给她下药，那些是骗你的！”

为了自己的脖子着想，他还是先坦白从宽比较好。

韩胤希早就知道这些都是假的，但没有放开南司耀，而是揪着他的衣领走向那个房间。

南司耀给韩胤希开门：“我让她在里面休息呢……”

门一开，房间里哪有人！

韩胤希脸色瞬间冷了下来。

南司耀则是慌了起来：“她人呢？不对啊，她就在这个房间里啊！”他回头看着韩胤希，举手解释，“我发誓！她真的在房间里！我没有把她藏起来骗你，真的没有！”

说着，他赶紧把房间上下找了个遍。

可别说人影，一根头发都没有。

南司耀愕然：“她去哪儿了？”

韩胤希冷冷地瞥了他一眼，似乎在忖度是不是该相信他。

南司耀顾不上韩胤希，冲了出去，在这栋楼里慌慌张张地找了一圈。

安子颜就这样凭空消失了。

南司耀回到了房间，气喘吁吁地说：“楼顶也没有，怎么办？我也不知道这是怎么回事，她刚刚真的进了房间！不信你可以看监控录像，客厅有监控的。”

两人出了房间，去看监控。

这栋房子的监控就两处，客厅和大门外面。

只见客厅里，两人说了什么后，安子颜确实是进了房间。然后南司耀一直留在客厅，没过多久就是韩胤希找来的时间。而这期间，南司耀确实没离开过客厅。

南司耀懊恼地拍了自己的头一下：“我不应该放她一个人在房间里的！”

韩胤希不说话，只是冷着一张俊脸。

南司耀怕韩胤希拿自己出气，往后退开几步，拉开安全的距离，说：“你放心，我会负责的，沫颜是在我这里不见的，我就算付出一切也要找到她，把她安全地带回来！”

韩胤希进那个房间检查了一番，然后走出来，默不作声地走了。

南司耀赶紧跟上：“我跟你一起找！”

韩胤希回头给他一记冷眼，只说了一个字：“滚！”

南司耀严肃地说：“我知道你讨厌我，但现在不是赌气的时候，找到沫颜才是最要紧的事！现在还不知道她是被谁带走了，但想也知道，那人绝不是什么好人！要尽快找到她，不然不知道她会发生什么事！”

韩胤希没理他，继续往前走。

南司耀快步跟上韩胤希，不管韩胤希是不是嫌弃自己。

两人上了一辆车。

南司耀想起什么，问韩胤希：“会是之前设计醉鬼袭击沫颜的人吗？我问过沫颜知不知道这幕后主使是谁，她说……”

韩胤希终于给了他一个眼神：“她说什么？”

南司耀对上韩胤希的眼睛，有些不快地哼道：“她说这件事你会处理，让我别管。”

韩胤希明显愣怔了一下。

她这么说，说明她心里是信任他的，她还顾虑了他的感受，没让南司耀插手她的事，是怕他知道后会不开心吧？

她在受伤的时候，他当时不在她身边，她应该心里怨他才对，却还是这么善解人意，顾虑他的感受。

想到她又一次遇到了危险，可他依旧没在她身边，韩胤希气得用力捶了一下方向盘。

南司耀看向他：“你想到可能是谁了吗？或者沫颜有没有跟你说过，她怀疑是谁？”

韩胤希淡漠地说：“有。”

南司耀急忙问：“那是谁啊？我们先分析一下对方的动机，才好判断那人会做出什么事来。”

韩胤希不想说那人是自己以前交往过的女生之一。

他对她没有说谎，他确实早就忘了宋雨蓉这个人。

就算曾经交往过又如何？对于他来说，那些女生不过是道具，没有存在的价值。

韩胤希没有回答南司耀，只是启动了车子。

只是车刚开出一段距离后，他的手机突然响了一下，是短信的提示音。

韩胤希心头猛然一跳，在这时候发来的短信……

他拿出手机，点开了这条短信，一张照片跃入眼中。

安子颜被绑着，黑布遮住了她的眼睛，她脸上和身上全是伤……

韩胤希的眼神瞬间迸裂了一般，射出可怕的寒气。

南司耀甚至觉得周围的气温好像下降了不知道多少，总之有些阴沉。

他探头，也看到了照片，愤然拍了一把车前的架子。

韩胤希瞥了他一眼。

南司耀攥起拳头，咬牙切齿地说："这些人死定了！

韩胤希微垂下冰冷的眸，给对方发信息："条件。"

对方回复得很快，只是给了一个地址。

南司耀看不到屏幕，便问道："怎么样了？他们说什么？是绑架了沫颜吗？要赎金吗？要多少赎金？我们要现在去筹钱吗？你有钱吗？"

韩胤希没理他，放下手机，重新启动了车子。

南司耀不满地道："喂，我也担心沫颜，你能不能跟我说一声啊！"

韩胤希冷然地说："闭嘴，不然就下车。"

南司耀当然不会下车，所以他闭上了嘴。

那个地方并不远，车子开了十几分钟就到了，像是一座废弃的工厂。

两人一前一后地走过去。

南司耀从来没见过韩胤希这么冷漠的样子，浑身散发着杀气，让人不禁退避三舍，所以他稍稍落后一些。

两人走进去，里面是暗的。

下一秒，灯光亮了起来。

"站住，别动！"不知是谁的声音。

韩胤希和南司耀同时停下脚步。

右侧，三个蒙面男人拽着安子颜走出来了。

安子颜步伐踉跄，像是刚清醒过来的样子，眼神有些惺忪。

在看到前面的两人后，她愣了一下："你们……南司耀，这是怎么回事？”

拽着她的蒙面男人喝止：“闭嘴，别说话！”

看到那人推了她一下，韩胤希眼神一厉，上前了一步，要杀人的样子。

然而一颗子弹射在了他脚下。

“你敢上前试试？我的下一颗子弹就打在她的脑袋上。”

冰冷的枪口指在了安子颜的脑袋上。

三人带着她，走到了韩胤希他们对面，隔着十几米的距离。

双方对峙。

韩胤希冷声问：“你们想要什么？”

三人对视，笑了起来。

然后一支枪被丢了过去。

那个用枪指着安子颜脑袋的男人说：“很简单，一命换一命，你们谁来？”

南司耀不解地问：“什么一命换一命？喂，你们要多少钱，直接说就行，不要说这么多废话好不好？”

那蒙面男人没理他，只是重复：“一命换一命，不然，她死。”

说的时候，蒙面男人手上指着安子颜的枪上了膛，还威胁地往前推了推。

“给你们10秒钟的选择时间！”

10秒钟，这根本就是不让人选择。

南司耀咬紧牙关，突然上前捡起了那把枪：“我来！”他把枪口一转，指着自己的胸口，然后往前对上安子颜的眼睛说：“沫颜，在这最后的时刻，我只想听到你对我说一句话，可以吗？只要一句话就好！你可以跟我说你喜欢我吗？就这四个字。”

安子颜错愕地看着他。

南司耀继续说：“一开始我确实对你……但后来，我也不知道为什么，越来越……”

没等他说完，他手上的枪突然被抢走了。

韩胤希冷着脸，直接把枪抵在自己的脑门上，冷冷地看着那三个人说：“你们要的是这样吗？”

安子颜惶恐地睁大眼睛。

那三个蒙面男人也愣了一下。

韩胤希手指屈起，直接就扣下扳机。

安子颜瞳孔猛缩，大吼阻止："不要啊！"

她不知道怎么挣开了那人的束缚，朝韩胤希跑过去。

咔！

韩胤希手中的枪开了，然而是空枪，里面根本就没有子弹。

安子颜跑得很快，一下子就扑到了他面前，抱住他。

"韩胤希、韩胤希，你没事吧？"她着急地检查他全身上下。

韩胤希握住她的手，声音有些低哑地说："没事。"

黑眸紧紧地锁着她，然后他一把把她搂入怀中，力道大得吓人。

"你没事就好……"安子颜跟他紧紧地拥抱。

南司耀在一旁气得翻白眼，连连骂脏话——剧本不是这样写的！

那三个蒙面男人迷茫地看向南司耀，求他给指示。

南司耀都懒得玩下去了，但又要演下去，只好对韩胤希说："你们别抱了，先解决这三个人吧，免得他们跑了。他们伤了沫颜，不能就这么放过他们，要折磨他们，让他们生不如死！"

这段话让那三个人一头问号。

韩胤希冷眼扫过去，薄唇只说了一个字："对。"

那三人吓得一抖，还有人在退后的时候狼狈地跌倒在地上。

"怎、怎么办？"

"当然是跑啊！"

"快跑！"

于是三人拔腿就跑，逃命似的。

南司耀突然伸出一只手拦下了韩胤希，说："不用追，我有安排人，他们跑不掉的。"

韩胤希也没有追的意思，他现在更在意的是怀里的安子颜。

南司耀看向安子颜，担心地问："沫颜，你没事吧？"

说着，他就伸手要把她从某人怀里挖出来。

韩胤希把她一护，往后退开，跟他拉开距离，然后冷声说："别碰她。"

南司耀不悦地道："我凭什么不能碰她？倒是你，沫颜被人绑架，都是你害的，你是最没资格碰她的人，你赶紧放手！"

他瞪着韩胤希紧搂着安子颜的那双手，抱得这么紧干吗？手还碰到人家的胸口了，知道吗？

韩胤希不争辩，也懒得理他，直接搂着安子颜往外走。

南司耀赶紧跟上去。

可韩胤希把安子颜扶上车后，却锁住了后车门，不让他上车。

南司耀拍窗户：“我呢？我怎么办？”

韩胤希冷漠地说：“自己走路回去。”

南司耀愕然地瞪着韩胤希，这说的是人话吗？

韩胤希不理他，启动了车子。

南司耀对着车屁股骂了一串脏话。

车上，韩胤希一只手开车，一只手紧紧地握着安子颜的手，仿佛只有这样才能确认她在自己身边。

两人回到了燕城。

安子颜看着车子走的方向是去他的公寓，她垂了下眼眸，微皱的眉头带着倦意。

她对他说：“我想回家。”

韩胤希捏了捏她的手，说：“很快就回到了。”

安子颜摇头说：“我不是指你的公寓，我想回家。”

韩胤希抿了抿薄唇，眼角有着一丝严肃：“今晚就在公寓睡吧。”

他用的是没有商量的语气。

安子颜叹了一声，看向他问：“你是不是早就知道这是南司耀导演的一场戏了？”

她一开始也不知道是怎么回事，南司耀让她在房间里休息，她就去休息了，喝了一杯水后，她迷迷糊糊地昏睡过去，等醒过来的时候，就发现自己被三个蒙面男人围住。

刚刚她都没反应过来是怎么回事，直到最后的时刻，她才意识到整个事件都是一场戏。

而导演这场戏的人，自然是南司耀。

说到南司耀，韩胤希的脸色就冷了下来。

他满是无奈地说：“我之前就跟你说过，离他远一点，他不是什么好人，你偏偏不听。”

安子颜蹙眉："他是为了我才……"

"够了。"韩胤希沉声打断她的话，不想听她为南司耀辩驳任何一句，哪怕一个字他都不想听。

他想起今天发生的事，心情就像过山车似的起起伏伏，从小到大，还没有人能够如此影响他，她是唯一一个。

向来自持的韩胤希，一时不知道该如何管理自己的情绪。

车子遇到红灯，停了下来，车里的气氛一时有些低沉。

安子颜转头注视着他，欲言又止。

她很想问，他是不是一开始就知道这是一场戏，所以才敢"用他的命换她的命"的？

当时她真的又担心又感动，她没想到他愿意用自己的命来换她，这是不是说明，在他心里，她比他的命还要重要？

那一刻她真的想着，如果他死了，那她也要跟着他一起去。

但如果他从一开始就知道一切都是假的，那就不一样了……

她思绪百转千回，却什么都没说。

韩胤希抓起她的手，放到唇边亲了一下，深邃的黑眸凝视着她的小脸，用低沉的嗓音说："我们不要再被其他人影响了，好吗？"

安子颜闭了闭眼，深呼吸一口气。

她也不想有任何人影响他们，可是……

以前她不知道，还能被他蒙骗过去，但是她现在都知道了，原来从一开始就有一个人横在他们之间，而这个人并不是南司耀。

他刚刚说的那句话，应该是她来说才对。

安子颜感觉累了，什么都闷在心里，去疑心猜忌，分析他是真是假，对他各种试探，这样真的好累，她真的很讨厌这样的自己。

她不想再猜了，不如就把一切摊开来说吧。

安子颜看向他，心平气和地说道："你可以告诉我吗？你手机里那个晚晚，是那个被你一直保护着的女孩儿吗？你跟她到底是什么关系？你可以不要骗我，跟我坦白吗？"

她只是想要一个坦白，仅此而已。

红灯转成了绿灯。

叭叭叭——后面的车子在按喇叭催促，隐约还有骂骂咧咧的声音。

韩胤希皱了一下眉，索性把车开到了路边，停了下来。

他关了引擎，才转头看向她，语气有些严肃地问：“你是不是看我的手机了？”

安子颜想说自己那天只是无意中看到的，但她现在在意的是他的回答，还有态度。

她努力保持的心平气和一下子就湮灭了。

音量加大了一些，她生气地说：“你可以不要顾左右而言他吗？能好好地回答我的问题吗？”

她现在只是想要一个坦白，他可以别扯其他的吗？他这样的态度，让她觉得他就是在遮掩，就是故意不想回答她的这个问题。

那个叫晚晚的女孩儿到底是谁？为什么他就是不肯说？他知不知道，他越是这样，她只会越不安？

韩胤希对上她的眼，沉声说：“她就是我的一个朋友……”

没等他说完，或许他也不会再多解释什么，安子颜就打断了他的话，冷声问：“朋友？真的仅仅只是朋友吗？”

韩胤希沉默了几秒，补充说道：“就是一个很要好的朋友。”

安子颜的心像是在往下坠，她突然觉得好累，累得不想再跟他对话。

她转身拉开车门，下了车。

“颜颜！”韩胤希在后面喊她，迅速下车追了上去。

安子颜被拽住了手腕，可是她偏开头，不看他。

韩胤希安抚道：“你吃什么醋呢，她真的只是个朋友，我跟她没关系的。”

安子颜哧的一声笑了：“晚晚、晚晚，叫得那么亲昵，真的只是朋友吗？”

韩胤希无奈地解释道：“手机上的备注是她改的，不是我搞的。”

安子颜的心情顿时更不好了——他的手机还给那个女生随便玩的吗？那个女生想改备注就改备注，这真的只是朋友吗？

她挣扎着，想要弄开他的手：“你放开我，放开！”

韩胤希能感受到她的力道，这让他有些不安，总觉得若放开了，她就会跑掉，所以攥得紧紧的。

安子颜弄得自己的手腕都疼了。

她忍着眼泪，喉咙像是被什么哽住了，嗓音低哑地说：“那你告诉我，你前几天忙得不见人，是因为她吗？还有昨天，你接到电话就走了，是因为她吗？”

丢下她这个未婚妻不管，跑去别的女生身边，还过了一夜才回来，他怎么还能骗她说两人只是朋友？

韩胤希受不了她往后远离，手臂便用了一点力道，把她拽入怀中。

他叹了一声，想着该怎么解释才好。

“她……她最近病了，比较严重，而且她这几年身体一直都不怎么好，我担心她的情况，所以在医院照顾她。”

安子颜听到这话，只觉得要心肌梗死了。

他不说还好，说到这个，她反而更伤心了。别人生病了他担心，去医院照顾，那她生病的时候他在哪里？她遇袭受伤的时候他又在哪里？

安子颜颤抖着深呼吸，几乎用了全部的力气才没让眼泪掉下来，道：“好了，你别说了！”

他说的每一个字，都像是一把刀子割在她的心脏上。

如果是这样的“坦白”，那她不想再听下去了。

够了，她知道这些就够了。

安子颜想挣开，可他死活不放手。

她终于气极，忍无可忍，低头就咬了他的手臂，还咬得特别用力，那架势，像是要活生生地把他的肉咬下来。

韩胤希只是微蹙了一下眉头，任她咬着——要是这样能让她消气的话，那么就随她咬吧，只要她别再跟他闹别扭了就好。

他手臂上的肌肉都是硬的，安子颜咬得牙疼，咬了一会儿就受不了，松开了嘴。

韩胤希柔声问：“还要咬吗？”

他看都没看手臂上那一圈鲜明的牙印。

安子颜没说话，只是虚脱了一般往下滑，蹲了下来。

韩胤希怕扯疼了她的手，便放开了。

安子颜用双手环住自己的膝盖，整个人像是缩成了一团。

韩胤希看着她，想着给她一点时间去想想，她这么聪明，又善解人意，一定会理解他的意思，不会再跟他闹别扭了。

安子颜抬头看了一眼不远处的奶茶店，闷闷地说：“我想喝奶茶。”

韩胤希应道：“我去给你买。”

安子颜点了点头。

韩胤希不怕她走了，燕城就这么大，她能跑哪儿去呢？就算她回家了，他也可以去她家找她，想办法把人哄回来。

所以韩胤希当时也没警惕，就往奶茶店走去。

看着他的背影，安子颜缓缓地站了起来。

她面无表情地收回视线，仿佛不想多看一眼，转身走到路边，伸手拦了一辆计程车。

就在韩胤希走进那家奶茶店的时候，她也上了计程车。

天色渐暗，头靠在计程车的车窗上，安子颜眼神迷蒙地望着窗外的风景，看着最后的光亮消失在天际，然后华灯初上，路上的霓虹灯逐渐亮起来。

因为正好是下班高峰期，外面人群熙熙攘攘的。

跟外面的热闹相比，车内就显得有些孤寂。

司机是个大叔，面容和善，从后视镜看到她的神色，还好心问道："小姑娘，是跟男朋友吵架了吗？"

安子颜不想说话。

司机唠叨起来："因为小事吵架的话，就不要那么计较了。如果是因为大事，比如他劈腿了之类的，那就一定要有自己的原则，不能轻易姑息，不然有一就有二，这种事叔叔我见过太多了。

"跟你说，上次我拉一个小姑娘，在我车上哭哭啼啼的，还闹着要自杀，然后我才知道，她男朋友居然劈腿了好几个女生。哎哟，现在的男孩子但凡长得帅一点，就很花心。

"女孩子要学会爱自己多一点，你一再忍让，他就会越来越过分，到时候伤心的也只是你们自己。"

安子颜虽然觉得很烦，但也知道司机大叔是好心想开导她，便没有出声阻止他说下去。

本来安静的车内，因为有了一个人说话的声音，没那么孤寂了。

回到家，安子颜下车，还多给了司机大叔几百元。

"谢谢。"她说。

司机大叔吓了一跳，赶紧摆手说："这太多了，不用给这么多……"

安子颜没有接他递过来的钱，转身就往屋里走了。

她刚进客厅，就闻到了一股菜的香味，才反应过来正好是晚饭时间。

她想起来，自己周五走之前说过今天要回来陪爸妈吃晚饭的，她差点就给忘了。

她刚要迈步往饭厅那边走去，赫然想起自己肩颈处受伤的事，那里还贴着纱布，虽然没感觉了，应该是伤口愈合了，但让爸妈看到的话，他们会担心的。

安子颜快速上了楼，换了一件领口高一点的衣服，可还是能看到纱布的一角。

她想了想，轻手轻脚地把纱布拆了，换上创可贴。

还好伤的位置不是脖子上，是脖子和肩膀相连的位置，所以有衣领遮住，再加上创可贴比较小，基本上能掩藏住。

咚咚——

这时有人敲门，外面传来了唐母的声音："宝贝，吃饭了吗？"

安子颜快速地收拾好，勉强挤出一抹笑容，这才走过去开门："还没吃呢，我正准备下去。"

唐母问："你的手机怎么打不通？"

安子颜装作恍然地说："手机好像没电了。"

唐母笑了一下，说："好了，下来吃饭吧。"

"嗯嗯。"安子颜凑上去，亲昵地挽着唐母的手，跟她一起下楼。

唐父已经在客厅等着了。

三人一起坐上饭桌，用人很快地端上刚做好的冒着香味的菜品。

这是家的味道，安子颜感觉自己之前还冰冷冷的心被家的温暖熨热了一些。

家里有这么好的父母，某些人她不要也罢。

吃饭的时候，安子颜发现唐父瞄了几眼她的伤口处，她心虚，不知道是不是被发现了，别扭地侧过身，想避开唐父的视线。

吃饱后，她放下筷子："我吃饱了，爸爸妈妈你们慢慢吃，我有点累，上去休息一下。"

"等等。"唐父放下筷子，表情有些严肃地看着她，"你先说说，你脖子上的创可贴是怎么回事？"

安子颜愣住了，一脸为难："我……"

她不想他们知道自己受伤的事，一来不想他们担心，二来怕他们找韩胤希算账——她现在暂时不想看到某人。

唐母看向唐父说："好了，女儿也大了，他们又已经订婚，有点亲密行为很正常。"

唐父还是不高兴，怒道："我警告过他的，他这是把我的话当耳边风！"

安子颜这才明白，原来他们是以为她的脖子上有韩胤希的吻痕，她怕被发现，就用创可贴遮住了。

她松了口气，没被发现她受伤了就行。

唐母用眼神对她示意，让她先上楼去。

安子颜心里疲倦，怕自己撑不住脸上的情绪，所以赶紧走了。

回到房间，她灯都没开，把自己抛到床上，任由黑暗包裹住自己。

过了不知多久，床铺上传来她微弱的抽泣声……

第二十八章
她不是真正的唐家大小姐

翌日。

安子颜醒来的时候眼睛是肿的。

她今天不想去学校了，想找家医院去做亲子鉴定。

她在网上一搜，有不少答案，大部分答案说的是伊丽莎白医院——伊丽莎白是燕城最好的私人医院。

其中一个答案说，伊丽莎白做亲子鉴定是最快的。

因为南司耀，安子颜现在怕被跟踪，所以在外面兜兜转转很久，才到了伊丽莎白医院，还是从后门进去的。

亲子鉴定最快一个小时出结果，安子颜就在休息区坐着等。

其间，韩胤希打过电话给她，估计是想问她为什么没去学校。她挂断了，索性还关了机。

一片静默中，她放空自己，什么也不去想。

蓦地两道熟悉的身影从她面前走过，安子颜愣了一下，是王慧玲和赵叔叔。

“你别急，慢点走。”赵叔叔轻声劝着王慧玲。

王慧玲一脸激动，声音带着些许哭腔：“护士说颜颜的手动了一下，是不是她马上就可以醒过来了？”

“颜颜这么好的女孩子，一定会醒过来的，她这么可爱漂亮，老天爷怎么舍得带走她呢？”

两人说着，渐行渐远。

安子颜惊愕地站在原地，不可置信地回过神，踉跄地追了上去。

这是什么意思？难道说……她还没有死？！

安子颜突然感到脑子很痛，像要炸开了似的。

她居然……没死？她还活着！

眼看着王慧玲和赵叔叔的身影消失在拐角，她急切地想要追上去，却不小心绊倒了自己。

痛！膝盖磕在地上，一股锥心的痛楚让她闭上眼睛，缓了一会儿才好了些。

顾不上膝盖上的伤，她站起来继续追上去，然而到了拐角，王慧玲和赵叔叔的身影不见了。

走廊上人来人往，有些人不小心撞到安子颜的肩膀，一句对不起都没有，见她没发脾气，还睇她一眼，嘀咕了两句。

安子颜此时懒得理别人，全部注意力都在刚刚得知的消息上。

这消息震惊得她久久回不过神来。

她茫然地四处找着，从这个走廊绕到那个走廊，可这医院太大了，想找人真的跟大海捞针差不多。

有那么一刻，她怀疑自己是不是认错人，听错了。

不！不是认错人，她绝对不是认错人了！

这一层找不到，安子颜只好去别的楼层找，她像是要把整个医院翻遍。

找了半个小时，还是没有找到，安子颜并不觉得累，她是个有目标就有毅力的人，尤其是当她想要知道一个答案的时候，没有任何事情能够阻挡她。

大不了，她把这医院的每个病房都搜遍。

突然有个护士拦住了她：“小姑娘，你的膝盖流血了！”

安子颜站定，低头一看，才发现自己的膝盖流着血，又红又肿，红的地方都变成紫黑色了。

护士把她拉到一旁说：“我给你抹点药吧。自己伤着了也不知道吗？我看你跑来跑去的，在找谁吗？”

护士让她坐在这里等，要去拿药过来。

安子颜伸手拽住她，问：“你……你能帮我找一个人吗？”

护士笑了一下，说：“你是来看望朋友还是亲人的？找人的话，去护士站问就行了。”

安子颜猛然醒悟，对哦，她忘记了可以去护士站问！

因为刚刚那个震惊的消息让她的脑子嗡地一下完全无法运转了。

“谢谢！”

护士看她跑了，说道：“你膝盖上的伤还没处理呢！”

安子颜哪儿还顾得上这些，急急忙忙去了护士站。

可偏偏这时候，护士站居然没人在！真是急死人了！

她抓住路过的护士，问道：“你知道安子颜住哪个病房吗？”

她只是抱着侥幸心理问的，没想到对方好像知道。

“安子颜？哦哦，我好像记得这个病人，在哪个病房我忘了……总之就是在VIP病房。不然你去找找，VIP病房你上二楼，往里走，过一个过道，走到另一栋相连的楼就是了。”

安子颜对护士说的那个过道有印象，原来那里是VIP病房。

难怪她刚刚找了那么久都没有找到。

“谢谢！”

她快速地奔去VIP病房那栋楼。

这次范围缩小了，她一个个病房找的话也花不了多少时间。

她推开其中一个病房，见里面只有一个女生，忙道歉：“不好意思，进错房了。”

安子颜转身要走，却被对方叫住了。

“唐沫颜，你终于还是来了。”

没想到对方会叫“自己”的名字，安子颜顿住脚步，回头看向那个女生。

挺漂亮的一个女生，只是面色过于苍白，一看就是抱病的状态。

安子颜把对方的面容在脑子里过了一遍，确认自己没有见过这个人。

难道是唐沫颜之前认识的人？为了避免露馅儿，她只是回头看着对方，没有出声。

女生掀开被子，下了床，慢慢地走到她面前。

尽管脸色看上去不是那么好，但对方的眼神有些犀利，安子颜猜测，对方应该是个性要强的那种女生。

女生在她面前站定了，盯着她的眼睛说："我劝你不要想着对我做什么，你要是敢动我一根手指，胤希不会放过你的。"

安子颜皱起眉头，对方这句话让她很错愕，也让她听了很不舒服。

她侧头在病房环视一圈，目光最后落在病床前的名字上——江向晚。

难道说这个女生就是韩胤希手机里备注的那个晚晚？

想起江向晚说的话，安子颜心里只觉得可笑，她没想到有一天会有人对她说这样的话："你要是敢动我一根手指，胤希不会放过你的。"

这算什么？安子颜心里堵得难受，像是有一块大石头压着，甚至有些喘不过气来。

她看得出来，江向晚并不是在虚张声势。

安子颜心里来气了，她笑了起来，傲然对上江向晚的眼睛，不羁地说："是吗？那我挺想试试的，我真动了你的话，他要怎么不放过我？"

她此时很想知道，在她和江向晚之间，韩胤希会选择谁。

要是之前，她会很自信地相信他会选择自己，但现在，她连一半的自信都没有。

安子颜故意向前一步，逼近到江向晚面前。

江向晚显然没想到她会突然靠近，猝不及防之下，本能地往后退，还差点摔倒。

她稳住自己，却因为被吓到，捂着胸口猛烈地咳嗽起来。

安子颜皱眉，对方的身体这么弱吗？感觉像是她在欺负对方似的。

安子颜不想欺负病号，而且她现在有更重要的事去办，所以她转身就往外走。

"你——来人、来人啊！"

安子颜刚走到门口，就被两个穿着西装的人堵住了，看样子是保镖。

两个保镖一看江向晚的情况不对，赶紧问："江小姐，你没事吧？"

江向晚咳了好几声，胸口像是呼吸不过来似的剧烈起伏，缓了一会儿才缓过来。

两个保镖都快吓死了，他们一个刚刚下去拿早餐，一个临时去了厕所，没想到就这点工夫，就有人闯进了病房。要是江小姐出了什么事，他们怎么跟韩少交代？就算他们有一百颗脑袋，也赔不起！

两个保镖不敢怠慢，迅速地把安子颜拿下了。

安子颜被架住，脸色变得难看，对他们吼道："你们干什么？放开我！你们知不知道我是谁？"

其中一个保镖说："我们不管你是谁，赶紧给江小姐道歉！"

安子颜想笑，她做了什么，要给对方道歉？

江向晚知道她的身份，看唐大小姐被这样对待，有些狼狈的样子，便出声说："放开她。"

对于她的命令，两个保镖显然不敢违抗，便放开了安子颜。

安子颜心里很苦涩，韩胤希对这个江向晚还真是好，还安排了两个保镖保护她。

安子颜感觉呼吸很困难，不想待在这里了，她板着脸转身走了。

保镖作势要追上去，被江向晚拦了下来。

"不用理她。"

保镖问："这件事要汇报给韩少吗？"

江向晚说："我自己跟他说。"

两个保镖颔首，退了出去，守在门口。

另一边。

安子颜离开了江向晚的那个病房后，撑着紊乱的思绪，还有差到极点的心情，继续寻找要找的那个病房。

终于在某个病房门口看到了站在门外的赵叔叔，她瞬间想冲上去。

但理智回归，她顿住了脚步——她现在不是安子颜……

但也因为她现在不是安子颜，所以她慢慢地走过去的时候，赵叔叔并没有任何起疑。

安子颜假装路过病房。

幸运的是，病房的门是微微敞开的，能看到病房内的一点情景，安子颜看到了自己的身体躺在病床上！

她一下子站定了，恨不得闯进去，看得再仔细一点。

所以她没死，她真的没死！

安子颜不知道这是怎么回事，她回想起当初重生的时候，她是看了网上的新闻确认自己死亡了。

难道说是新闻报道有误？这个可能性不是没有。

她很懊恼，自己当初怎么就没有仔细确认这件事呢？

其实也不能怪她，任谁得知自己死了，又遇到了重生这种离奇的事情，都无法做到事事妥善。

现在她知道自己还没死，可是……这是怎么回事呢？她没死，那她为什么会重生在唐沫颜身上？

“你干什么？”

突然响起的一道男声惊到了她。

安子颜才发现自己在门口站了一段时间，确实看上去有些奇怪。

她看向赵叔叔，努力保持淡定的表情，微笑着哈腰道歉：“不好意思。”

她赶紧走开了，假装自己只是路过。

她刚刚的举动已经让赵叔叔起疑了，所以她不能再做出其他可疑的行为。

那她要怎么办呢？安子颜的脑子整个乱了。

在学习上，她是个逻辑思维很强的人，所以在众多科目中，她学得最好的是数学，但今天，因为“自己还没死”这个震惊的消息，再加上江向晚那件事，让她的脑子乱成了一团。

可是她必须要弄清楚这是怎么回事。

安子颜因为不想走，所以走得慢吞吞的。

蓦地她停下了，深呼吸一口气，毅然转身走回去。

她走到赵叔叔面前，装出纯真亲和的样子，一脸关心地问：“你好，我想问一下，里面躺着的是安子颜吗？”

赵叔叔看着她，问道：“嗯，你是颜颜的同学吗？”

安子颜解释：“我跟她不在一所学校，是认识的朋友。”

这是很普通且正常的说辞，赵叔叔显然相信了。

安子颜试探性地问道：“之前听说她出车祸了，我还有点担心，但一直联系不上她，她现在情况怎么样？”

赵叔叔叹息一声，道：“还没有醒过来，从车祸那天一直昏迷到现在，医生说……”

说到这里，他顿了一下。

安子颜被他弄得一颗心揪了起来，急切地问：“医生怎么说？”

赵叔叔说：“没什么。你是正好有家人住院吗？”

安子颜顺势说：“是啊，我奶奶住院了，我第一次来这里，这里太大了，我走着走着就迷路了。”

赵叔叔是个善良的人，所以不会轻易去怀疑别人，他关心地询问：“你奶奶生病了啊？老人家还好吗？”

“嗯，我奶奶很好，谢谢你的关心。那我不打扰你了，我要回去我奶奶那边，子颜……希望她能尽快好起来。”安子颜怕再问下去会让对方起疑，只好找了个借口离开。

赵叔叔颔首说：“你赶紧回去陪你奶奶吧。”

“嗯。”安子颜应着，回头往来时的方向走去，因为再往里面走的话，没几个病房了，容易露馅儿。

往回走，自然要经过江向晚的那个病房，她没想到的是，在门口见到了韩胤希。

那道修长俊朗的身影让她的心顿了一下，她瞬间停下了脚步。

韩胤希也看到了她，快速地朝她走了过来：“你为什么不接我的电话？“

安子颜还以为他会先兴师问罪，问她为什么会出现在这里，问她想对江向晚做什么，没想到他会先问她为什么不接他的电话。

但她看到他还是很生气，所以冷然地回答：“因为不想接你的电话。”

韩胤希微蹙起眉头，看出她还在生气。

他伸手想要去拉她，安子颜躲开了。

这时，病房内的江向晚听到外面的对话，走了出来：“胤希，我决定还是不换病房了，反正过两天应该可以出院了，而且我想，唐大小姐不会真的对我做什么。”

换病房？所以他是怕她会对江向晚做出什么事吗？

安子颜想到这点，心里更加堵得难受。

但偏偏她还没办法跟他解释，她为什么会出现在这里。

算了，她为什么要解释呢？她没什么需要解释的。

不想看到他，安子颜只想离开这里。

她对他说：“你信不信都好，我事先并不知道她在这里。”

但这话说出来她自己都不信，昨天她才因为江向晚跟他吵架了，今天就来这里遇到了江向晚，会有这么巧的事吗？

随便他信不信！安子颜绕过他，快速地往外走。

“颜颜！”韩胤希赶紧追了上去。

安子颜不想理他，走得飞快。

过了通道，到了另一栋楼的时候，一个护士认出了安子颜，想要叫住她：“唐小姐，你的报告……”

安子颜只顾着往前走，没注意到护士。

韩胤希也只顾着追她。

两人都越过了护士。

只有后面跟来的江向晚注意到了护士，她停下脚步，看着护士手上的报告，思绪一转，眯起了眼。

另一边。

医院大堂的人比较多，人群挤来挤去，韩胤希很辛苦才追上了安子颜。

他攥紧了她的手，低声唤道：“颜颜！”

安子颜隐忍着，扭着手想要挣开他的束缚：“你放开！”

韩胤希怎么可能会放开，道：“你先听我说好不好？别生气。”

安子颜在心里呵地笑了一声，原来他还知道她在生气啊？

“好。”她回头，冷漠地看着他，“你让我听你说，好啊，那你说。”

她倒想听听他会怎么辩解这件事。

韩胤希望入她的眼睛，无奈地说：“事情不是你想象的那样。”

安子颜笑了，只是笑意没有到达眼底：“哦，是吗？那你告诉我，事情是怎么样的？”

韩胤希说：“我没有误会你。”

安子颜觉得好笑：“那你觉得我为什么会出现在医院里，又正好进了她的病房？”

连她都很难解释这个巧合，因为她来医院是为了什么，这是她不能告诉他的，还有她找到VIP病房的原因，她更不能说。

谁又能想到，就是这么巧，江向晚正好在这家医院，而她又偏偏找到了那个病房呢？

其实也不算戏剧化，他那么紧张江向晚，连江向晚住个院都要派保镖保护着，伊丽莎白又是燕城最好的私人医院，他带江向晚来这里治疗，不是理所当然的吗？

面对她的反问，韩胤希没有回答，只是叹了一声，说："我不知道。你可以告诉我，你为什么来医院吗？是哪里不舒服吗？"

安子颜更想笑了，就算她哪里不舒服，也不会去VIP病房那边吧？还正好进了江向晚的病房。

他给的这个台阶，还不如不给，侮辱彼此的智商。

安子颜来医院的原因不能说，找到VIP病房的原因更不能说，所以她索性说："你没有误会我，我就是来找她的，我就是想来看看，被你捧在心尖上的人是什么样的。"

说最后那句话的时候，她心里有些难受。

韩胤希皱起眉头，解释道："我跟她只是朋友……"

"真的只是朋友吗？"安子颜突然加大音量，眼神发狠地盯着他，用咬牙切齿的声音说，"你看着我的眼睛，摸着你的良心，回答我，你跟她真的只是普通朋友吗？你们之间没有发生过其他的感情？"

普通朋友，他会担心她，在医院陪着她，连夜守着她？

普通朋友，他会给她安排保镖？

普通朋友，他会……

每想到一点，安子颜就觉得有刀子割在自己的心脏上，很痛。

在她最需要他的时候，他陪在别的女生身边，守护着别的女生，他有想过她吗？

尤其是现在她逼问他的时候，他顿住了，没有立马就否认。

安子颜笑了起来，笑得很难看、很难堪，眼泪瞬间汹涌地掉下来。

够了，已经够了，她明明从一开始就知道，他跟她订婚是有目的的。

只是他是不是太过分了？他为了达成他的目的，欺骗她的感情，哄她爱上他，他怎么能这样残忍！

安子颜想起了南司耀骂她的一句话，说她是第三者。

明明她跟他才是名正言顺订婚的，可她成了第三者。

因为成长在单身家庭，她从小最讨厌的就是第三者，而他居然害她成了自己最讨厌的第三者！

安子颜从没有这样恨过一个人。

此时，眼眸没有一丝温度，她冷冷地看着韩胤希，面无表情地说："你放开我。"

韩胤希心绪紊乱，向来睿智冷静的他，在看到她的眼泪的瞬间，心慌了。

他想抱住她，吻干她的眼泪，可是他也知道，是自己伤了她的心，她的眼泪是他造成的。

而他，无法解释，因为真相说出来只会更伤人。

安子颜知道不能跟他用硬的，深呼吸一口气，平静地对他说："我觉得我们之间需要冷静一下，你放开我，我想回家。"

韩胤希说："我送你。"

"不用，你让我自己静一静，可不可以？"安子颜看着他，眼底没有伤心，没有愤怒，仿佛心如止水。

大概心死了就是这样的吧。

韩胤希不想把她逼得太紧，他也需要整理一下自己的思绪，想想该怎么挽救这件事。

他退了一步，说道："我让司机送你，可以吗？"

安子颜同意了，因为她不想再跟他有任何纠葛，不想再多看他一眼，跟他呼吸同一片空气她都感觉心口发堵，她需要逃离。

韩胤希叫来了司机，让司机送她回唐家。

等她上了车，他恋恋不舍地看着她，叮嘱道："回到家给我发条信息。"

安子颜没理他。

韩胤希柔声唤道："颜颜……"

安子颜听到他这样亲昵地唤自己，想着他也是用同样的语气亲昵地唤那个"晚晚"，她胸口只觉得一阵恶心。

她把他往外推，关上了车门。

"开车。"她冷然地对司机说。

一处别墅。

韩胤希赶到的时候，江向晚脸色苍白地坐在沙发上，看上去惊魂未定。

韩胤希走过去，看着她问："向晚，你没事吧？"

江向晚抬起头，看到他，露出了一抹勉强的笑容，摇摇头说："我没事。"

刚说完，她就猛烈地咳嗽起来。

一旁的保镖反应很快，翻出了药瓶，倒出来递给她。

另一个保镖则是快速地倒了一杯水过来。

江向晚把药吞下，用手顺着胸口，让自己保持平静。

韩胤希环视这个房间，蹙起眉说：“这里不能住了，要换地方。”

江向晚点点头，说：“都听你的。”

在韩胤希的吩咐下，几个保镖训练有素地收拾好了东西——这毕竟也不是他们第一次换地方了。

江向晚的东西则是由专门负责照顾她的女佣来收拾。

韩胤希坐在江向晚身边，问她：“这次你要不要换去别的城市……”

没等他说完，江向晚就摇头说：“不要。”

这个问题两人之前也讨论过，所以没有再争论的意义。

江向晚从茶几上找到手机，翻出那张照片，递给他看。

那是一份亲子鉴定的报告。

江向晚眯起眼，说：“这是唐沫颜的报告，原来她并不是唐家的血脉。”

韩胤希接过手机，黑眸低垂，盯着那张照片。

他没说话，谁也看不出他深沉的神情是什么意思。

江向晚看着他说：“既然她不是真正的唐家大小姐，那她对你来说，就没有利用价值了。”

韩胤希像是有了反应。

江向晚接着说：“所以你可以跟她解除婚约了！”

这次韩胤希的反应很大，他瞬间抬起头，看向她，想都没想就摇头说：“不，我不会跟她解除婚约的。”

他的语气非常坚定，不容置疑。

江向晚不解，甚至可以说是惊讶地说：“为什么？你之所以跟她订婚，不就是因为她是唐大小姐吗？”

不然，像唐沫颜那种嚣张跋扈的千金大小姐，他看都不会看上一眼，更别说跟她订婚了。

韩胤希没有回答江向晚，因为他没有办法解释。

他没办法告诉江向晚，他从一开始就知道现在的唐大小姐并不是唐沫颜，而是安子颜。

确实，他一开始是为了利用唐沫颜才跟她订婚的。

但安子颜并不是唐沫颜，面对安子颜的时候，他已然忘记了自己最初的目的，跟她在一起的每时每刻，他都只是纯粹的他，只是单纯地想跟她在一起、想看着她、想跟她说话、想逗她笑，什么利用、什么目的，都被他抛之脑后了。

所以有没有利用价值这一点，对他来说并不重要了，她的存在本身才是最重要的。

所以他无论如何都不会跟她解除婚约的，就算她想，他也绝不允许。

见韩胤希沉默着不说话，江向晚猜不透他在想什么，只能自己去猜测他的心思。

她恍然大悟地道："我知道了！你是想着，反正这件事还没揭露，就先继续利用她，等利用完了，她不是唐家血脉的事暴露出来，再找借口解除婚约，是不是？"

"不是。"韩胤希直接否定，不想她有任何误解，索性直白地告诉她，"我不会利用她的，任何可能会伤害到她的事，我都不会做。"

江向晚惊愕地瞪大眼睛，仿佛听不懂他在说什么："胤希……你到底知不知道你在说什么？"

韩胤希颔首："我知道。"

他的眼神坚定且清醒。

江向晚深呼吸，终于还是要面对自己不想面对的事了，她嗤笑一声，故意调侃道："你别告诉我，你对她假戏真做了。"

韩胤希拧眉，不知道该怎么跟她解释。

他没有假戏真做，因为他喜欢的是安子颜，而不是唐沫颜，这一点他非常清楚。但这关系到安子颜的秘密，他没办法告诉她。

两人认识了那么久，江向晚太了解他了，他的沉默就代表了默认。

江向晚气得不行，生气地质问他："你是怎么了？你是被她下蛊了吗？她是唐沫颜！那个嚣张跋扈、轻视人命的唐大小姐！她是怎样的人，你不是很清楚吗？她做过多少坏事，还要我一件件提醒你吗？！"

韩胤希沉声说："她不是……"

他很想说，那个坏的是唐沫颜，不是安子颜。他的颜颜是善良的，是完全不同的人。

江向晚听到他居然为唐沫颜辩解，简直不可置信，感觉自己像是在做一个噩梦，一个绝对不可能发生的噩梦。

那么聪明睿智的他，怎么可能会被唐沫颜那样的女魔头迷惑？这是不可能发生的事！

“你是骗我的对不对？”江向晚逼近他，眼底有着期盼，“我知道你是骗我的，你快告诉我，你没有爱上她，对不对？”

韩胤希却没有如她的愿，他很认真地看着她，很认真地说了五个字：“我爱上她了。”

我爱上她了。这句话像是一把刀，狠狠地扎进了江向晚的心脏，血色从她脸上褪去。

她接受不了地摇着头后退：“不、不可能！你骗我！”

韩胤希只是不想骗她，所以跟她说了实话。

他看着江向晚的眼睛说：“向晚，你很清楚，我不会骗你。”

江向晚闭上眼睛，低吼了一声：“不——”

她捂住自己的耳朵，不愿听到那些不想听到的话。

这时其他人收拾好了行李，就等着韩胤希的指示。

韩胤希抬手示意了一下，让他们都出去等着。

房间里只剩下他们两人。

江向晚往后踉跄了一步，腿软下来，像是要晕过去。

韩胤希赶紧上前拽住她：“你什么都别想了，先去新的地方安置下来……”

江向晚紧紧地扣住他的手，脸上挂着泪水，难过地看着他，声音哽咽地控诉：“你怎么能这样？你明明答应过我，会努力想起来的……就算你忘记了你爱过我这件事，但我知道，你内心深处是记得的！你怎么可以……怎么可以转身就爱上别人，怎么可以！”

韩胤希低声说：“对不起。”

他只能说对不起。

以前的事他真的完全想不起来，他也试过努力去想，甚至去做过意识催眠，可就是想不起来。

而爱上安子颜，完全在他的计划之外，她的出现让他始料未及，他甚至连防备都没有，就猝不及防地动了心。

这时候对江向晚来说，没有什么比“对不起”这三个字更伤人了。

她执迷不悟地说：“不，我不管，你是我的！”

韩胤希知道她现在听不进任何话，便不再多说，直接带她离开。

江向晚紧紧地锁住他的手，好像这样他就是属于她的，谁也抢不走。

夜渐渐地深了。

安子颜坐在房间的书桌前，没办法集中注意力去学习。

某人真是害人精，害得她伤心难过不说，还害得她连学习都学不进去了。

眼睛本来就因为哭得红肿而干涩，现在盯着习题这么久，更是深感疲惫，安子颜无奈地放下了笔。

看来她想靠学习转移心情这一招，失败了。

她视线一转，落在了一旁的手机上。

因为怕韩胤希打电话来，她索性就关了手机，清静的感觉很好，可是她又避免不了地感到了一丝孤寂。

这时敲门声响起，女佣的声音从外面传来："小姐，有位江小姐打来电话找你。"

江小姐？安子颜想到了江向晚。

她刚想说不接，就听到女佣接着说："那位江小姐说，你在医院遗落了一份报告，她想拿给你。"

安子颜心头猛地一惊——医院的报告？

中午回到家的时候，安子颜就接到过医院的电话，告诉她亲子鉴定已经出结果了，问她什么时候去医院拿。

她还想着等之后再找时间去医院，因为她不想跟江向晚和韩胤希碰面。

但她没想到的是，江向晚居然会主动找上她，对方还很可能不知道用什么手段拿到了她的亲子鉴定报告！

安子颜的脸色瞬间难看了。

就算没看到报告，她也已经预料到结果会是什么，她只不过是想做一个确认而已。

外面的女佣自然看不到她的脸色，只是一直等不到回应，便小心翼翼地问："小姐？要接电话吗？如果您不想接的话……"

之前小姐就吩咐过，韩少爷要是打电话过来，就说她不在家，所以大家都知道小姐今天心情不好。

门突然被拉开，安子颜沉着脸说：“把电话给我。”

女佣瑟瑟发抖地把手中的固话分机递了过去。

安子颜回到房间接听了。

果然，电话里传来的是江向晚的声音：“唐大小姐，我们见个面吧，我有些话想跟你说。”

安子颜不想跟她见面，但为了搞清楚江向晚是不是知道了亲子鉴定的事，只能答应。

第二十九章

我不会跟你解除婚约的

十分钟之后，就在唐家的大门外。

江向晚早就来了，也确信她会见自己，所以就在门外候着。

安子颜不知道江向晚为什么会这么迫不及待地想见自己。

江向晚想跟她说什么？

门外停着一辆车，保镖守在车外。

见到安子颜出现，保镖拉开车门，示意她上车。

安子颜站在门口，却没有上车，而是弯腰对车内的江向晚说："有什么事，我们出来说。"

江向晚用命令的语气对她说："上车。"

安子颜面无表情，直接转身就走。

江向晚恼怒地出声威胁："你是不是想我把那份亲子鉴定报告拿进去给你父母看？"

安子颜顿住脚步，垂在身侧的手攥成拳头。

果然，江向晚拿了她的亲子鉴定报告……

江向晚说："你放心，我不会对你做什么，我只是来告诉你一件事。"

安子颜回头，但还是不肯上车，她的骄傲不允许自己在江向晚面前示弱。

她板着脸说："有什么话直接说，不要拐弯抹角。"

江向晚见她就是不肯上车，便下了车，用眼神示意保镖走开。

江向晚直视安子颜的眼睛，宣示主权一般说："胤希跟我从小一起长大，我跟他经历过很多很多事，我们之间不是你能够介入的。"

安子颜心头抽痛了一下，原来是青梅竹马啊，难怪韩胤希对她那么关心。

安子颜没有让自己真实的情绪表露出来，她面带微笑，看向江向晚："你是不是忘了？我跟韩胤希已经订婚了，就算你跟他之间有什么，那也是过去的事。"

"你懂什么！"江向晚突然激动起来，愤然地说，"他只是忘了他爱过我！他只是忘了我们曾经相爱过！"

我们曾经相爱过……这句话刺痛了安子颜的心。

只是安子颜很疑惑，为什么江向晚会说韩胤希忘了他爱过她？

爱过一个人，怎么会说忘就忘了？

安子颜看向江向晚，问道："什么意思？他为什么会忘了？"

这中间应该是有什么故事吧？

江向晚就是在等安子颜问她，她再娓娓道来，把她和韩胤希的故事全数告诉对方。

"去年，他头部受伤，暂短失忆过三个月，那三个月里，我们终于在一起了。从小到大都是他保护我，我终于也有机会保护他了。那三个月我们很甜蜜，形影不离，他一秒钟都离不开我。

"只是……他恢复记忆后，却忘了那三个月的事，他把我们相爱的记忆都忘了。

"但没关系，我知道他内心深处还记得，深爱过的人怎么可能会忘记呢？"江向晚抬眸对上安子颜的眼说："我和他之间的羁绊，不是你能够懂的。"

安子颜确实不懂。

对方的阐述让她感到心口沉闷。

原来韩胤希跟江向晚有过那么深刻的过去，她再一对比自己跟他之间，实在是太浅薄了。

也怪不得他会对江向晚那么在意、那么关心，甚至在对方住院的时候会抛下她陪江向晚整整一晚。

或许就如同江向晚所说的，有些深爱是刻在内心深处的，怎么会忘记呢？

安子颜越是想得深，心越是痛得无法呼吸。

她一生一次的初恋，居然遇到了这样的劲敌。

安子颜很清楚，自己败了。其实从韩胤希抛下自己，选择去守护江向晚的那一晚，自己就败了。

只是骄傲让她死死地撑住了表面的最后一点自尊。

她甚至要很用力才能忍住泪水，失恋的泪水被吞回肚子里，竟那么苦。

安子颜很庆幸，重生的这段时间为了扮演唐沫颜而练就的演技，让她就算内心再崩塌，也保持住了面上的淡定。

她看着江向晚，微笑着说："你说完了吗？"

江向晚没有等到自己想要的反应，不禁有些烦躁起来："没有！我跟胤希的故事，就算说三天三夜都说不完！"

三天三夜？抱歉，她不想再听了，哪怕多一个字，她都不想再听了。

没有人知道，在安子颜的微笑底下，她的心已经被扎得千疮百孔。

够了，她已经很痛了，再来一刀她不知道自己还能不能撑住。

安子颜冷傲地说："你们之间有再多的故事，那又如何？他现在是我的未婚夫，光是这一点，你就输了。"

她没有想到，两人的婚约居然是她现在唯一能够用来反驳对方的武器。

而很快……等他们解除了婚约，她连这个武器都没有了。

安子颜感觉眼睛涩得难受，不由得闭了闭眼睛。

其实她知道，从头到尾输的都是自己，她由始至终都没有赢过。

江向晚本来是觉得自己处于上风的，没想到安子颜这么狡猾，居然拿出婚约来说。

就在不久前，她让韩胤希解除婚约，而韩胤希拒绝了她。

"我爱上她了"，江向晚又想起了他说的这五个字，再一次把她的心凌迟了一遍，尤其是配上安子颜刚刚那句话——"你们之间有再多的故事，那又如何？"

最重要的是，他现在爱的是谁。

江向晚很清楚这一点，这也是她不想面对的一点。

她只能一次次地用各种理由说服自己，韩胤希是她的，韩胤希只能爱她。

江向晚突然笑了，高傲地哼了一声，问安子颜："你知道他交了那么多女朋友，是为了什么吗？"

安子颜的心像是被人用手狠狠地揪了一下，她声音微微发颤地问："是因为你？"

江向晚回答："没错！是为了我！他是为了保护我，才找那些女生当掩护的。你不知道韩家的背景，所以不知道胤希有多少仇家。他不想置我于危险之中，所以才利用了那些女生，装出花心的假象，这一切不过是为了保护我。"

安子颜说不出一个字来。

原来是这样……她心里悲怆地一笑，事实居然是这样的。

江向晚终于如愿地看到她表情的崩塌，哪怕只是露出一点点。

江向晚忍不住继续说道："从小到大，胤希对女生都不亲近，除了我，我对他来说是最特殊的那个人。我们在一起完全是顺理成章的事，他就算一时忘了我们相爱的记忆，但总有一天他会想起来的。"

安子颜想捂住自己的耳朵，她不想再听了，她的心痛苦得像是被撕裂开。

江向晚露出甜蜜的笑容，看向她，带着挑衅又自信满满地说："就算他现在是有点喜欢你，那又如何？在他心里，我永远是第一位的！我住的房子，是他安排的；我买衣服、买包包刷的，是他的卡；这些保镖，也是他为了保护我精心挑选的……而你呢？他为你做过什么？说句不好听的，他就算跟你在一起，心里记挂的还是我，他永远都放不下我，这样你也觉得无所谓吗？"

怎么可能无所谓？安子颜很清楚，自己在感情上是有洁癖的。

如果她爱的那个人心里还装着别的人，那她不如不爱了，她容不得一丁点的瑕疵。

更何况还是江向晚这么大的瑕疵，两人之间有过那么多深刻的过往，那么深厚的羁绊。

她用力地闭上眼睛，不想被江向晚看到她眼底的悲怆。

够了，她无法再承受更多的伤害，哪怕再多一点点。

她终于明白为什么韩胤希不敢跟她说出真相——这些真相太伤人了，就算他跟她坦白，她也无法接受，两人根本就没办法在一起。

幸好夜色遮掩住了她发红的眼眶，不然她强装的骄傲就会彻底崩塌。

安子颜声音低哑地说："慢走，不送。"

这四个字是她最后的坚强。

在她转过身之后，眼泪终于还是止不住地从脸颊滑落。

不管她再怎么用力闭上眼睛，都无法缓解心脏的痛楚。

江向晚回到车上，就接到了一个电话。

"晚晚，你真的去找她了？你说了什么？你怎么能说这些，你太冲动了！"

江向晚望向窗外的夜色，冷着小脸说："我找她就是为了让她知道，胤希是我的，她不管怎么抢都抢不走。"

对方无奈，叹息道："那你也不能把自己的底牌都暴露出来啊！唐家那么厉害，唐沫颜要是去查怎么办？"

江向晚一顿，说道："她怎么可能查得到？她又不是真的可以为所欲为。"

"你啊，真是太冲动了，就不知道想一下后果，越是底牌，越不应该这么早打出来，尤其那件事还是……算了，你都已经说出来了。"

江向晚被她弄得很心烦："不跟你说了，我要打电话给胤希。"

"我明天去找你。"

"好，明天再聊。"

翌日。

安子颜醒来的时候已经临近中午。

昨晚她失眠了。

她从没有这样过，怎么也睡不着，清醒得让人脑子发疼。

最后是折腾到几点才睡着的，她已经没有印象了，也不想去回想。

她下楼吃着不知是早饭还是午饭的饭。

管家看她吃得很少，还关心地问："小姐，是今天的午餐不合您的胃口吗？要不要换一份？"

"不用。"

她本来打算今天去学校的，但心情烦闷，又不想去了。

吃完饭，她坐在沙发上发呆。

一旁的座机突然响起，安子颜本能地伸手接起，才突然想起来，要是韩胤希打来的怎么办？

“我的姑奶奶啊，你在玩失踪游戏吗？”

是南司耀打来的，不是韩胤希。

安子颜因为自己居然还失落了一下而感到生气。

她问：“有什么事吗？”

南司耀似真似假地说：“想你了不可以吗？你什么时候来学校？”

安子颜说：“不知道。”

南司耀从她的语气察觉了什么，问：“跟某人吵架了吗？”

安子颜一顿，道：“不是。”

不是吵架，是分手。

她突然自嘲地扯了一下嘴角，她跟他在一起过吗？都没有在一起过，何来分手之说？

南司耀说：“你心情不好啊？我过去找你，陪你。”

“不需要。”

“我马上就到！”南司耀也不管她的拒绝，就是要去找她。

安子颜无奈地挂了电话。

为了避开南司耀，她只好选择出门了，也正好可以去一趟医院。

因为江向晚昨晚来找她，所以她猜测江向晚应该是出院了。

果然，她到了医院，特地问了一下，江向晚确实是昨晚就出院了。

应该是韩胤希接她出院的吧？安子颜甩了甩头，不让自己去想了。

她没有先去拿报告，而是去了自己的身体所在的病房。

她之前是怕遇到韩胤希和江向晚，所以江向晚出院了正好，这件事对她来说才是最重要的。

还没走到病房门口，她就遇到了赵叔叔。

赵叔叔正匆匆地从她身边走过去，大概是认出了她，瞬间停下脚步：“小同学，你是来看望颜颜的吗？你来得正好，颜颜昨晚醒过来了！”

她……她醒了？这个意想不到的消息让安子颜脑子嗡地一下蒙了。

“她……她……”她结结巴巴地不知道该说什么。

这时，病房内突然响起一些嘈杂的声音，还有杯子摔到地上发出的刺耳声响。

安子颜不解地望向病房的门。

赵叔叔叹了一声，满脸愁容地对她解释："不知道怎么回事，颜颜她……醒来后情绪很不稳定，总是发脾气，还摔东西。真的很奇怪，明明她一直是个特别乖巧又懂事的孩子，可能是因为昏睡过去太久了吧？"

安子颜愣怔地听着，不自觉地皱起眉头。

赵叔叔问她："小同学，你要进去看看颜颜吗？不过她正在发脾气，我觉得你还是过一会儿再来吧，等她情绪稳定一些。"

安子颜心底莫名地有些害怕，现在这状况，让她不敢进去了，所以听到赵叔叔的话后，她便顺势应道："嗯，下次我再来看她吧。"

赵叔叔关心地问："你奶奶怎么样了，什么时候能出院？"

安子颜这个时候脑子里是乱的，只能含糊地说谎："快了，快了……"

跟赵叔叔道别后，她匆匆地离开了。

因为神情恍惚，过走道的时候，她不小心撞到了人。

"你没事吧？"那是个二十几岁的年轻男人，看她脸色发白，就忍不住关心地问道。

安子颜摇头说："我没事。"

她往前走，谁知男人跟了上来，还表现得非常殷勤："美女，你的脸色看上去很差啊，是不是生病了？"

安子颜觉得很烦，回头瞪了对方一眼，说："我没事，你别跟着我。"

然而男人却死缠烂打地跟着，说道："你一个人吗？你这样我实在是不放心。你要去哪儿？还是要找谁？我陪你去吧。"

"不用！"安子颜加重语气。

男人依旧喋喋不休地说："你放心，我不是坏人，只是想跟你交个朋友而已，你……"

安子颜索性躲进了前面的洗手间。

男人在外面嚷嚷着："我在外面等你！你有没有想喝什么？我去给你买？"

安子颜充耳不闻。

她站在洗手池前面，低下头，双手捧起水往脸上泼，好像这样就能让自己的脑子清醒一些。

她抬头望着镜子里的自己，镜子里是一张并不属于她的脸。

安子颜喘着气，自问道：“她醒了，那我是谁？”

病房里的安子颜醒了，那她又是谁呢？不可能还是她吧？

安子颜让自己冷静下来，理智地去分析。

她重生在唐沫颜的身体里，那是不是唐沫颜就在她的身体里？所以她们是互换了灵魂？

“唐小姐？”突然，旁边伸出一只手拍了拍她。

安子颜惊魂未定，吓了一跳。

护士没想到她反应这么大，连忙问道：“你没事吧？”

安子颜摇头说：“我没事。”

护士注意到她的脸色不太好，又问：“你是不是不舒服？要不要我带你去医生那边看看？”

安子颜表示不用，便转身出了卫生间。

还好刚刚纠缠她的那个男人并不在外面，不知道哪儿去了。

现在换护士小姐殷勤了，非要领着她去拿鉴定报告。

这次亲手把报告交到了安子颜手上，护士小姐才松了口气。

安子颜谢过后，便拿着报告离开了。

她走出医院，找了个角落，拆开了鉴定报告，视线一扫，直接看最终的结果。

果然，没有血缘关系……她很严谨，分别做了自己跟唐父、唐母的亲子鉴定，而结果则是她跟唐父、唐母都没有血缘关系。

所以南司耀并没有骗她，她确实不是真正的唐家大小姐。

哦不，严格一点来说，是唐沫颜的这个身体并不是唐家的血脉。

安子颜马上想到了刚醒来的自己，那她呢？会是她吗？

这个猜测太大胆，但也不无可能。

之前她以为自己死了，所以就没有办法做亲子鉴定，但现在她知道自己没有死，还醒了过来。

这是命运的安排吗？

安子颜迷迷糊糊地往前走，完全没有方向。

不知走了多久，她走到了一处湖边。

今天的太阳非常灿烂，晃眼的阳光照映在水面上，波光粼粼，像是一面反光的镜子。

她像是被什么吸引了过去，站在湖边，望着湖面，仿佛能直视湖底。

这个湖是燕城的中心湖，看着水质清透，实际上很深。

安子颜又往前迈了一步。

望着深不见底的湖面，她心里想着，如果再发生一次命悬一线的事故，会不会她跟唐沫颜就能换回来了？

如果让她选，她真的不想当这个唐大小姐。

就算有钱、有势、有地位又怎么样？重生以来，她大多时间都过得战战兢兢，始终无法把自己当成真正的唐大小姐。

如果可以换回来就好了，她只想当安子颜，只想做回自己。

“是不是再死一次……”安子颜像着了魔一样，嘴里喃喃着，又往前挪了一点。

此时她已经站在了湖的边沿，只要再迈一步，就会失衡掉进湖里。

眼看着她抬起了自己的脚，好像真的要迈出那一步。

她想要换回来……她想要当回安子颜……这个想法一旦印到脑海里，就挥之不去。

可是她微微抬起的脚又突然顿住了。

如果她当回了安子颜，那她跟韩胤希之间就再也没有……

蓦地，一双结实的手臂从后面搂住了她，把她往回抱，打断了她的思绪。

“你在干什么？！”

熟悉的声音在她耳边响起，焦急中带着震怒。

安子颜不用抬头就知道是谁。

她冷下脸，想要挣开他：“你放开我，韩胤希！你放开我！”

韩胤希怕她做傻事，把她抱离了湖边。

离湖很远之后，他才松开手。

安子颜猛地双手推开他，然后转身就要走，她不想看到他。

“颜颜，你别做傻事。”韩胤希担心地跟在她身后，几次想拽住她，都被她躲开了。

安子颜说：“我没有做傻事，你想多了。”

她回过神来，才发现自己刚刚的行为确实很傻。

如果她掉下去真的出了事，却又换不回自己的身体怎么办？

刚刚的她，真的是突然智商下线了。

韩胤希害怕刺激到她，只能默默地跟在她身后。

他心里万分庆幸，幸好自己跟着她，不然她就出事了。

回想起刚刚的画面，他还心有余悸。

他的存在感过于强烈，安子颜想无视他的存在都无视不了。

不管她往哪儿走，他都跟得很紧，像牛皮糖似的，甩都甩不掉。

安子颜本来就烦躁的心情变得更烦了。

她回头怒瞪他："你能不能别跟着我？"

韩胤希放柔了声音说："我想陪着你。"

安子颜恼火地说："你这不是在陪我，你这是在跟踪我！"

不用猜她也知道，他一定是派人在她家门口守着，她一出门，他的人就通知了他。

所以她到医院的这段时间，他一直跟着她？

她的心不安地跳着，幸好她刚刚没有进病房，不然她身份的秘密就要被他发现了。

韩胤希坦白地说："对，我是在跟踪你，本来我不想现身的，只是想跟着你、看着你、默默地陪着你。要不是看到你想做傻事……"

思及此处，他心口还残留着刚刚的惶恐。

要不是他跟着她，她真的跳下去了怎么办？

韩胤希对她又是生气又是心疼："我知道你不开心，但你也不能做傻事啊！"

安子颜突然停住脚步，回头看着他，眼神冷冷地问："你是不是知道了？江向晚告诉你了？"

韩胤希不想骗她："对。"

安子颜笑了："她对你还真是毫无保留。"

韩胤希听出她的醋意："颜颜，你别吃醋了好吗？我跟她……"

安子颜不想听："够了！你跟她之间的事，我没兴趣，不想知道。"

她昨晚知道的已经够多了。

韩胤希不想惹她生气，妥协地说："好，我不说。我就说我们之间好吗？没有别人，就我们之间。"

安子颜沉默，她跟他之间还有什么可以说的？除了那个没有任何意义的婚约……

安子颜深呼吸一口气，压下心口的沉痛，对他说："我们解除婚约吧。”

韩胤希望着她，黑眸震动：“解除婚约？你要跟我解除婚约？”

安子颜点头，不知是不是痛到麻木了，这时候她的心居然没有了一丝感觉：“对，解除婚约吧，我不想当第三者。”

韩胤希怒目圆睁：“谁说你是第三者？！”

安子颜像是听到了什么笑话，嗤笑了一声，说：“你和江向晚本来就是一对，我不是第三者是什么？哦，对了，也可能我是第四者或者第五者？”

韩胤希听不得她这样嘲讽自己，这让他心里难受极了：“不是！你能不能别这样说自己？你不是，你不是第三者，不是第四者、第五者，你都不是！”

安子颜附和地点头：“对，我都不是，我谁都不是，你现在也很清楚这一点不是吗？既然你已经知道我不是真正的唐大小姐，那对你来说，我也没什么利用价值了吧？所以我们解除婚约也是迟早的事。”

她不傻，从一开始她就有想过，为什么韩胤希会跟唐沫颜订婚，他明明看上去并不喜欢唐沫颜。

跟一个不喜欢的人订婚，她能想到的无非就是有什么目的。

而唐沫颜最有价值的，不就是这个唐大小姐的身份吗？

现在既然他已经知晓她不是唐家的血脉，那她这个唐大小姐的身份就是虚的，对他来说就失去了利用价值。

所以她想，她提出解除婚约，他也是乐见其成的才是。

韩胤希攥紧了垂在身侧的手，深沉的黑眸定定地望入她的眼，认真且坚定地说：“我不会跟你解除婚约的，这件事不许你再提！”

安子颜不解地问：“你没听清楚吗？我不是真正的唐大小姐！从一开始你就是因为这个身份才跟我订婚的，不是吗？”

终于她可以光明正大地说出自己不是真正的唐大小姐这句话，只是没想到是在这样的情况下。

“我不在乎！”韩胤希突然吼道，上前握住她的双肩，一字一顿地对她说，“我不在乎你是不是真正的唐大小姐！”

他很想告诉她，其实在很早之前他就已经知道，她不是真正的唐沫颜。

这傻丫头，她就没有想过吗？她如果是唐沫颜的话，他会喜欢她吗？

像唐沫颜那样的人，他只会避而远之，甚至拿来利用都毫不留情。

但她不一样，她是他的意料之外，她就像是命运给他安排的人，突然出现在他的生命之中，夺走了他全部的注意力，让他对她倾心。

心动来得防不胜防，他能怎么办？

就算明知道她身上有很多秘密，明知道自己还没有看透她，他还是陷了进去。

既然放任自己陷进去了，那他就没打算出来。

横在他们之间的问题，对他来说从来都不是问题，最大的问题不过就是她和他之间的信任问题。

她只要信任他，把她所有的秘密都告诉他，他甚至愿意付出一切，为她撑起一片天地。

可是她从来没有信任过他。

最过分的是，现在她连他的感情都质疑了。

韩胤希收紧手，把她握得更紧，黑眸锁住她的眼，声线却放柔了几分，坚定不移地说："我不在乎你是谁，对我来说，你就是你，你就是我的颜颜。"

安子颜没想到他会这样说。

她望着他深邃的黑眸，被他的眼神震动，久久回不过神来。

他说，我不在乎你是谁，你就是你。

真的吗？他不在乎她是不是真正的唐大小姐？

为什么她突然有一种感觉，他好像看穿了她真正的身份，他好像知道她其实不是唐沫颜……

当然这是不可能的，重生这种事这么匪夷所思，如果不是发生在自己身上，她都不会联想到，更何况别人。

她怔怔地问："你真的……不在乎我是谁吗？"

不在乎我是不是唐大小姐，不在乎我是不是唐沫颜，只是因为我是我？

任谁听到这样的话，都没办法不动容，更何况还是迷失了自己的身份的她。

有时候连她自己都分不清，她到底是安子颜还是唐沫颜。

可是现在他告诉她，她是谁都不重要，她就是她。

韩胤希直接把她拉到了自己怀里，紧紧地抱住。

这一次他的唇贴到她的左耳边，沉声说：“对我来说，你不是唐大小姐，你不是唐沫颜，你就是你，你就是我的颜颜。”

他这句话里带着某种暗示。

这句话在安子颜心里震起一圈圈涟漪，无疑，这是她最想听到的话。

安子颜深呼吸一口气，把自己的额头抵在他的胸口上。

她鼻息间都是属于他的气息，整个人被他包围，仿佛被他呵护着。

如果真是这样，该有多好，但安子颜不是“傻白甜”，她知道这些只不过是妄想。

就算……就算他是真心喜欢她的，那又如何？

江向晚那天对她说的话，如同刺一般扎在她心上，她每每想起来，都要难受一番。

“就算他现在是有点喜欢你，那又如何？在他心里，我永远是第一位的！

“说句不好听的，他就算跟你在一起，心里记挂的还是我，他永远都放不下我，这样你也觉得无所谓吗？”

当然不是无所谓！

安子颜从来不知道自己是个这么自私的人，自己喜欢的人，她不想跟任何人分享。

他心里还记挂着别人，哪怕是无关爱情的，她都接受不了，更何况他跟江向晚之间还有过那么深的羁绊。

那样的感情，他真的割舍得下吗？

如果不是百分之百的爱情，哪怕这份爱情里面只有一丁点瑕疵，她都宁愿不要。

安子颜心一狠，把他的手捋了下来：“我都差点忘了，你有多会说情话，你对着江向晚的时候是不是也说过类似的情话呢？”

“没有！”韩胤希否认她的话。

不知道为什么，他心慌得厉害，好像只有紧紧地攥住她，才能止住那股将要失去她的恐慌感。

安子颜呵地笑了一声，说：“你不是都忘了吗？那你怎么会记得自己对她说过什么情话呢？”

一听这话，韩胤希就明白了。

他紧紧地蹙起眉，说：“她找过你？她都跟你说了什么？”

安子颜仿佛云淡风轻地说："该知道的我差不多都知道了，你们的爱情，你们之间那么深的羁绊……"

话还没说完，她原以为自己已经感觉不到痛楚的心，又狠狠地抽痛了一下。

果然，她还是很在意，还是介怀他爱过别人……

韩胤希猛然收紧了握住她的手，瞳孔收缩，声音带着微微的颤意："你别说了！"

她居然都知道了！这是他不敢让她知道的事，因为他知道这个真相有多伤人。

他急急地解释，试图挽救："那都是过去的事了，而且我已经不记得了，甚至我怀疑过，向晚有没有骗我。但这些不重要了，我更相信的是自己的感觉，自己的心！"

他的心之所向是她，他只要知道这一点就够了。

安子颜差点就要被他说动了，但她并没有忘记重点，她望入他的眼，残酷地问道："如果有一天你想起来了呢？"

当他想起他和江向晚曾经相爱过，那份爱重新被唤醒，她该何去何从？

她说："有些事不是你想不起来就可以当作没有发生过的。"

韩胤希问她："那你让我怎么办？"

那段记忆，他试过很多办法，就是想不起来。

而且他对着江向晚的时候，并没有任何爱情的感觉。

他选择相信自己的感觉，这有什么错吗？

安子颜沉声说："我们解除婚约，让一切回到原点……"

"不可能！"韩胤希咬牙切齿地打断她的话，忍着愤怒说，"我说了，不许你再提这件事，什么都可以，解除婚约不可能！"

安子颜对他的抗议置之不理。

她不想再纠缠下去了，她好累。

"你不想提的话，那就由我这边来提，我回去后会跟我爸妈说……"

韩胤希掐住她的手腕，低吼道："我不会跟你解除婚约的！你想都不要想！"

安子颜说："你先放开我。"

"不放。"

我一辈子都不会放手的。

然而，一道人影突然冲了过来，把他们相连的手给掰开了。

韩胤希黑眸中闪过一抹杀气，想重新抓住安子颜，但他的手被紧紧地抱住了。

“胤希，既然她都提出要跟你解除婚约了，那你就答应了吧！”

韩胤希想要甩开江向晚的手，但江向晚用尽全身的力气，抱得死死的，带着哭腔乞求道：“胤希，你听我的好不好？”

“我不会跟她解除婚约的。”他还是这一句。

江向晚本来身子就不好，又刚出院，他想要挣开她的话，她终是挽不住的。

“胤希……”看着他朝安子颜走过去，江向晚只觉得心慌。她心一横，走到了湖边，站在湖岸的边沿，对着韩胤希的背影大声威胁道：“韩胤希，你给我回来！你信不信我跳下去？”

韩胤希顿住脚步，回头看到她的处境，眉头拧起：“你在干什么？！”

安子颜也望了过去。

江向晚反而平静下来，她对上安子颜的眼，露出了一抹笑，然后目光转到韩胤希身上，说道：“我问你，你选我还是选她，你选她的话……”

江向晚刚刚的那抹笑，安子颜又怎么会看不懂，这是在向她示威、挑衅：等着看吧，他一定会选我。

就算安子颜不知道江向晚是什么病，但看她的脸色始终不太好，就知道以她现在的身子，要是真跳下去，就算救上来，估计半条命也没了。

江向晚应该是很清楚韩胤希知道这一点，所以才敢以此威胁他吧。

江向晚这招用得很好，只是……

安子颜冷笑了一下，没去看韩胤希，直接对江向晚冷言质问：“你真的爱他吗？你要是真的爱他，就不应该用自己来威胁他，你知道你现在的样子多让人讨厌吗？”

她要是男的，对此只会感到厌恶。

江向晚对她吼道：“你闭嘴！”

安子颜也不想纠缠下去，转向韩胤希说：“不用你选，我来选！”

韩胤希愣了一下。

等他意识到的时候，才发现她不知什么时候退到了路边，这话一说完，就招手叫住了一辆计程车，然后迅速地上了车，甩上门。

“司机，开车。”

韩胤希没有犹豫就追了上去：“颜颜！”

安子颜看都不看他，甚至把头转向了另一面的车窗，对司机叮嘱：“别管他，继续开。”

司机猜测是小情侣吵架，又看到现场有第二个女生在，就笃定是男方脚踏两只船，所以毫不留情地踩了油门，计程车嗖地一下就跑远了。

韩胤希没追几步，就感觉到自己的手臂被谁抱住了，一低头，看到了江向晚。

“你别追了！这是她自己做的选择，她选择了退出，算她识相……”

算她聪明。

江向晚很自信韩胤希一定会选择自己，所以认为安子颜的这个选择很聪明，无非就是不想面对被抛弃的残酷事实。

韩胤希的俊脸犹如结了一层冰霜，他甩开她的手，冷厉地对她说：“你闹够了吗？”

江向晚完全陷入了执拗中，说道：“我没有闹啊，我只是知道你为难，所以帮你一把而已。现在这样不是很好吗？她很聪明，在你选择我之前，她就选择了退出，至少不用太难看。”

韩胤希抬起的手紧紧地攥成拳头。

他深呼吸一口气，再望向她的时候，眼中仿佛没有了感情：“你错了，我会选她。”

江向晚浑身像是被冻住了，愣怔地看着他，仿佛自己产生了幻觉，她觉得自己一定是听错了：“你说什么？”

韩胤希语气肯定且坚定地说：“如果你非让我在你和她之间做出选择的话，我一定会选她！”

江向晚本来脸色就有些苍白，此时更是唰地一下白得吓人：“不、不会的……我在你心里才是第一位的！”

“江向晚！”韩胤希对她吼道，眼神冷酷无情地说，“你不是小孩子了，你该学会长大了！偶尔耍耍脾气，我可以包容你，但是……你要是妄想干涉我的人生，那你就错了，你还没这个资格。”

江向晚看出他是真的生气了。

从小到大她从没见过他发这么大的脾气，她吓坏了，没了刚刚的气势汹汹，像是受惊了的小动物，缩紧了脖子。

她讨好地想去挽他的手：“胤希，你别生气……我错了好不好？你别生我的气……”

韩胤希避开她的手，忍耐已经到了临界点。

他走向那些候在一旁的保镖，冷声说：“把她带回去，从今天开始，没我的命令，她不准离开房子半步！”

“胤希……你真的这么狠心吗？胤希！”

不管江向晚怎么喊，韩胤希都没有回头。

第三十章

为什么你连一次挽回的机会都不给我

公寓。

电话里，唐家的用人给予他的回答依旧是那句："韩少爷，小姐不在家。"

韩胤希知道她在家，只是她不想接他的电话。

他打她的手机，还是关机状态。

找不着人，这让他感到焦虑。

哪怕声音都好，只要他能听到她的声音都好，他的要求变得越来越低。

这时有人推门而入，才发现公寓的门没有锁，啧了一声，说："哟，你这是懒得起来开门，特地开着门迎接我吗？"

韩胤希示意了一眼茶几上的平板电脑，道："你看看这个计划行吗？"

连城好奇地坐过去，拿起平板电脑看。

看到平板电脑的屏幕上还画了图，连城疑惑地问："这是什么？"

韩胤希答："表白计划图。"

连城还以为自己听错了，侧头看向他问："表白？你表白？跟谁表白？"

韩胤希白了连城一眼："你说呢？"

连城愣愣地点头，说："哦，唐大小姐啊！你怎么会想到这个？你们不是都已经订婚了吗？"

韩胤希无奈地一叹："这是我唯一能想到的办法了。"

她现在在气头上，他得想办法哄她开心啊，所以他就想到了表白这一点。

一个浪漫的表白，这不是女生最喜欢的吗？

连城明白了他的意思，夸赞道："兄弟，不错嘛！你还会这招了，都不用我教你，你已经无师自通了！"

韩胤希懒得跟连城扯其他的，言归正传："你看看这个计划怎么样，缺了什么吗？"

连城大略看了一遍平板电脑上的计划图，摸着下巴说："还行，不过吧，感觉不够盛大啊！像唐大小姐，一定见识过很多招数，你的计划应该要更惊喜、更让人意想不到，绝无仅有，这样才行嘛！"

韩胤希虚心受教："那你说，怎么改进？"

连城在计划图上比画了下："比如这些玫瑰花，最好换成……最贵的那种，比如蓝玫瑰，或者香槟玫瑰，看女主角喜欢哪一种吧！还有这里，需要改一下……"

韩胤希捏了捏太阳穴，这才意识到自己对安子颜了解得太少了，甚至不知道她最喜欢什么样的花。

他看向连城，不太自信地问道："这样做，她真的喜欢吗？"

他以前那些所谓的女朋友，都是招招手就自己来了，这是他第一次追求女孩子，而且是自己喜欢的人，总想给她最好的，也会忐忑，怕她不喜欢。

连城难得看到他这么不自信的时候，作为兄弟，自然不会笑话他，而是拍了拍他的肩，给予鼓励："放心，她一定会喜欢的！没有哪个女生会不喜欢浪漫的表白！"

韩胤希点点头。

虽然这是他不擅长的事情，甚至想都没想过自己会去做这样的事，但没关系，只要她喜欢，他愿意为她去做。

此时，医院。

韩胤希以为安子颜在家，其实并不是，她回家后又隐蔽地从后门出去了。

她知道韩胤希肯定派了人盯着她，而她不希望有人知道她去了医院，所以她换了女佣的衣服，从后门离开了。

到了医院，她故意兜了好几圈，确认没人跟着自己，才去了那个VIP病房。

站在病房门口，安子颜做了一次深呼吸，给自己鼓起勇气，才推门而入。

来之前她就想通了，该面对的事，她不想再逃避了。

病房里，王慧玲和赵叔叔都在。

而病床上的人正在发难："你到底会不会煮粥？难吃死了！这种猪吃的东西，也好意思拿给我吃，你是想吃死我吗？"

王慧玲连声道歉："对不起，颜颜，是妈妈的厨艺不够好……"

病床上的人正想继续骂人，就注意到了进来的安子颜。

一看到安子颜的脸，病床上的人顿时色变："你——"

安子颜立马打断她的话，对王慧玲和赵叔叔礼貌地打招呼："叔叔阿姨好，我是子颜的朋友，我来看望她。"

"你终于来了……"病床上的人阴森森地笑了起来，然后对王慧玲和赵叔叔说，"你们出去！我要跟她……叙叙旧。"

赵叔叔认得安子颜，自然是放心的，便带着王慧玲出了病房。

病床上的人慢慢地下了床，走到安子颜面前。

安子颜望着这张原本属于自己的脸，心里有种说不出的感觉。

"你是唐沫颜吧？"她先开口说。

唐沫颜猛地一把拽住了她的衣服，阴狠地说："用着我的身体，享受我的生活，很过瘾吧？"

安子颜皱眉，挣开唐沫颜的手。

唐沫颜却紧逼不舍："把我的身体还给我！"

安子颜跟唐沫颜对视："可以，我也想回到我的身体里。"

唐沫颜才不信谁会愿意放弃大小姐的生活，尤其是安子颜这个身体因为车祸造成了伤害，现在弱不禁风。

安子颜比唐沫颜更急，问道："那你说，怎么换？"

唐沫颜虽然之前一直处于昏迷状态，但意识是清醒的，所以对于这个问题，想过无数遍。

“你跟我来！”唐沫颜一刻也不想再等，哪怕不知道这个方法行不行得通，她都要去试，她受够了安子颜这个身体，她要回去当她的豪门大小姐！

唐沫颜把安子颜带到了医院中庭的池塘边。

这时，原本只是阴沉的天空，渐渐地下起了小雨，然后雨滴越来越大。

唐沫颜怕安子颜跑了似的，紧紧地拽住她的手，把她往前面扯，道：“我们一起跳下去！”

只要再经历一次生死关头，她们说不定能换回来。

“好……”安子颜木然地回答。

在这一刻，她的脑海中竟闪过了韩胤希的身影，还有跟他发生过的种种。

等她换回安子颜的身份后，跟他就再无交集了……

在医务人员发现她们的时候，唐沫颜已经拉着她纵身跳入了池塘。

安子颜醒来的时候，天已经黑了。

她缓缓地睁开眼睛，床边的王慧玲和赵叔叔马上就凑了上来。

王慧玲着急地问：“颜颜、颜颜，你感觉怎么样？”

安子颜根本不知道自己的脸色有多苍白，只是觉得浑身乏力，好像连说话都很费劲。

“妈妈……”

听着这熟悉的呼唤，王慧玲的眼眶瞬间湿了。

她抹了抹眼泪，说：“你终于叫我妈妈了，你昏迷醒来后，就没有叫过我……”

昏迷醒来后的女儿总是对她呼来喝去，喊她也是“喂喂喂”地喊，好像根本就不把她当妈妈看待。

赵叔叔在一旁安慰王慧玲：“颜颜醒来了就好，她本来就刚从昏迷中醒来，身体虚，这又掉进水里，估计要休养好一段时间才行了。”

看安子颜挣扎着要起身，王慧玲赶紧去扶她：“颜颜，小心点，你想拿什么？我帮你拿就好。”

安子颜本来就在强忍着脑袋的疼痛感，谁知坐起来后，突然感觉到一股眩晕，让她想呕吐。

“我想喝水……”她声音沙哑地说。

王慧玲赶紧去给她倒水，温柔地扶着她，细心地喂她。

安子颜缓了一会儿，感觉舒服了些，说：“谢谢妈妈。”

王慧玲眼眶又湿了：“颜颜……你终于恢复正常了，太好了。”

安子颜有些哭笑不得。

想也知道，像唐沫颜那样的大小姐，一定很难伺候，根本不会像她那样，还会想着扮演好这个身份，不让人起疑。

安子颜虚弱地说：“妈妈，这段时间辛苦你了。”

她在心里补了一句：妈妈，我回来了。

其实她心里还有些恍惚，没想到真的换回来了。

不过能换回来就好，其他的，她不想去想太多了。

她成为唐沫颜的那段时间里，所发生的事、遇到的人，就当作一场梦吧。梦醒了，也该回到现实了。

王慧玲听着她的话，看着眼前的女儿变回了自己熟悉的样子，啜泣着说：“不辛苦、不辛苦，妈妈照顾你怎么会辛苦呢。”

这时有护士推门进来了。

护士给安子颜做了简单的检查，说道：“有点感冒的迹象，今晚吃点感冒药再睡吧，预防一下，对了，吃药之前记得喝点粥。”说到这里，护士板起脸，对安子颜教育道，“就算再怎么不喜欢妈妈煮的粥，也不能对妈妈发脾气！记住了，喝了粥，再吃药，知道了吗？”

安子颜不好解释什么，点头应道：“知道了。”

护士这才放心了。

等护士离开后，王慧玲对安子颜说：“没关系，确实是妈妈的厨艺不好，你不喜欢喝就不喝。你想喝什么粥？我出去给你买。”

安子颜苍白的小脸上露出微笑，声音柔柔地说：“我就想喝妈妈煮的粥。”

王慧玲愣了下：“真的吗？”

安子颜点头，看向桌子上的保温壶：“真的，我现在就想喝，还有吗？”

“还有、还有！”王慧玲顿时手忙脚乱起来，去拿保温壶，给她倒出粥来。

一旁的赵叔叔欣然一笑，对安子颜说："虽然不知道发生了什么事，但看你变回以前的样子，那就好。"

其实他的话中没有其他的意思，只是以为安子颜之前从昏迷中醒来的时候，是有什么因素让她性情大变，现在变回来可能是她想通了什么。

安子颜对他笑了下。

王慧玲盛好了粥，端过来："颜颜，我喂你。"

安子颜伸手要去接碗："我自己喝就好。"

王慧玲摇头："我喂你吧，你现在还虚弱着呢。"

安子颜试了下，发现自己的手现在连握拳的力气都没有，确实端不住碗，于是便让妈妈喂了。

一碗粥的时间，母女俩说了一些话。

赵叔叔很识相，不想打扰她们母女，便出了病房。

这时门外的护士凑近，小声问他："赵先生，听说是安小姐把那个女生推下池塘的，是真的吗？"

赵叔叔赶紧解释："当然不是，她们是好朋友，子颜怎么会推她下去呢？"

护士说："可是有人亲眼看到。"

赵叔叔说："那时候下了那么大的雨，估计是那人看错了。而且你说吧，我们子颜跟她朋友无冤无仇的，怎么会推她朋友下池塘呢？再说了，我们子颜也掉下去了。"

护士一头雾水，疑惑地问："那到底是发生了什么事呢？"

赵叔叔并不很想探究这件事，道："可能是下了雨脚打滑，不小心就掉下去了吧。对了，那个女生呢？"

护士像是有点信了他的话，回答道："那个女生啊，好像是有钱人家的大小姐，已经被接回家了。"

赵叔叔便不再多问。

唐家。

安子颜是因为身体虚脱，所以昏睡了两三个小时才醒来，而唐沫颜，她的身体好得不得了，被救起来后，当时就醒来了。

回到自己原本的身体后，唐沫颜发现自己的身体好像比以前更好了，掉下池塘，还淋了雨，居然一点事都没有。

唐沫颜打了电话回家，让家人派司机来医院把她接走了。

回到唐家，唐沫颜想起被困在安子颜身体里那段时间。

她一直昏迷不醒，身体完全动不了，但意识是清醒的，所以能感觉到医务人员在自己身上插管子，每天只能靠输营养液活着，而大小便还要由王慧玲给她处理，翻她的身，给她擦拭。

那段时间对她来说简直是噩梦。

而安子颜呢？安子颜却用着她的身体，享受着原本属于她的一切，享受着唐家大小姐的富裕生活！

想到这个差别，唐沫颜就非常恼火。

于是她对着用人发了一顿脾气，还动手打了女佣几巴掌，以此泄愤。

女佣吓坏了，缩在门板后面，捂着被打的那张脸连声道歉："对不起小姐，对不起！"

女佣根本不知道自己做错了什么，她明明什么也没做啊。

唐沫颜想着她们这些用人，居然一个个瞎了眼，把那个冒牌货当成她来伺候，真是人头猪脑！

而房间里的一切，她只要想到安子颜用过，就看不顺眼。

她走过去，把梳妆台上的东西都扫到了地上，把能砸的东西都给砸了。

管家听到声响也赶了过来，看到房间里的情况，顿时惊呆了："小姐，发生什么事了？"

唐沫颜双手叉腰，昂起下巴，依旧是那傲慢的大小姐姿态："这些东西都不要了，给我换新的。"

管家不知道发生了什么事，但还是遵从她的指令，颔首应道："知道了，小姐。"

"还有，她……"唐沫颜手指一挑，指向了缩在门后的女佣，"我不想看到她，把她带走！"

管家看她又变回了以前的性格，自然不敢多说一句，只是毕恭毕敬地应道："知道了，小姐。"

在管家的示意下，其他用人去扶起女佣，带她离开。

唐沫颜环视了一圈自己的房间，对管家说："我肚子饿了，现在下去吃饭，在我再回到房间时，我希望看到一个全新的房间，你明白我的意思吧？"

管家微微弯腰应道："明白。"

唐沫颜双手环胸，继续下命令："吩咐厨房，煮我喜欢吃的菜。"

管家颔首："好的。"

唐沫颜满意地勾起嘴角，思忖，这才是她应该过的生活。

她下了楼，在客厅等着厨房给她准备吃的。

她醒来的那两天，吃的是那个安子颜的妈妈煮的粥，真是难吃死了。果然穷人就是穷人，吃的都不是人吃的东西，唐沫颜想着就来气。

这时用人领着一个穿西装的人进来了，那人手中还捧着一个铺了锦布的托盘。

"唐小姐。"对方唤道。

唐沫颜转头，因为不认识对方，所以没给什么好脸色，她傲慢地问道："什么事？"

对方站在她面前，把托盘里的东西递给她看："这是您之前定制的戒指，完全是按照您给的设计图做的，您看看是否满意？"

戒指？唐沫颜想也知道是安子颜占着自己身体的时候干的好事。

她拿起锦盒里的戒指端详："还挺好看的。"

那人笑着夸赞："连我们店的设计师都夸赞，唐小姐很有设计的天分！唐先生和唐夫人收到这样用心的礼物，一定会很高兴。"

唐沫颜微微眯起眼，原来这戒指是安子颜设计的啊，还是送给她父母的，哼，真是懂得收买人心！

唐沫颜勾了勾唇，想着安子颜为自己做了嫁衣，心情就舒爽起来，道："把戒指放下吧，你可以走了。"

这时，一旁的座机响了，用人匆匆过去接起。

"韩少爷？我们小姐不在家……"

唐沫颜一听这话，顿时眉毛都竖了起来，不满地喝道："谁说我不在家？"

那用人被她的话吓得抖了下，不知所措地举着电话。

唐沫颜走过去，把电话抢了过来，放到耳边："喂？"

电话那头传来韩胤希的声音："你终于肯接我的电话了？"

一听是他，唐沫颜立马换了一个态度，声音都嗲了几分："胤希？你找我啊？"

韩胤希一顿："你……"

唐沫颜在昏迷的那一个月里，最想的人就是韩胤希了，所以这个时候听到他的声音，难免有些激动，尤其是韩胤希难得主动地给她打电话。

所以没等韩胤希说下去，她就迫不及待地说道：“胤希，你现在在哪儿？我想去找你。”

她好想见他！

韩胤希迟疑了两秒，问：“你想找我？”

他有种自己打错了电话的错觉。

唐沫颜说：“对啊！我好久没见……反正我就是想见你，你在哪儿呢？我现在就过去找你，好不好？”

“我在……”

然而，电话那边还未说完，就有一只手夺走了唐沫颜手上的电话，把通话挂断了。

唐沫颜一怒，就要骂人：“你居然敢……”谁知她一抬头就对上了唐父的脸，顿时就把骂人的话咽了回去，道：“爸爸，怎么是你啊！你怎么挂了人家的电话！”

唐父蹙眉说：“你们不是吵架了吗？你怎么这么快就心软了？不能这么快原谅那小子！”

唐沫颜心头一顿，她跟韩胤希吵架了？

看来在安子颜占了她的身体这段时间里，用着她的身份跟韩胤希发生了一些事。

这该死的冒牌货！居然敢利用她的身体来靠近韩胤希。

唐沫颜越想越气，本来就想着过段时间报复安子颜，现在又加一笔，自己更加不会让安子颜好过。

她在心里怒吼：等着吧安子颜，我会让你生不如死！

唐父注意到唐沫颜眼中表现出来的怒火，便赞扬道：“对，就是这样！该生气就要生气，你可是我们唐家捧在手心里的宝贝，怎么能让他欺负了？他既然身为你的未婚夫，就该好好护着你、宠着你，要是连这点都做不到的话，那我也同意你妈说的，让你们解除婚约算了！”

一听这话，唐沫颜立马拒绝：“不能解除婚约！”

她可是好不容易才跟韩胤希订婚了，在他身上打上属于她的印记，怎么可以解除婚约？

想到自己错过了跟韩胤希的订婚宴，她就又来气了。

唐父叮嘱她："不解除婚约可以，但你不能就这么轻易地原谅他，晾他几天，他才会知道你的重要性，懂了吗？"

唐沫颜恍然领悟，点头应道："懂了、懂了。"

她差点都忘了，男人就是要吊着才行。

他越是想见她，她就越不让他见，吊着他的胃口，然后再一点点地勾着他，让他心里只能想着她。

对着别的男人，她都会使这招，只是韩胤希对她完全不搭理，所以她的手段在他身上都施展不开。

就是不知道，经过这一个月他跟那个冒充她的安子颜相处，有没有一点改变？

因为她的手机也坏了，她索性就故意不联系韩胤希。

而韩胤希再打电话到唐家，又是得到同样的回答，告诉他小姐不在家。

第二天。

唐沫颜睡到下午才醒，让用人伺候自己洗漱后，就去衣帽间挑衣服。

可是想到自己的衣服都让安子颜穿过，她就觉得恶心，一件都不想要了。

于是她出门去商场逛街挑衣服。

为了体现她大小姐的架势，她还点了两个女佣跟来，负责帮她拎东西。

在奢侈品商场里，她像女王似的昂着高贵的下巴，一家家店面地逛过去。

一家香奈儿店里。

店员远远地就认出了她，立马殷勤地凑上去唤道："唐大小姐，您来了？正好，今天刚上了新款的裙子，还是限量的，整个燕城就这一条，穿出去绝对不会撞款……"

没等她说完，唐沫颜就笑着说："那我要了。"

店员笑开了花，忙不迭地去找裙子。

有客人正拿起那条裙子，准备去试。

"这裙子是我的。"唐沫颜走到那客人面前，宣示一般说。

那客人不乐意了："是我先拿到的！"

唐沫颜嚣张地逼近对方："你知道我是谁吗？敢跟我抢东西？"

"我管你是谁啊！凡事都有个先来后到，这裙子是我先……"

可是她的话还没说完，手中的裙子已经被店员夺走了。

店员挂着虚假的笑容说道："不好意思，这裙子是唐小姐早就订下的。"

唐沫颜很满意这个结果，对店员说："我想自己一个人挑衣服，麻烦你们清一下场。"

那客人没想到，店员真的照做，把她给赶出去了。

"有钱了不起啊？"那客人愤愤不平地咒骂。

唐沫颜听到了，嘚瑟地勾起唇："没错，有钱就是了不起，谁让你没我有钱有势呢？"

而不远处，韩胤希站在一个拐角，错愕地看着店里发生的一切。

他紧蹙着眉头，缓步走过去。

唐沫颜一回头，看到了他，顿时惊喜地道："胤希，你怎么会在这里？"

韩胤希当然不会说自己派人在唐家门口守着，所以她一出门，自己就会收到消息，立马赶来找她。

只是他没想到会看到刚刚那样一幕。

"颜颜，你……"韩胤希注意到了她身上性感的裙子，还有她脸上化的妆，那么妩媚。

这还是他的颜颜吗？

唐沫颜又忘了自己要吊着他的事，一看到他，就犹如蜜蜂看到了花蜜，发嗲地黏上去："胤希！你都不知道我有多想你……"

她搂住他的手臂，还亲昵地靠在他的肩膀上。

韩胤希僵住了，有那么一刻，他怀疑自己是不是在做梦。

这是一个噩梦吧？

唐沫颜又使出了她惯用的招数，就是用手来撩拨他。

韩胤希一阵反感，忍不住把她从自己身上扒了下来。

"你怎么回事？"他死死地盯着她，想要从她身上找回安子颜的样子。

可是他找不到，眼前这个人就是以前那个唐沫颜，穿着、举止都跟前段时间不一样了。

还有眼神，他的颜颜有一双清澈纯净的眼眸，笑起来那么可爱，而眼前这个唐沫颜，笑起来带着阴险，好像随时在算计。

她不是他的颜颜……

明明是同样一张脸，可是韩胤希却能清楚地分辨出，眼前这个是唐沫颜，不是安子颜，不是他的颜颜。

他的颜颜呢？韩胤希突然感觉心脏一阵发寒，猛地上前，一把攥住了唐沫颜的肩膀。

他看到了她肩颈处的伤口。

这个伤口还在……韩胤希的脑子嗡地一下蒙了。

这是怎么回事？她到底是唐沫颜，还是安子颜？

“胤希，你干吗啊？你弄疼我了！”唐沫颜对他娇嗔道。

韩胤希突然松开了手，定定地看了她一会儿，像是确认她是不是在演戏。

他莫名其妙地问了一句：“向晚要我们请她吃饭，你觉得请她吃什么比较好？”

向晚是谁，唐沫颜当然不知道，她只能敷衍地回答：“我都可以啊，我都听你的。”

韩胤希脸上看不出任何表情，平静地说：“那好，我再跟她约时间。我还有事，先走了。”

转过身后，他脸上仿佛染上了冰霜一般吓人。

是夜，连城走进公寓的时候，一股浓烈的酒味扑面而来。

连城错愕了下，摁开了房间的灯。

突然的光亮，扰醒了斜靠在沙发上的人。

韩胤希从沙发上滑落，索性坐在了地板上，伸手就抓来不知还有没有酒剩下的酒瓶，昂头就要喝。

连城皱眉走过去：“喂，兄弟，这是什么情况啊？”

韩胤希仿佛缺氧一般，用力地深呼吸一口气，抬起手臂横在眼睛上。

“她不见了……”他的嗓音沙哑得吓人。

连城没听清他说了什么，就听到他的声音多了一丝哽咽。

“我以为我还有机会哄回她……我错了……我没有机会了……”

连城完全蒙了：“怎么了？唐大小姐发生了什么事吗？”

“她回来了……”韩胤希突然笑了起来，只是笑得有些悲怆，“唐沫颜回来了。”

连城不解：“什么意思？”

韩胤希没有回答，只是难受地灌酒。

连城看到地上和桌上的酒瓶，吃惊于他到底喝了多少。

再这样喝下去会死人的！

连城跟韩胤希认识了这么久，还从没见过他如此沮丧的样子。

不，不是沮丧，简直就是绝望。

酒瓶被抢走了，韩胤希厉目瞪过去，像是要杀人的眼神。

连城无奈地道：“兄弟，你好歹告诉我发生了什么事啊！”

韩胤希眸中有着压抑的痛苦，含糊地说：“我咨询了心理医生，他说可能是人格分裂……我一直以为她是另一个人，是冒充了唐沫颜的，然而……她们却是同一个人……”

“如果前后变化这么大，那绝对是人格分裂……这个人格还回得来吗？不好说。如果这个人格是在受伤的情况下离开的，那她很可能会永远消失……”心理医生的话又一次在他脑海中响起，在他伤痕累累的心上再划一刀。

永远消失，也就是说，他再也找不回她了。

如果一个人根本不存在于这个世界上，他该怎么找回她？

他彻底地失去了他的颜颜……

“啊——”压抑到崩溃的边缘，韩胤希像是受伤的猛兽一般，失控地吼了一声。他瞬间站起，凶狠地把酒瓶砸向墙面，大吼：“为什么你连一次挽回的机会都不给我！”

第三十一章

像变了一个人似的

这天，周五。

唐沫颜昨晚在外面玩得很兴奋，所以很晚才睡，却早早地被电话声吵醒了。

她烦躁地起身，从床头捞起手机。

“谁啊？！”她出口就想骂人。

手机那头传来一道好听的男声：“我说姑奶奶啊，你今天来上课不？”

唐沫颜觉得有点耳熟，打开手机一眼，备注是南司耀的名字。

之前的手机在掉下池塘后坏了，这是她新买的手机，通信录转移了过来，但微信之类的聊天记录都没办法恢复了。

所以安子颜冒充她的那段时间用她的微信跟谁聊了什么，她一概不知。

唐沫颜起床气正盛，不悦地说：“不去！”

南司耀抛出食物的诱惑：“我给你买了好吃的甜点哦，新鲜出炉才好吃哦。”

唐沫颜哼了一声，道：“不去！”

南司耀立马又换上了撒娇的态度：“你来嘛，我好几天没见你了，就想见见你，不然你给我开视频，我们视频聊天。”

唐沫颜刚睡醒，这种状态下怎么可能跟他视频，道：“我再睡一会儿，等一下再说。”

南司耀只好无奈地说：“好吧姑奶奶，你想睡就睡，我等一下再打给你。”

唐沫颜挂了电话。

然而她仿佛才睡了不到一分钟，手机又响了起来。

“南司耀！你烦不烦！”

“是我。”手机那头传来一道富有磁性的嗓音。

唐沫颜先是顿了一秒，然后嗖地一下起身，态度立马就变了，声音也嗲了几分：“胤希，是你啊？这么早打电话给我，这么想我吗？”

韩胤希直截了当地问：“你来学校吗？”

唐沫颜本来不想去的，但他说了，她当然就忙不迭地应道：“去、去、去，我现在就去！”

韩胤希说：“我等你。”

唐沫颜怀疑自己是听错了，咽了咽口水才道：“好……好，你等我，我马上就到！”

她的话还没说完，那头已经挂了电话。

唐沫颜婀娜地扭了扭腰，从床上起身，然后叫了女佣进来，伺候她洗漱。

大概半个小时后，她才终于出了家门，坐上家里的豪车往学校赶去。

唐沫颜到学校的时候，正好上完第二节课。

她一身精致的红色裙子，拎着小巧的Gucci包包，像是走秀似的扭着腰走进教室。

教室里的人顿时都安静下来，错愕地看着她。

这是……唐大小姐？怎么感觉像变了一个人似的？

班上的人都习惯了安子颜的穿着，所以唐沫颜这么一冒出来，一身像是偶像剧里的打扮，让他们都有些不适应。

众人开始交头接耳，讨论唐大小姐是怎么回事。

“唐大小姐怎么突然穿成这样？这是在上学吗？不知道的人还以为她是在拍偶像剧呢，太夸张了吧！”

“她脖子上那条四叶草项链是范家的新款吧？要十几万块呢！”

“我还是喜欢前段时间那个唐大小姐多一点，感觉她那个时候让人比较容易亲近，现在打扮得这么精致，好像高不可攀似的。”

唐沫颜从走道走过去的时候，就听到女生在讨论她的项链，她还暗暗地昂起头，让项链更容易被看到。

买这么贵的项链就是为了炫耀的，这个效果让她很满意。

她一眼就看到了韩胤希坐在最后一排，几乎想都没想就走过去，跟他打招呼：“胤希，早上好啊！”

有人笑出声，调侃道：“姑奶奶，这都快中午了，还早上？”

唐沫颜这才发现说话的是南司耀，他怎么也在这个班？

唐沫颜本来还在思考自己的位置在哪儿，就听韩胤希对她示意道：“坐吧。”

她的位置在他身边？这是唐沫颜想都没想过的。

一直以来，韩胤希都喜欢自己一个人坐，他独处的领地不容任何人侵犯。

没想到在她不在的期间，他们居然是同桌！

想到安子颜那冒牌货居然有这么大的本事，让韩胤希同意跟她同桌，唐沫颜又不高兴了。

唐沫颜坐到了韩胤希身边。

她撑着下巴，侧头一直看着他，眼神若有似无地勾着他：“胤希，你不是打电话说想我吗？我都来了，你怎么不看我一眼呢？”

韩胤希转头看向她，声音有些冷漠地说：“我在做题，有什么事等一下再说。”

唐沫颜探头看了一眼，就露出嫌弃的表情：“做题有什么意思啊！”

她不满地嘟囔，但是韩胤希完全没理会她。

唐沫颜不高兴他不理睬自己，妩媚的眼睛一眯，脚下就开始了行动，用鞋尖去蹭他的小腿：“胤希，我不想等，你跟我说说话。”

她的鞋尖越撩越往上。

韩胤希蹙眉，避开了她，终是被她扰得放下了笔，看向她说：“你前几天都没来上课，不看一下书吗？”

唐沫颜最怕看课本了，一看到课本就头疼，她嫌弃地说：“学不学都一样。”

唐沫颜很清楚地知道，以她唐大小姐的身份，以后结婚了也是要当豪门少奶奶的，根本就不需要学习。

南司耀听了她的话，终于找着机会吐槽道：“你这么快就恢复原样了？之前扮得那么勤奋学习的样子，我差点就信了！”

她高傲地挑眉，对南司耀说：“把之前一个月的我都忘了，现在才是真的我。”

南司耀开玩笑地说：“忘不了啊……怎么忘得了？”

认识她这么久，他对她之前一个月的记忆反而是最深刻的。

唐沫颜一听这话就不高兴了，冷起脸来，用傲慢的命令语气说：“我让你忘，你就得忘！听清楚了吗？”

南司耀一顿，笑容慢慢地减弱。

他对上她的眼神，莫名地觉得，这样的她陌生又熟悉。

熟悉，是因为他从她身上看到了以前的唐沫颜的影子。

陌生，是因为这不是他所熟悉的样子……

不，明明他一开始熟悉的就是这个样子的唐沫颜才对。

南司耀似笑非笑地说：“沫颜，你跟前段时间有点不一样。”

唐沫颜现在听不得这个话，这让她想起安子颜占了她的身体一个月之久的事。

“我没有不一样！我就是我，不管怎么样，不管发生什么事，我就是我，谁都替代不了我！我才是真正的我！”

她的这番话让韩胤希眸中起了一阵波澜。

我才是真正的我……这仿佛印证了他的猜测，之前的那个她是分裂出来的人格。

也就是说，唐沫颜的主人格知道次人格的存在？

放学后。

教室里有人在打闹，不小心把笔丢了过来，正好砸到唐沫颜的头。

那女生笑嘻嘻地走过来，说：“不好意思，没打到你吧？”

唐沫颜冷眼瞥着女生：“你的眼睛是瞎的吗？没看到已经打到我了吗？”

女生愣了一下，说：“我……我不是故意的。”

唐沫颜抓起桌子上的课本就往女生脸上砸，愤愤地说：“我也不是故意的。”

“你怎么能打人？”女生被砸得后退两步，错愕地看着唐沫颜，显然被对方的凶神恶煞吓到了。

唐沫颜一笑，说：“我打你了吗？谁看到我打你了？喂，谁看到了？”

她环视了一圈教室里的人。

没人敢说话，一时间他们仿佛回到了过去，那个嚣张跋扈的唐大小姐，回来了。

唐沫颜谅女生也不敢反抗自己，又操起课本走过去，拿课本甩打女生的脸。

“你看到我打你了吗？你看到了吗？”她每说一句，就打得更狠一点。

女生被欺负得哭了起来，软弱地摇头：“没有……没看到……”

唐沫颜这才满意了，放下手中的课本。

这时韩胤希突然起身，推开椅子的声音很大。

众人看向他，能清楚地感受到他身上传来的低气压。

就在大家以为他会制止唐沫颜欺凌同学的时候，他什么也没说，只是往外走去。

众人的心声：韩少这是在纵容唐大小姐吗？

看来爱情真的很盲目，明知道她这样做不对，他还是选择站在她这一边。

不得不说，看到这样的情况，有一些暗恋韩胤希的女生很是失望。

下午。

韩胤希没有去教室，因为他很矛盾，他想见到安子颜，可是现在看到唐沫颜的脸，他却无法从她身上看到安子颜的影子。

他想她，可是每每想起，却发觉自己的心变得空洞洞的。

他犹如行尸走肉一般，甚至不知道自己想去哪儿。

刺——

车子突然一个急刹车，因为车前有人被撞倒了。

韩胤希木然地下了车，看着倒在地上的人，仿佛没有感情一般，黑眸里毫无波澜。

旁边的路人对他指指点点，指责道：“撞了人，还不赶紧送去医院！”

“真是的，撞了人还无动于衷，还是不是人啊？”

“一看就是富二代，有钱就能玩弄人命吗？”

那伤者是一个很油腻的中年男人，不知道是不是伤着了，躺在地上连连哀叫，好像伤得很严重一般。

有人看不下去了，走到韩胤希面前，还扯了他一把：“你别想跑！”

韩胤希面无表情地转过脸，漠然地说：“我没有跑。”

那人一顿，对哦，人家站着好好的，哪儿有跑？

于是那人开口说：“你赶紧把人送到医院啊！看人家伤得多严重，再不去医院，小心出大事！”

有路人建议道：“康宁医院就隔着两条路，救护车都不用叫。”

然而那个倒在地上的中年男人大声说：“那破烂医院怎么治人啊？去也要去最好的医院啊！”

意思就是反正不用他花钱，当然要去最好的医院。

他还自己拿出手机打电话，叫了救护车来。

大概十几分钟后，救护车就到了。

不愧是燕城最好的私人医院，救护车看上去就特别气派。

医务人员把伤者抬上了救护车，问道：“谁是肇事者？”

所有路人齐齐指向韩胤希。

医务人员问韩胤希：“你要跟来吗？”

韩胤希说：“我自己开车。”

医务人员点头同意了。

救护车到了医院。

韩胤希没想到就是江向晚住院的那家，他想起了自己跟安子颜的最后一面，就是在这家医院外面的中心湖。

他突然想再去看看，就算明知道她不会在，他还是想去看看。

突然间他明白人为什么会喜欢旧地重游了，只是一个回忆，就能让人义无反顾。

那中年男人看他要走，就急急地唤道：“别让他跑了！他要负责交钱的！”

有护士认出了韩胤希，主动走过去说：“那个……按医院的规矩，您要先交一下费用。”

韩胤希什么也没说，只是掏出了一张黑卡，递给她。

护士愣了一下，接过来。

韩胤希淡淡地说：“我出去一下。”

卡都在自己手上了，护士当然不敢再拦他。

中年男人已经被医务人员推进了房间。

护士也往收费处走去。

韩胤希往外走着，身边越过一个个陌生人。

蓦地他听到有人喊道：“颜颜！”

他瞬间定住脚步。

是一个看上去很温柔的阿姨喊的，阿姨朝他身后摆手。

韩胤希猛地回头。

人来人往之中，他看到了一双眼睛，因为有半截的玻璃挡着，所以他只看到了一双眼睛。

这双眼睛像极了安子颜的……韩胤希听到了心脏狂跳的声音。

他没有犹豫，快速地朝着那双眼睛的方向走去。

其间，他被护士推着的轮椅挡了一下，再追过去的时候，那双眼睛的主人已经不见了。

韩胤希怅然若失地站在原地，原本就空了的胸腔像是被灌入了冷气，让他手脚冰冷。

站了不知多久，他突然笑了起来，笑自己的犯傻，笑自己的可悲。

只是一双相似的眼睛，就让他着了魔似的，他真的是想她想得快要疯掉了吧？

他想着还不如真的疯掉算了……至少不会被懊悔和想念折磨。

唐家。

唐沫颜找的人没有找到安子颜，这让她很生气。

她不想就这么放过安子颜，除了安子颜占了她的身体一个月的事，还有就是，灵魂互换这种不科学的事，谁知道以后会不会再发生？

她必须杜绝隐患，而安子颜始终是她的威胁。

安子颜活着一天，她就要心惊胆战，她才不要这样，所以安子颜必须消失！

唐沫颜凝神思考，过了一会儿从床上抓起手机，打给了南司耀。

要找那种黑道上的人做事，她就只能找他了。

手机响了许久，就在唐沫颜以为他不会接听的时候，电话接通了。

“哟，唐大小姐，真难得啊，你主动找我。”

唐沫颜就算是拜托人，也依旧端着大小姐的架势：“南司耀，有一个小忙，想让你帮一帮。”

南司耀笑眯眯地问：“什么忙？”

他只是问，可没说一定帮。

唐沫颜还以为他是以前那个总哄着她的南司耀，料定他一定会乖乖地帮她的忙，所以就把事情简单地说了一遍：“我要你帮我找到一个人，她叫安子颜，住在……”

一听她说出安子颜的住址，南司耀就挑了一下眉，神情似乎有些不一样。

他说：“这个女生是你之前叫人撞的那个，对吧？”

唐沫颜诧异地道：“你知道？”

南司耀在心里呵了一声，这个唐沫颜果然不是前段时间的那个唐沫颜，这到底是怎么回事？

他佯装不解地问：“什么深仇大恨啊？你都把人撞了，好像人家还伤得挺重的，难道那女生已经出院了吗？”

唐沫颜说：“对，她不在医院，估计是躲着我。”

南司耀调侃道：“唐大小姐，你这是要赶尽杀绝吗？你把人家撞成重伤，也够了吧？”

唐沫颜不耐烦地说：“你管我够不够啊，总之你帮我找到她！”

南司耀应道：“行，帮你！”

是夜。

韩胤希又在公寓里喝酒，这已经成了他最近的习惯——如果不喝酒，他没办法睡觉，只有靠着酒精麻痹的力量，他才睡得着。

叮咚，叮咚——

响起急促的门铃声。

站在阳台望着夜景的韩胤希转身去开门。

连城两手拎着烧烤，笑嘻嘻地说：“夜宵来了！惊不惊喜？“

韩胤希淡然地说：“你不用每天都来，我没事。”

连城叹气说：“哎，我知道你心情不好，所以当然要陪你啊，不然兄弟是干吗用的？”

韩胤希说：“我还以为你是怕我做什么傻事。”

连城倒不至于这么想，但还是调侃地说：“那你有没有做傻事的想法呢？”

韩胤希端着啤酒走向阳台，面色漠然地说：“有过。”

连城愣了一下，说：“你跟我开玩笑呢？不错嘛，看来你恢复了很多，还知道跟我开玩笑。”

韩胤希没说自己是不是在开玩笑。

来到阳台，他继续看夜景。

连城搬了椅子过去，把烧烤摆放在椅子上，也开了一罐啤酒，道：“啤酒配烧烤，简直是神仙组合！”

韩胤希没接连城的无聊话题，转而喃喃地道：“我一直在想，有什么办法能激出她身体里沉睡的次人格，我想着跟她亲密一点，就像之前对颜颜那样，会不会她就原谅我，从而醒过来？

“但对着唐沫颜的脸，我真的没办法，连装都装不出来。

“我想起她生气的样子，如果我对唐沫颜亲密一点的话，她会不会又生气了？

“我不想再做让她生气的事。

“可是除了这样，我想不出还有什么办法。”

连城一口啤酒，一口烧烤，听他讲完，然后说：“催眠。”

韩胤希蹙眉说：“催眠没用。”

连城说：“催眠是有用的，我见识过，之前柏川给一个人催眠，把那人的第三人格唤醒了。”

韩胤希的反应不再是那么淡漠了，他手一伸，一把揪住连城的领口：“真的有用？那为什么柏川对我的催眠没有效果？”

连城缩了一下脖子：“因为他根本就没有使出全力……”

韩胤希微怒，道：“什么意思？他没有帮我催眠？”

连城挡开他的手，说：“哎哟，好吧，本来作为兄弟，我不好背叛柏川的，谁让你也是我兄弟呢？其实是因为你的自控力太强了，所以他要想催眠你很麻烦，再加上你之前拒绝了他妹妹的表白，害得他妹妹伤心了那么久，他那个‘妹控’当然不想帮你。”

韩胤希攥起拳头说："你瞒我这么久？"

连城无辜地举起双手，说："我也是前阵子才知道的！我任务完成后回来，柏川找我喝酒，他喝了酒才告诉我的。"

韩胤希问："所以我的记忆是可以恢复的，对吧？"

连城支吾起来："这个我哪儿知道啊……不过那天柏川说，他有给你做一个潜意识的催眠，说只要那段时间你有过特殊的记忆，你自己是会想起来的，没有想起来就说明……"

韩胤希接着连城的话说道："说明我跟向晚之间没有发生过什么。"

其实他应该相信自己的直觉，从小到大他都把江向晚当作妹妹看待，从没有过任何男女之情，所以不可能在失忆的时候就跟她产生了那种爱情，若是真的产生了，那他恢复记忆之后也不可能对她毫无感觉。

连城撇开关系："这可是你自己说的，不是我说的。"

空气一时陷入了沉默。

半晌，韩胤希沉声开口："现在这些已经不重要了。"

连城听出他的意思，不禁叹了一声。

连城建议道："柏川那家伙的催眠还是很厉害的，不然你找机会把唐沫颜约出来，然后让柏川给她催眠看看？"

韩胤希陷入深思。

连城开始胡说八道："其实你有没有想过，不是人格分裂？我最近看了一本小说，是说灵魂互换的，说不定是唐沫颜跟谁灵魂互换，然后又换回去了？"

闻言，韩胤希一震，瞬间看向连城。

连城继续天马行空："这也不是不可以的啊，我记得你说过，她变了的那天，是被人追杀的情况下，后来变回来的那天，下了很大的雨，你派的人在门口一直盯着，没发现她出去过……不对啊，她要是没出去过，怎么会变回来呢？这好像说不通。算了，你别听我胡说八道，我就是小说看多了，爱胡思乱想。"

韩胤希一直沉默不语，只是黑眸深了几分。

几天后，周一。

韩胤希和唐沫颜几乎是前后脚进了教室。

南司耀打趣道："你们一起来的？和好了？"

唐沫颜往前一步，想要去搂韩胤希的手臂，但被他躲开了。

南司耀眼尖地注意到了这个细节，顿时勾了一下嘴角："看来是还没和好。"

韩胤希坐下后，唐沫颜也跟着坐到了他身边。

她对他埋怨地道："胤希，最近学生会的事这么忙吗？你都不理我，周末我找你约会，你也不去。"

韩胤希毫不理睬，甚至看都没看她一眼。

唐沫颜不高兴起来："喂，韩胤希，我对你态度够好了，你别敬酒不吃吃罚酒！"

南司耀乐得有戏看，往后扭过头，还一只手撑着下巴，就差手里拿着爆米花了。

韩胤希终于有了反应，他漠然地转过头，眼神冰冷冷的："请问有什么事吗？"

唐沫颜气恼他对自己的冷脸，可是又偏偏爱他这种酷酷的样子，道："你是不是忘了，你是我的未婚夫！"

韩胤希淡漠地颔首："我差点忘了。"

唐沫颜还以为他醒悟了，欣喜地道："这就对了嘛，放学后我们一起去吃饭吧？有一家新开的日料店，我想去吃……"

她这是给他一个讨好自己的机会。

韩胤希看向她说："我们解除婚约吧。"

唐沫颜愣了一下，说："你说什么？"

班上偷听的同学齐齐露出惊愕的表情。

这是什么情况？！之前韩少跟唐大小姐不是还甜甜蜜蜜的吗？而且他表现得那么在乎她。

众人还以为他们最近只是在闹别扭，谁知道居然走到了解除婚约这一步。

韩胤希再次开口："我们解除婚约吧。"

尽管刚刚已经听过一次了，但众人还是哗然了，看样子韩少这次是铁了心想要跟唐大小姐解除婚约。

唐沫颜脸黑了下来，眼神阴狠得吓人："你要跟我解除婚约？为什么？你是不是看上了别的女人？！"

韩胤希不想跟她废话，甚至多说一个字他都觉得反胃。

现在每每面对唐沫颜，都让他想起安子颜。

他的思念更甚，却无药可救，这种滋味没人能懂，他无处发泄，只能把怒气牵连在唐沫颜身上——如果不是她回来了，他的颜颜也不会就此消失……

唐沫颜没等韩胤希回答她，反正他的回答也不会是她想要听到的，她发狠地说："你死心吧，我是绝对不会同意解除婚约的！"

说完，她一甩头，瞪了围观的同学一眼，转身就走出了教室。

楼梯处。

老师带着一个人上来，唐沫颜在气恼中，完全不会正眼看别人，于是三人擦身而过。

老师回头想叫住唐沫颜，但看她一脸怒气冲冲的，又不敢招惹这位大小姐，只好算了。

"你跟我来。"老师领着身边的女生走进教室。

上课铃声正好响起。

韩胤希也不想在教室里待着了，正准备起身离开的时候，就听到老师的声音从讲台上传来。

"我们班转来了一个新同学，叫……子颜。"

韩胤希脑子里像是嗡了一声，定定地站在原地，背对着讲台。

座位上，南司耀听到了这个名字，不禁挑起眉，目光直直地落在这位转学生身上。

一道清脆的声音响起："大家好，我叫穆子颜，以后多多指教。"

南司耀眯起眼，盯着她的脸："穆子颜？长得这么像……"

仿佛被点了穴的韩胤希也回过头，看向讲台上的穆子颜。

穆子颜？不是安子颜？

穆子颜推了推脸上的黑框眼镜，脸上挂着友好的笑容，完全是乖乖学生的模样。

台下同学们叽叽喳喳地讨论着。

老师打断了同学们的议论纷纷："好了，子颜同学，下面还有几个空位置，你看看想坐哪儿，自己选个位置。"

一听这话，南司耀嗖地一下第一个举起手来："老师，我申请跟新同学同桌！"

老师一脸为难，新同学跟这位一起坐好像不太好……

为了保护新来的同学，又是这么好的苗子，老师装作听不见南司耀的声音，道："子颜同学，我觉得你还是坐在……"

子颜打断了老师的话，微笑着说："没关系，我就坐那里。"

"可是他……"老师又不敢说南司耀的坏话。

然而子颜已经走了过去，坐在了南司耀旁边。

而后桌，一双深沉如墨的黑眸像是猎豹盯住了猎物一般，目光死死地锁在她身上。

某人的视线这么赤裸裸，南司耀又怎么会没注意到呢？

他突然伸长手臂，横到了子颜的椅背上。

子颜侧头看向他，礼貌地说："同学，麻烦把你的手拿开，可以吗？"

哎哟，这脾气也太好了吧？真是好到让人想欺负。

南司耀挑眉，对她释放自己迷人的魅力，邪气地勾唇笑道："可是我的手不听我的使唤啊，你说怎么办呢？"

"剁了。"身后响起一道冷酷的声音。

南司耀莫名地感觉到一股寒意，不自觉地颤抖了一下。

他想了想，还是缩回了手。

老师来上课了。

南司耀想起新同桌没有课本，便友好地把自己的课本借给她，道："借给你看。"

子颜问："你自己呢？"

南司耀想说自己不用看，因为他本来就不喜欢上课，但听她这么一问，他就笑了起来，把课本往自己这边又扯回一点，道："那我们一起看。"

她却直接把课本推过去给他，道："我不用，你自己看吧。"

南司耀又推过去："不用客气，一起看嘛。"

子颜不要，再推回去给他："你看，我不需要。"

南司耀笑嘻嘻地问："你该不会是学霸吧？你以前是哪所学校的？为什么……"

子颜微蹙起眉头，说："你好吵。"

南司耀点头道："那我小声一点。"

她说："你还是别说话吧。"

南司耀做了一个OK的手势，然后开始写字条。

子颜："……"

果然，想让这家伙乖乖听话是不可能的事。

南司耀正要把写好的字条递给她，椅子就被人从身后踹了一脚，警告的意味很浓厚。

下一秒，韩胤希冷冷的声音从后面传来："你的手不要的话，我就帮你剁了它。"

南司耀的手抽搐了一下，妥协地缩了回来。

子颜："……"

这是她似曾相识的一幕。

另一头。

唐沫颜没回家，而是在一家高档咖啡店里点了拉花咖啡和精致的甜点，正搔首弄姿地换着姿势自拍。

拍了估计有数十张后，她开始精心挑选出几张满意的，再PS一下，准备发朋友圈。

这时南司耀的微信发了过来，是他和穆子颜的合照。

照片是南司耀处理过的，把穆子颜的眼镜给PS掉了。所以唐沫颜看着这张照片的时候，总感觉哪里怪怪的，但一时又说不上来。

南司耀说："你认一认，这是安子颜吗？"

唐沫颜以为他找着人了，顿时高兴地道："是她！我一眼就能认出来，你找到她了？她现在在哪儿？"

南司耀没回答她这个问题，而是再次确认道："你看清楚一点，真的确定她就是安子颜？"

被他这么一说，唐沫颜又仔细地看了一遍这张照片。

那一个月，她是处于昏迷状态的，虽然意识清醒，但人是醒不来的，所以当然看不到自己的脸。

后来终于醒过来，在那两天时间，严格说来，她只正眼看过一两次安子颜的脸。

因为她厌恶不是自己的脸，所以觉得恶心，就很嫌弃看自己当时的脸。

本来她第一眼就确认照片里的人是安子颜，但因为她对安子颜的脸也不是太熟，所以被南司耀这么一问，她又犹豫了。

她道："应该是吧，不管了，反正是不是都好。这人在哪儿？把地址告诉我！"

南司耀说："要是认错了怎么办？"

唐沫颜不以为然地说："认错就算她倒霉呗，谁让她们长得像？"

看到这句话，南司耀皱起了眉头。

明明他心里很清楚，唐沫颜就是这样的人，而这种任性妄为，牵连无辜者的事他自己也没少做过，可是这一刻，他却感觉很反感。

南司耀给她回复道："这个人不叫安子颜，应该是认错了，我再查查吧。"

唐沫颜又用命令式的语气催促他："尽快啊，听到没有？我必须要尽快找到她。"

第三十二章

恋爱中的人智商都不太高

第二天。

第一节课，老师就告诉大家一个噩耗，要考试了。

“哦——No！”同学们齐齐发出哀号声。

南司耀唉声叹气，侧头对子颜说：“同桌，我可能会消失几天，你别太想我。”

子颜说：“考试而已，你至于这么怕吗？”

还要用逃课来躲避考试，太㞞了。

南司耀说：“傻乎乎地坐在椅子上，盯着一张试卷一个多小时，你知道有多催眠吗？我还不如待在家里睡觉。”

子颜：“……”

好像他说得挺有道理的。

子颜无奈地说：“你就不能尝试做一下吗？”

“不能，我办不到！”没人比他更了解自己的实力。

子颜没话说了。

这家伙不在也好，她能清静一些。

南司耀往身后瞄了一眼，突然想起什么，脸板了起来，严肃地拍了一下桌子：“不行！我要是不在，你被别人拐跑了怎么办？”

这种事发生过，所以他不能让历史重演。

南司耀盯着自己举起的拳头说：“我好不容易才有了同桌，我必须要守护住，不能再让人拐走了。”

子颜：“……”

南司耀又开始念起台词：“曾经有个同桌在我面前，我没有好好珍惜，她被人拐走了我才后悔莫及，如果上天再给我一次机会，我一定会……”

“Stop（停）！”子颜伸出手，阻止他说下去，她指了指讲台，提醒他，“上课了，别说话。”

南司耀看向她：“颜颜……”

身后的人猛地踹了一脚他的椅子。

韩胤希的声音冷冷地传来：“你很吵。”

南司耀侧头睨了韩胤希一眼：想干架是不是？

韩胤希回视：来啊。

南司耀表示：不来，哼，不理你，我要上课。

他把头转了回去，对子颜笑着说：“颜颜，不然你辅导我一下吧？”

椅子又被人踹了一脚，南司耀忍了。

他正想继续说什么，子颜皱着眉头小声说：“你别吵我听课，有什么话下课后再说。”

南司耀闷闷不乐地噘起嘴。

然而子颜不睬他，认真地听课。

南司耀就一直看着她，看着看着，就觉得她认真听课的样子有点眼熟，像是在哪里见过……

他索性就用手撑着下巴，一直盯着她看。

谁想他这一看，就看了一整节课。

南司耀自己都想不到，她上课的样子居然让他看入迷了。

嗯，一定是她的脸拥有催眠效果。

终于下课了，南司耀回过神来，忍不住问她：“你是怎么做到的？能认真听课，完全不受干扰。”

他一直看着她，她好像都没注意到似的，听课有这么好玩吗？能让她如此投入。

还有，她上完课后第一时间就埋头做笔记，理都不理人，这习惯有点像……

南司耀盯着她的侧脸看，突然想到什么，眯了一下眼。

他伸手用屈起的手指敲了一下她的桌面：“喂，安子颜！”

子颜几乎是下意识地转头，很明显地愣了一下，然后笑了一下，说：“你是在喊我吗？”

而身后，听到南司耀喊出的这个名字，韩胤希反应更大，黑眸猛然收缩。

南司耀装傻：“我突然忘了，你是姓安，还是姓穆？”

子颜说：“姓穆。”

南司耀一副吊儿郎当的样子问：“那你有没有一个双胞胎姐妹，叫安子颜的？”

子颜好像并不在意他的玩笑话，道：“我没有双胞胎姐妹。”

南司耀继续试探：“那就奇怪了，我认识一个人叫安子颜，跟你长得还挺像的，会不会是你失散的双胞胎姐妹，你自己不知道？”

子颜不想再继续跟他扯这个话题，放下笔，收拾了课本和笔记，对他说：“你慢慢编故事，我去一下洗手间。”

南司耀笑眯眯地问：“要不要我陪你去？”

“不用。”子颜依旧拒绝，起身往外走。

南司耀作势要起身，身后却伸来一只手，把他摁了下来。

他回头，不满地瞪过去：“韩胤希，你干什么啊？”

韩胤希说：“你肩膀上有苍蝇。”

南司耀才不信呢。

韩胤希又拍了拍他的肩膀，起身离开，给他留下一句话：“你应该想想，自己为什么这么招苍蝇。”

韩胤希这是什么意思啊？

课间快结束了，大家都赶着回教室上课，所以洗手间的人少了很多。

子颜上完厕所，出来洗手。

她慢条斯理地拽了纸巾，一边擦拭手上的水渍，一边望着镜子里的自己。

愣了一会儿神，她把用过的纸巾扔进垃圾桶，然后转身往外走。

然而，她走出门口没几步，有人拽住了她的手臂，把她拖到拐角里。

子颜反应已经够快，想甩手挣脱对方，但对方握得死紧。

“是我。”一道低沉的嗓音响起。

她定睛一看，才发现眼前的人是韩胤希。

“请问有什么事吗？”她平静地问。

韩胤希深邃的黑眸紧紧地锁着她的脸，尤其是她的眼睛。

他突然伸手，猝不及防地拿走了她的眼镜——这副眼镜遮住了她真实的眼睛。

她被他突如其来的动作吓了一跳，在意识到用来掩饰的眼镜被拿下后，整个人僵住了，脸上露出了一抹明显的紧张：“你干什么！把眼镜还给我……”

下一秒，一只大手捏住她的下颚，逼她抬起头来。

子颜像是害怕地闭上了眼睛。

在看不见的情况下，她却能清晰地意识到，一股气息在朝她靠近。

那是她再熟悉不过的，属于韩胤希的气息。

子颜不自觉地屏住了呼吸。

黑影笼罩住了她，他过于强势的气息也几乎把她包裹住。

一道低沉的嗓音从前方响起，像是带着某种隐忍，命令道：“睁开眼睛。”

睫毛颤巍巍地抖动了几下，子颜轻抿嘴唇，暗暗深呼吸，才缓慢地睁开眼。

在对上韩胤希的黑眸后，她手一抬，拍开了他的手：“韩少爷，请问你有什么事吗？”

她过于淡定了。

韩胤希微微眯起眼，认真地看她的眼睛。

就是这双眼睛……心跳不受控制，呼吸也跟着变得急促起来，他道：“你……”

子颜有点受不了在这么近的距离跟他说话，这让她心脏跳得飞快，那种熟悉的感觉又涌上心头。

她移开几步，跟他错开位置，在他的气息包围下，她怕自己招架不住，还好她脸上的淡定无懈可击：“韩少爷，坦白说，我不想跟你扯上什么关系……希望你能明白。”

韩胤希黑眸中射出一股寒气，沉声说：“不想跟我扯上关系……因为唐沫颜吗？”

子颜坦诚地点头道：“唐大小姐的脾气我略有耳闻，所以不想招惹她。”

韩胤希没说话，只是用一双深沉的黑眸盯着她。

子颜对他欠身，越过他准备离开。

“安子颜！”身后，韩胤希突然唤道。

子颜身子一顿，垂在身侧的手甚至微颤了一下。

为什么他们都知道这个名字……

很快，她调整好情绪，笑了起来，说：“我姓穆。”

说完，她就走了。

韩胤希目光紧紧地锁着她的背影。

是他猜错了吗？但是他更相信自己的感觉。

某天。

南司耀因为赖床了，晚了一点来学校，没想到在教室楼下遇上了唐沫颜。

他诧异地说道：“哟，唐大小姐终于来上课了？”

唐沫颜没听出他的嘲讽，想起他昨晚挂自己的电话，便赌气不理他。

南司耀也不在意。

只是上楼梯的时候，他突然想起什么，脸色一顿。

他脚步变快，上前拦住唐沫颜：“我们好像好几天没见了，要不要找个地方坐一坐，聊两句？”

她进教室不就见着子颜了吗？

但唐沫颜拒绝了他，说道：“不了，下次吧。”

南司耀急急地追上她，装出恍然想起的模样说：“对了，最近开了一家新的日料店，我之前就想约你去吃了，择日不如撞日，就现在吧！”

唐沫睨了他一眼，说：“一大早吃什么日料啊，晚上再去吧。”

南司耀说：“晚上人就多了，还要等位，多麻烦。”

她不满地对南司耀说：“你不会订位吗？早点订位，如果要等的话，我就不吃了。”

南司耀以前觉得她的脾气跟自己还挺契合的，现在突然间觉得，这位大小姐的脾气这么让人难以忍受？

要不是为了保护他可爱的新同桌，他都不想搭理这位大小姐了。

想想可爱的新同桌，他忍了。

幸好他灵机一动，猛地拍了一下手掌，对她说：“对了，你昨晚不是让我查那个安子颜吗？我有线索了！”

果然，一听到是安子颜的事，唐沫颜表情变了一下，狐疑地睨了一眼南司耀，然而，之后她却加快速度走进了教室。

“哎，唐……”南司耀没来得及阻止。

一进教室，唐沫颜就看到不想看到的画面。

“安子颜！”吼声响起，唐沫颜气势汹汹地站在门口，看到两人面对面坐着在说什么，姿态很是亲昵的样子，她的怒火就更甚了：“韩胤希！”

韩胤希淡定且从容地看着唐沫颜，问道：“有什么事吗？”

“你们两个——”唐沫颜冲到桌子旁的时候，怒火让教室里的温度都升高了。

子颜目光闪躲了一下，然后很快恢复了平静。

唐沫颜哪儿容忍得了被她这样无视！

这该死的冒牌货，原来她就是新来的转学生！

韩胤希居然跟这冒牌货在教室里卿卿我我！太过分了！他们当她是死的是不是？

唐沫颜指着子颜的鼻子说：“我总算知道韩胤希为什么非要跟我解除婚约了，是你在背后搞的鬼对不对？难怪怎么也找不着你，我就觉得奇怪了，凭你还有这种能耐？转到我们学校上学，也是韩胤希帮你的吧？”

她是猜想，安子颜占有她的身体的时候，成功搭上了韩胤希，让韩胤希知道了安子颜真实的身份。后来两人换回来，安子颜偷偷地跟韩胤希联络，让韩胤希帮着搬家，还在韩胤希的帮助下转进星尚来上学。

对于她的这番话，子颜觉得她还挺有想象力的，但还是没有搭理她。

唐沫颜看安子颜一副气定神闲的样子，以为安子颜是笃定有韩胤希撑腰，顿时就气上头来，想要动手了。

她一巴掌就要甩过去，手却被韩胤希拽住了。

“你干什么？”韩胤希冷冷地看着唐沫颜。

唐沫颜印证了自己的猜想，这冒牌货果然就是仗着有韩胤希撑腰。

她气红了眼，对韩胤希吼道：“韩胤希，我们还没有解除婚约，你现在——这一刻，还是我的未婚夫！你敢拦着我试试？

“就算你拦着我，我今天也要给她点颜色看看！

“我看她凭什么跟我抢男人！”

子颜终于有了动作，抬头看向唐沫颜，平静地说：“这位同学，第一，我不认识你；第二，我跟他也不熟。”

“你装什么装啊！”唐沫颜想撕掉安子颜脸上的伪装。

子颜像是无奈极了，叹了一声，起身说：“好吧，你喜欢这里的话，那我让给你们，可以了吧？”

唐沫颜说：“你别想走！”

子颜看着她，没好气地说：“唐大小姐，你是不是太蛮横了一点？”

唐沫颜像是抓住了安子颜的把柄，激动地说：“你刚刚不是说不认识我吗？装啊，还装啊！”

子颜哭笑不得，有理有据地解释道：“你刚刚自己说了，他是你的未婚夫，那我当然就猜得到你是唐沫颜啊，我想整个学校没人不知道你们是一对吧？”

唐沫颜不会被安子颜就这样蒙骗过去，她认定了，眼前这个人就是安子颜，所以不管对方怎么说，她都不会轻易改变想法。

唐沫颜说：“你还想狡辩？我都已经亲眼看到你们卿卿我我！”

子颜冷静地纠正道：“我是坐在我自己的位置上，是他过来的，还有，我们没有卿卿我我。如果你都亲眼看到了还能看错，那我建议你应该去看一下眼科医生了。”

这个冒牌货居然敢这样跟她说话？唐沫颜向来高高在上，享受惯了旁人的奉承和讨好，哪儿受得了被这样戗，尤其是戗她的人还是安子颜。

就仗着有韩胤希为你撑腰是不是？那我就让你知道，就连韩胤希也护不了你！唐沫颜发狠地瞪着她，毫不遮掩自己眼中的毒辣：“安子颜，你信不信，我让你活不过今天！”

子颜微微一笑，道：“我不姓安，我姓穆。还有，唐大小姐，你这是在恐吓我吗？如果是的话，我会考虑报警。”

唐沫颜呵呵冷笑，说：“报警？那你报啊！”

子颜如她所愿，拿出手机，准备报警：“你好，请问是警局吗？我要报警，有人恐吓我……”

唐沫颜愕然地瞪大了眼睛，显然没想到安子颜真的会报警。

子颜突然抬眸看向她，笑了起来，说：“吓到了？是不是真的以为我报警了？骗你的，大家好歹是同学，闹到警察局就不太好看了。”

唐沫颜傲慢地昂起下巴说：“我就知道你不敢。”

趁这个空隙，南司耀赶紧上前插话，对唐沫颜说：“你认错人了，她叫穆子颜，不是安子颜，根本不是同一个人。”

唐沫颜说：“她们就是同一个人！”

南司耀以为她好骗，继续忽悠道：“她们真的不是同一个人，你看清楚一点，她们就是有一点点像，正好名字又一样而已，但她们真的不是同一个人。”

唐沫颜说：“你别想再骗我了，我是不会相信你的！”

南司耀叹息一声，一脸跟她没办法沟通的无奈样，说道：“她们真的不是同一个人，这样吧，你等我把那个安子颜找出来，到时候把两个人放在一起，你就知道我说的是不是真的了。”

他一而再，再而三地否认，一般人在这种情况下有很大的可能就将信将疑了，但唐沫颜就是不信，她认定了眼前这个人就是安子颜。

在两人争辩的时候，子颜看向韩胤希，唤了他一声：“喂。”

韩胤希看着她，仿佛一脸忠犬样，等着她对自己下命令。

子颜说：“你可以把你的未婚妻带走吗？她太吵了，打扰到大家上课了。”

听到她说“你的未婚妻”这句话时，韩胤希皱起眉头，解释道：“我很快就跟她解除婚约了。”

子颜说：“那是你们的事，我不想知道，我现在只想安安静静地上课，可以吗？”

“可以。”韩胤希深邃的黑眸凝视着她，点了点头。

子颜便坐回到自己的位置上。

唐沫颜正要继续跟安子颜对峙，手臂就被韩胤希拽住了。

韩胤希只说了一个字：“走。”

“你干什么？韩胤希，你放开我！别以为她装作不认识我，我就信了她的鬼话……”

尽管不情不愿，但在韩胤希的强势下，唐沫颜还是被带走了。

教室里终于恢复了安静。

放学后。

唐沫颜既然知道了安子颜在哪儿，自然不会放过安子颜。

甚至因为她自己的胡乱猜测，她以为韩胤希跟安子颜私下有联系，所以现在更是急迫地想要安子颜从此消失在这个世界上。

于是她在短时间内找了人来，要在放学后抓到安子颜。

就算是唐沫颜，也不敢在学校里太明目张胆，所以她选择了校门口，就等着安子颜走出校门的时候，她叫来的人就会绑走安子颜，带到她准备的地方。

到时候她就可以慢慢地折磨安子颜了。

哼，让安子颜敢抢她的男人!

然而唐沫颜失算的一点是，安子颜居然跟南司耀一起走出校门。

看着南司耀对着安子颜嬉皮笑脸的样子，唐沫颜就很恼火。

明明南司耀之前是喜欢她的，这该死的贱人，抢走了韩胤希，还要抢走南司耀，是故意跟她作对是不是?

唐沫颜就坐在对面马路旁的一辆黑色的车里，她恨恨地咬牙，对着手机下了命令。

于是下一秒，就见一辆面包车停在了校门口，唰地一下车门打开，走下来六七个男人，都是凶神恶煞的样子，看上去很吓人。

同学们纷纷避让。

那几个男人很快就冲到了子颜面前，一把要去抓她。

南司耀早就注意到不妥，把子颜拉到自己身后，镇定地道：“你们要干吗？”

哪怕他只是一个人，也毫不胆怯地对峙这群人。

为首的男人凶巴巴地说：“我要把她带走，你闪开，不然我的兄弟把你弄伤了，可别怪我没警告你。”

南司耀像是听到了什么笑话：“就你们这群软脚虾，还想伤我？”

“你说谁是软脚虾！”

“老大，这家伙不识好歹！”

一群看上去就是混混儿的混混儿立马就受不了挑衅，瞎嚷嚷起来。

还好他们的老大还有理智，阻止了他们：“他不是目标，不用管他，把目标抓走再说！”

想抓走他可爱的同桌，问过他没？南司耀像大佬似的，双手叉腰，往前站了一步，那气势，不得不说，确实帅。

“老大！”有个小混混儿喊道。

南司耀一脸嫌弃地道：“别喊我老大，我没你们这种垃圾手下。”

那个小混混儿顿时怒了：“谁喊你了，我是喊我们老大！老大，我受不了了，我要宰了这小子！”

对方显然是个行动派，说干就干。

小混混儿已经冲到了老大的前面，就要一拳头砸到南司耀脸上。

然而小混混儿的拳头被一只手掌包住，挡了下来。

南司耀笑道：“这软绵绵的拳头，你是在给我挠痒痒吗？”

话音刚落，在对方还反应不及的时候，他大长腿一踹，把那小混混儿踹倒在地，然后还一脚踩上去，从小混混儿的身上踏过。

“别磨叽了，一起上吧，别挡着学生出校门。”对付这么几个小混混儿，对他来说绰绰有余。

眼看着有南司耀帮忙，计划就要失败了，不远处看着这一切的唐沫颜气得咬牙切齿：“废物，怎么给我叫了这么群垃圾来啊！”

咚咚——

唐沫颜正气愤的时候，车窗被敲响了。

她一抬头，对上了韩胤希那双深沉的黑眸，不知道为什么，她的心脏咯噔地抖了一下。

她还没来得及反应，外面的韩胤希就冷然地开口说：“把你的人叫走，以后不准动她，她要是出一点事，我就算到你头上。”

他的声线冷得吓人。

唐沫颜能感受到他的威胁是认真的，但就是这样，才更让她生气。

她降下车窗。

这车窗玻璃是特殊材质的，外面的人应该看不到里面才对，所以他是怎么知道她在这车上的？

“韩胤希，你真要护着她？惹怒我的下场，你想清楚了。”唐沫颜反过来警告他。

韩胤希肯定地应道：“对，我护着她，你最好别挑战我的底线。”

“你也别挑战我的底线！你要是护着她的话，那我不管用什么手段都要弄死她，我看你是不是真护得住她！”

看他这样护着那个冒牌货，唐沫颜的理智濒临崩溃，嫉妒染红了她的眼。

韩胤希突然弯下腰，凌厉的黑眸眯起，低沉的嗓音慢悠悠却带着让人不寒而栗的冷意说道：“如果你还想继续做你的‘唐大小姐’，你就别惹怒我。”

唐沫颜不信他能对自己怎么样，回道：“是你先惹怒我的！”她也不想跟他闹到无法挽回，便又说道，“我给你一次机会，只要你让她离开燕城，那我就不动她。”

当然，等安子颜离开了，她看还有谁护得住安子颜。

韩胤希只是轻轻地吐出三个字：“办不到。”

唐沫颜怒道：“那我就弄死她！”

“我该说的已经说了，这是我最后的警告，我会说到做到。”说完，韩胤希不再看她一眼，修长的身影朝子颜的方向走去。

唐沫颜看他还要去找那个贱人，顿时就气得快要爆炸：“韩胤希，你给我回来！”

为什么他明明是她的未婚夫，却要护着别的女人？

他还当着这么多人的面去关心那个冒牌货，那她不就成了全校的笑话吗？

唐沫颜不允许这样的事情发生，沉着脸跟了过去。

那边，南司耀已经把那几个混混儿赶跑了，转头就要向子颜邀功：“我救了你一命，这下你不以身相许都不行了吧……”

话还没说完，他就见韩胤希和唐沫颜朝他们走来。

什么情况？唐大小姐怎么一脸想杀人的表情？

随即他就看到唐沫颜绕过了韩胤希，更快地走到了子颜面前。

唐沫颜举起手，就要甩过去一巴掌：“贱人！”

没等南司耀阻止，子颜自己就拽住了唐沫颜的手腕，道：“你再骂一遍？”

“贱人！”

啪——

子颜一巴掌毫不犹豫地甩在了唐大小姐脸上。

空气像是在一瞬间冻结了。

不止是唐沫颜愣住、南司耀愣住，连路过的同学都愣住了。

这……这女的疯了吧？她居然敢打唐大小姐？！

整个学校几乎没有不认识唐沫颜的，人人都知道不能惹她，更别说还有人敢打她。

唐沫颜下一秒就疯了起来，扑上去要抓挠子颜：“你敢打我？贱人，我一定要你不得好死！”

南司耀正好就站在中间，反应够快，迅速地拉住了唐沫颜。

打人的子颜不但一副很平静的样子，还笑了一下，说：“你骂我，我为什么不能打你？你嘴巴这么脏，建议你去医院清洗口腔比较好，不然以后跟你在同一个班上课，我还坐在你前面，我怕会被你臭死。”

“你说什么？你再说一遍！”唐沫颜长这么大还没有被人如此羞辱过，这怎么能忍？

子颜哧的一声笑了，道：“我说唐大小姐，你耳朵好像也不太好，那你去了医院顺便做个全身检查算了，有病早点治，知道了吗？”

唐沫颜被她气得无法保持仪态了，破口大骂：“你才有病！安子颜，你死定了，我告诉你，今天不弄死你，我就不姓唐！”

子颜低沉地说了一句：“你本来也不姓唐。”

唐沫颜愣了一下，道：“你……”

子颜笑着移开视线，说：“不好意思，我要回家了。”

说着，她绕过唐沫颜和南司耀，往外走去。

韩胤希跟上她，低声说：“我送你回家。”

子颜说：“不用。”

在学校门口那么多同学的瞩目下，她要是真上了他的车，那不知道会被传成什么样。

而且她说了不想跟他扯上任何关系，这并不是说说而已。

正好路旁停了一辆计程车，子颜快走几步，拦下了计程车。

韩胤希快速跟上。

在子颜要碰到车门的时候，他已经先打开了车门，一只手还护在车顶。

子颜有点无奈，甚至是有点生气地说：“韩胤希，你清楚一下自己的身份好吗？快去安慰你的未婚妻吧。”

韩胤希什么也没说，只是深深地看着她。

子颜有那么一刻的恍惚。

很快，她垂下眼眸，弯腰钻进了车里。

韩胤希关上车门之前对她说：“通过一下我的好友申请。拜拜。”

子颜一怔。

等车开了以后，她才迟疑地转过头，看向车外的他。

他刚刚的话是什么意思？反应了十几秒，她才拿出手机，点进微信。

果然，有一条新好友的申请信息，是他的。

他是怎么知道她的微信的？

子颜甩甩头，告诉自己不去想他了，只要是关于他的，任何事都不要想。

因为只要一想到他，她就想起那段时间发生过的事……

是夜，高级公寓内。

听着手机那边的汇报，韩胤希皱起眉头，说：“你再说一遍，你跟丢了？”

对方战战兢兢地说道：“是的……明明看着她在那辆计程车上的，可是奇怪的是，从车上下来的人不是她，也不知道是什么时候跟丢的……”

连是什么时候跟丢的都不知道，韩胤希被气笑了。

“韩、韩少，那要继续找吗？”

“找。”韩胤希只说了一个字，便挂断了电话。

他沉着脸，一只手紧攥着手机，跌坐在沙发上，脑海里回响起唐沫颜最后的嘶吼。

他知道，唐沫颜不会接受他的警告，她一定会对安子颜动手。

韩胤希黑眸一沉，他不能再让他的颜颜受到任何伤害了……

去冰箱拿饮料的连城走了回来，好奇地问：“跟丢了人？怎么回事？”

韩胤希沉声说：“不知道。”

连城不解地道：“你那些手下不都是精英吗，怎么连跟踪一个普通人都能跟丢？”

韩胤希是怕安子颜出什么事，所以让人跟着她，但没想到那些手下会跟丢。

现在他很担心，在他不知道的情况下，她会不会已经出事了？

终于，他坐不住了，起身往外走。

连城急忙拉住他：“你干吗啊？你不会是要去找她吧？”

韩胤希拧眉，说："我不放心，唐沫颜已经放话要对付她了，现在又跟丢了她，说不定……"

连城打断他的话："你别想那么多了，你的人都能跟丢，那唐大小姐的人还能下手吗？除非她找了什么国际杀手之类的。"

闻言，韩胤希面色更显不安。

就在这时，他的手机响了一声。

连城探头一看，笑了起来，用手肘撞了一下他，说道："你放心，她没事。"

韩胤希问："你怎么知道？"

连城用下巴努了努，说："她加你的好友了。"

韩胤希一愣，下一秒快速地拿起手机，都慌乱得拿反了，把手机转过来的时候还差一点把手机摔了。

连城啧啧称奇，还是第一次看到他这么紧张一个人的样子。

韩胤希果然看到她同意了他的微信加好友申请。

"她同意了！"他的语气带着满满的欢喜，像是三岁小孩儿得到了自己最心爱的玩具。

连城点头说："我知道啊。"

这还是他提醒韩胤希的好吗？

韩胤希为了确认她的安全，给她发了一条信息过去："你到家了吗？"

他还担心她可能不会回复他，没想到她回复了。

"嗯，回到家了。"

就五个字，韩胤希看了好几遍，还激动地去拉扯连城，说："她回复我了！"

连城就像个扯线公仔，被他摇来晃去。

连城无奈地道："知道了。"

只不过是回你的微信消息而已，至于这么高兴吗？恋爱中的人果然都智商不太高的样子。

韩胤希松了口气，说："她没事就好……"

连城说："也不一定，说不定唐沫颜今晚才行动呢？"

韩胤希睨着他。

连城知道自己说错话了，便转移话题，好奇地问道："你是怎么确定这个穆子颜就是你要找的安子颜的？”

韩胤希沉声说：“我相信我的直觉。”

连城说：“就凭直觉？”

韩胤希说：“我看着她的眼睛，面对她的时候，感觉不一样，还有她说话的语气、方式等等细节，都在告诉我，她就是安子颜。”

只要细心观察，每个人都有一些独特的细节，如说话的语气、习惯性的小动作等，这些不是能模仿出来的，也不是轻易能改变的。

连城匪夷所思地道：“就靠这些？没有其他证据什么的？”

韩胤希白了连城一眼，说：“我去哪里找证据，证明她跟唐沫颜互换过灵魂？”

互换灵魂这种离谱的猜想，也不过是他自己的论断，因为他实在找不到其他的解释了。

偏偏，拿这个离奇的可能性套进去的话，好像一切都说得通了。

连城被韩胤希问得哑口无言，确实，灵魂互换这种事去哪里找证据啊？

况且这还是他一开始胡说八道的，他也没想到韩胤希会当真了。

连城灵机一动，拍了下手，说道：“不然你直接问她？问当事人不就知道是不是真的了吗？”

韩胤希给他一个无语的表情，起身离开。

连城说：“喂，这不是最简单、直接的方法吗？我觉得可以试一试啊！喂，兄弟……”

第三十三章

秘密被爆出来了

韩胤希进了卧室，把自己抛到床上。

他拿着手机，点开了跟她的微信聊天框，犹豫着该说些什么。

好不容易加了微信，他却像个纯情小男孩儿似的，连跟喜欢的女孩子说句话都要打腹稿半天。

不知过了多久，他写了又删，删了又写，终于发送了一句话过去："你睡了吗？"

明明只是发了一条微信，他却有着从未有过的紧张。

不知道她看到没有，不知道她会不会回复他，这一刻韩胤希突然懂了什么叫度日如年。

他就一直盯着聊天框，好像要把手机屏幕给盯出一个洞来。

终于聊天框里跳出了一行字："没，时间还早。"

韩胤希一看时间，这才不到晚上八点，谁会这么早睡觉啊？

他没想到自己会犯这么低级的错误，简直蠢到自己都难为情。

他用手捂住了脸。

下一秒，聊天框里跳出一个捂嘴偷笑的表情，看上去那么俏皮。

韩胤希就盯着这个表情，仿佛能想象出她此时偷笑的样子。

他突然好想见她……

想着子颜的那张脸，他心想：原来她是长这个样子的？比唐沫颜那张脸顺眼多了，也可爱多了。

另一边。

子颜发完这个表情就后悔了。

她选出“撤回”的条框，却犹豫着没有摁下去。

一不小心两分钟就过去了，撤不回了，子颜发出一声哀吟，郁闷地把脸埋进被子里。

她为什么要多发一个表情过去啊？

不对，她就不应该回他，甚至不应该同意他的加好友申请。

明明说好了要跟他撇清关系的。

“呜呜呜——”子颜拽过枕头，像是要把自己捂死的样子。

都怪自己的手，像是有自己的意识，不听她的指挥。

算了，她以后不回他的信息就行了。

不然……子颜猛地坐起来，捧起手机，自言自语：“拉黑他？”

可是她又想，这样是不是太绝情了？

“算了、算了，加都加了……”她又倒回床上。

她决定了，以后装作看不到他的信息，不回他就是了，对，就这样做！

翌日。

因为今天要考试，所以大家进教室的时候，都一脸愁样。

子颜来的时候，一眼就看到了韩胤希，她有点诧异，没想到他今天来这么早。

她慢慢地走过去，视线故意避开，假装看不到他。

韩胤希笑着打招呼：“早。”

她点点头，礼貌又保持距离地应道：“早。”

子颜坐了下来。

明明没看他，却能清楚地感受到他在身后的存在感，她恍神了一会儿，才想起要复习的事。

她正准备拿出课本，背后有人像是用手指戳了戳她的背，动作很轻，让人有点痒痒的。

只要想到身后的人是他，她的小心脏都跟着痒了起来。

她的身体僵了一下，往前躲了躲。

韩胤希压低的声音从后面传来，问道："昨晚没发生什么事吧？"

子颜知道他问的是唐沫颜有没有找她的麻烦，没说话，只是摇了下头。

韩胤希又开口说："她要是找你的麻烦的话，你告诉我。"

子颜摇头，低声说："不用。"

她现在不会怕唐沫颜了。

韩胤希以为她不知道唐沫颜的厉害，提醒道："唐沫颜什么都做得出来……"

"我知道。"子颜说。

身为曾经的受害者，她再清楚不过唐沫颜的狠毒。

突然门口传来一阵嘈杂声。

"唐大小姐怎么来了？她不知道今天考试吗？"

唐沫颜来了？子颜确实有些意外，不禁也好奇地望过去。

唐沫颜进来了，依旧是那高傲的大小姐模样。

她走到子颜面前，当着所有同学的面，故意大声地说："我真没见过哪个小三像你这么不要脸的。"

小三？她说的小三是指穆子颜吗？

同学们顿时又交头接耳起来。

之前唐沫颜没来的几天，大家都注意到了，韩胤希好像对这个新来的转学生颇为关注，还时不时地盯着穆子颜看。

所以，穆子颜真的是小三？

不管事实如何，唐沫颜刚刚的那句话已经让大家给子颜贴了小三的标签。

看同学们对子颜指指点点，唐沫颜很是得意。

她就是要让安子颜在这个班混不下去。

本来她昨晚放下狠话，不管付出怎样的代价，都要弄死这贱人，但她花钱找的人跟丢了安子颜。

连人都找不着，还怎么弄死？她只好拖到今天。

想了一晚，唐沫颜改变了主意，她不想让安子颜那么快死了，她要先夺回属于自己的东西，然后再慢慢地折磨安子颜，让安子颜感受一下什么叫“失去一切”的绝望。

唐沫颜高傲地睨着子颜，嘲讽地说：“做人做到你这个份儿上，也是够丢人的。什么不好做，偏偏做小三，抢别人的东西就这么开心吗？”

子颜本来不想理她的，听到这话才抬头睇着她。

子颜微微一笑，看上去那么温和，说出的话却带着满满的攻击力：“抢别人的东西有多开心，你不是最清楚的吗？”

唐沫颜一顿，想起安子颜那天说的话，安子颜是不是知道什么？

“我劝你最好还是别出门，一张小三脸，出门会被人用口水淹死的！”唐沫颜赶紧转移话题，继续把小三的污水往安子颜身上泼。

子颜似乎没听清楚，说：“你说什么？”

唐沫颜说：“我说你是小三，你是不要脸的小三！”

“唐沫颜，你够了！”韩胤希出声制止，看不得子颜受半点委屈。

然而，子颜脸上哪儿有什么委屈，只有云淡风轻的笑意，她摆了摆手，说：“没事，让她继续说，我倒想听听，她说谁是小三呢？”

“你是小三！安子颜，你是小三！不要脸的小三！”不知道是不是词汇量匮乏，唐沫颜只是重复同样的用词。

子颜突然问唐沫颜：“你照过镜子吗？”

什么意思？唐沫颜没她思维那么跳跃，一时愣住了，以为她想黑自己，顿时“聪明”地反击回去：“我每天都有照镜子，我这么美，怎么可能不照镜子？”

子颜笑了一下，说：“那你应该是个文盲吧？”

唐沫颜更不懂她在说什么了，照镜子跟文盲之间有什么联系吗？这人该不会傻了吧？

“安子颜，你是白痴吗？我怎么可能是文盲，你才是文盲！”

子颜一脸同情地说：“你不是文盲的话，照镜子的时候怎么没看到自己脸上写着的字呢？你看——‘脑残’，两个大字写得那么清晰，你真的看不懂吗？啧啧，真可怜，我看你真的应该回幼儿园重新上学了。”

“噗……”这骂人不带脏字的方式，让围观的同学都忍不住笑了，这穆子颜也太厉害了吧！

唐沫颜怒了：“你说谁是脑残啊！”

子颜说：“你照镜子不就知道了吗？”

唐沫颜从没有这样受过气，她原以为来了学校，在她的地盘，她就处于上风了，谁知道被人一再地讽刺，她还反驳不回去。

她气得想动手，可偏偏韩胤希在旁边，想也知道他一定会护着这个女人。

要是让同学们看到她的未婚夫拦着她，护着别的女人，那她的面子往哪儿搁？

这面子，唐沫颜丢不起。

唐沫颜安慰自己不急在一时，便瞪了安子颜一眼，走到韩胤希旁边的位置要坐下。

然而，韩胤希把椅子抵住了，不让她拉出来。

“你干什么啊？”唐沫颜问他。

韩胤希淡漠地说：“这里不是你的位置。”

唐沫颜说：“这里就是我的位置！”

韩胤希往靠近后门的那个角落瞟了一眼，说：“那边才是你的位置。”

唐沫颜再看一眼，果然，自己的课本都被放到了那张桌子上，韩胤希旁边的桌子上是空的，什么也没有。

他这是不愿意跟她同桌了？

当着这么多同学的面，这也太不给她面子了。

唐沫颜哪儿能忍，耍起脾气说：“我就要坐这里！”

韩胤希懒得理她。

唐沫颜再次伸手要去拉椅子。

韩胤希用脚抵着，她怎么也拉不动。

“韩胤希！”唐沫颜气极了，颜面扫地的情况下，再难以保持好的仪态。

韩胤希低声说：“你现在过去那边坐，还能有点面子，不然继续僵持下去，难堪的是你自己。”

“你——”唐沫颜眼睛冒火地瞪着他。

这时老师进来了：“准备考试了，大家坐好，要发试卷了。”

唐沫颜举手，告状道：“老师，韩胤希不让我坐下。”

老师把目光落在韩胤希身上。

韩胤希慢条斯理地说：“老师，我想自己一个人坐，那边还有空位。”

老师哪儿喊得动韩胤希这位大少爷，只好对唐沫颜说："唐沫颜，你坐那边吧，那边也挺好的，好几个女生一起，也有话可以聊。"

坐在前面的子颜突然开口："老师都给台阶了，就顺势下了吧，不然更难堪。"

唐沫颜脸都青了。

她没办法，只好忍着怒火走去那边坐。

那边的几个女生都不敢招惹她，乖乖地坐着，看都不看她一眼，更别说搭话了。

考完试后。

教室里的众人像打了一场战役似的满脸疲惫。

这时有人大喊起来："你们快看论坛的帖子！有人爆料，说唐沫颜不是唐家的血脉！这是真的吗？！"

什么？唐大小姐不是唐家的血脉？这消息也太劲爆了吧！

众人都被八卦吸引了过去，没人注意到，坐在一组角落的唐沫颜整张脸都白了。

"不是真的吧？怎么可能？！"

"谁知道呢，说不定是真的呢？我之前就觉得奇怪了，都听长辈说唐氏夫妇人很好，怎么唐沫颜差这么多……"

砰——

唐沫颜哪儿听得下这些话，愤怒地踹翻了桌子。

桌子砰的一声倒地的巨响，吓到了所有人。

大家都噤声，惶恐地看向唐沫颜。

"刚刚的话是谁说的！"唐沫颜几乎是用吼的，可见她有多愤怒，那明显的怒火简直像是要把整个教室都烧起来。

大家都怯怯地缩着头，没人敢承认。

唐沫颜突然转移了目标，绕过后排的桌子，朝子颜冲过去："安子颜，一定是你！"

子颜懒得理唐沫颜，她刚刚在收拾东西，根本没有说一句话好吗？

她收拾好了东西，准备走出教室。

唐沫颜见她要走，伸手就要去抓她。

然而，韩胤希和南司耀同时挡在了子颜面前，甚至伸手护住她。

南司耀说："喂，你别乱冤枉人，刚刚颜颜一句话都没有说，是别人说的。再说了，一组和四组隔这么远，我们这边说话，你那边怎么可能听得清？"

所以想也知道不可能是他们这边说的话。

唐沫颜看不得他们这样维护安子颜的姿态，吼道："我说的是帖子！那个帖子一定是她发的！"

想到这一点，她心里就慌得不行。

为什么……为什么这个秘密会被人知道？

一定是安子颜！绝对是安子颜占着她的身体那段时间，不知道怎么知道了她的秘密。除了安子颜，不可能再有别人了。

子颜推开了韩胤希和南司耀，从他们中间走出来，毅然面对唐沫颜。

子颜一脸恨铁不成钢的表情，说："都告诉过你要去看医生了！你这眼睛不好，脑子也不好，我刚刚在考试，哪儿有时间发什么帖子？"

唐沫颜反驳道："你可以让别人帮你发啊！"

子颜问她："我为什么要这么做？"

唐沫颜指着子颜的鼻子说："因为你要报复我！因为你是安子颜，这件事除了你，不可能有别人知道！"

子颜突然一笑，说："所以这件事是真的吗？"

唐沫颜僵住了。

子颜逼近她一步，说："不然你为什么这么激动呢？所以你不是唐家的血脉？这是真的吗？"

唐沫颜急急地否认道："当然不是真的！"

子颜露出诧异的表情，说道："你真的不是唐家的血脉？"

众人倒抽一口气。

原本大家对这个爆炸性的消息都半信半疑，甚至多数人认为是假的，是有人诬陷唐大小姐，没想到唐沫颜居然自己证实了。

唐沫颜脸色一白，反口说："是真的！"

子颜吃惊地说："这个消息是真的？你真的不是唐家的血脉？"

唐沫颜被子颜的语言技巧弄得要疯掉了，不管她怎么说都不对。

子颜看她这脸色不对，都有点担心她会不会气到爆血管了。

唐沫颜终于暴跳如雷了："我是说这个消息是假的！我当然是唐家的血脉！什么乱七八糟的！我怎么可能不是唐大小姐，你们是疯了吗？敢质疑我的身份！”

有人突然对唐沫颜提议道：“唐大小姐，你可以去做DNA鉴定啊，不就可以证明这是假的了吗？”

唐沫颜冷着脸饯道：“你说做DNA鉴定就做DNA鉴定吗？凭什么你说什么，我就要去做什么？”

那个同学只是好心提议，她不肯这样做，只好算了。

这时有人狗腿地说：“唐大小姐，我相信你，发这个帖子的人就是为了抹黑你，这么假的事，谁信谁傻！”

子颜不想待在这里了，便往外走。

她不知道帖子是谁发的，但她猜测，这事不可能就这么结束，应该还有后续。

南司耀眼尖地发现她走了，急忙追上去：“同桌，你去哪儿？”

“厕所！”

“我陪你去！”

“不用！”

韩胤希想了想，作势要跟过去。

唐沫颜伸手拦住他，没好气地说：“你也要陪她去上厕所吗？南司耀疯了，你是不是也疯了？”

韩胤希淡漠地看着唐沫颜，说：“我自己不能上厕所吗？”

他绕开唐沫颜的手，往外走去。

唐沫颜这时候顾不上他，急忙拿出手机，找人把论坛上的帖子删掉。

但这个爆炸性的消息已经传开了，所以就算这个帖子被删了，也堵不住学生们的嘴。

晚上，江向晚看事情进展得不错，早早就睡了，谁知被电话吵醒。

她迷糊地拿起手机，一看来电显示是韩胤希的名字，顿时惊醒过来——当然，是高兴地惊醒了。

“胤希！”她没想到他会主动打电话给她。

韩胤希沉声问：“那个帖子是你发的？”

江向晚一慌，第一时间当然是想要否认：“不、不是啊，什么帖子？我不知道你说的是什么，我没发过什么帖子啊……”

怎么回事？为什么他会知道是她干的？

韩胤希叹了一声，道：“那张DNA鉴定报告的照片，你给我看过，你忘了？”

江向晚急忙解释道：“我只是……只是看不惯她而已，她明明就不是唐家的大小姐，却整天仗着这个身份为所欲为、胡作非为。你是没见到，上次我在商场遇到她，她有多仗势欺人……”

“好了。”韩胤希打断她的话。

江向晚哀怨地说：“所以我真的不明白你为什么会喜欢她，她除了有唐家大小姐这个身份，还有哪点好啊？”

所以等唐沫颜没了这个身份，他还会喜欢唐沫颜吗？

韩胤希没办法跟她解释这些，只是说：“你把水军都给撤了，别再牵扯进这件事。”

江向晚一愣，没想到自己请水军在学校论坛带节奏的事都被他知道了。

“她也请水军了啊……你怎么不让她也撤了水军……”

他真偏心。

挂了电话，江向晚尽管气不过，但答应了就会照做。

但是……她没说马上就照做啊。

反正她花了钱，就让水军先忙活这一天吧，明天再撤。

唐沫颜几乎一夜未眠。

她想了一个晚上，终于想到了解决的方法……

这天刚好是唐父、唐母旅游回来的日子，唐沫颜索性一直不睡，保持着憔悴的状态。

等到了中午，唐父、唐母回到家，拎着大包小包，从管家口中得知她在家后，就拎着买给她的礼物上了楼，准备给她一个惊喜。

没想到换来的是惊吓，他们推门而入，就看到唐沫颜在床上哭。

唐父几乎是立马就丢下手中的大包小包，奔了过去：“宝贝，你怎么了？发生什么事了？”

唐母也走了过去，问道：“是因为韩胤希吗？”

唐沫颜点点头，然后又摇摇头。

唐父心疼地搂着她，看到她满脸的泪痕，心疼极了，用手帮她抹去眼泪，问：“那浑小子又跟你吵架了？“

唐母蹙眉说："你们这样不行啊，既然无法相处，那还是解除婚约吧。"

听到这话，唐沫颜哇的一声大哭起来："爸爸、妈妈，你们都知道了是不是？"

唐父和唐母一脸蒙，对视了一眼："知道什么？我跟你妈妈才刚刚回国，什么都不知道啊，你们之间到底发生了什么？"

唐母说："难道是他做出了对不起你的事？"

唐沫颜摇头："他……他……我知道他不是故意诬陷我的，但是他为了让你们同意解除婚约，这样诬陷我，我真的很难过！"

唐父急忙问："他诬陷你？他怎么诬陷你了？！"

唐沫颜抬起头，眼泪汪汪地看着他们，一副委屈的样子问："我是爸爸、妈妈的女儿吧？"

唐父不解："你当然是啊！怎么回事？"

唐沫颜掉着眼泪说："有人造谣，说我不是你们的亲生女儿……"

闻言，唐父立马就生气地拍了一把床："谁说的！这胆子这么大，连这种话都敢造谣！"

唐沫颜挽着唐父的手，抽泣着说："是有人在我们学校论坛上爆料，我怀疑……背后指使的人是胤希。他最近一直逼我跟他解除婚约，还话中带着威胁，说如果我不是唐家大小姐的话就会怎么样……

"我没想到，他为了跟我解除婚约，会用这样的手段。

"我知道他就是想诬陷我，让大家怀疑我不是你们的女儿，这样他就可以用这个借口来解除婚约了。

"爸爸，我真的很喜欢他，我不知道他为什么要这样对我，我真的很伤心……"

听她哭着说完，唐父气得不行："韩胤希那小子，这种话都能说得出来！你当然是我们的宝贝女儿，谁都不能怀疑这一点！"

"可是……"唐沫颜继续为自己申冤，"他们还造了一份DNA鉴定报告，还有人嚷着让我跟你们做亲子鉴定，证明我是你们的亲生女儿。

"我为什么要照他们说的去做？我是不是爸妈的女儿，难道我自己不清楚吗？

"凭什么他们要我去做DNA鉴定我就去做？

"只要我顺了他们一次，他们会更过分，会要求更多，让我做这个做那个，我才没那么傻！”

唐父搂着她，安抚地摸了摸她的头：“对，我们不做亲子鉴定，你就是我们的女儿，这还能搞错吗？”

唐沫颜如愿地听到了自己想听的话，点点头。

唐母也皱起眉头，叹息道：“韩胤希这孩子，这次也太过分了。我一直以为他很懂事，什么玩笑能开，什么玩笑不能开，他不知道吗？”

唐父说：“明知道我们在外旅游，他还给我打电话，问我什么时候回国，说要尽快解除婚约，他就这么迫不及待吗？”

想到自己的宝贝女儿被人如此嫌弃，他作为父亲，哪儿忍得下这口气，现在又发生这出，自己的女儿被人这样诬陷，真的是太过分了！

唐父二话不说，拿出手机，打电话给韩胤希，要把他叫过来当面对质。

唐沫颜想阻止唐父，但已经来不及：“爸，你叫他来干什么？”

唐父哼了一声，说：“这事是他闹出来的，他必须要给我们家一个交代！”

唐沫颜被质疑不是唐家的血脉这件事，可不是小事，这要是在圈子里传开了，那影响的不止是她，影响的是整个唐家，所以这事必须要严肃地处理。

唐母也赞同这一点。

她拧眉问唐沫颜：“还有你们的婚约的事……事情闹到这样，是不是该解除算了？”

唐沫颜当然不想跟韩胤希解除婚约，但相比之下，她更不想失去“唐家大小姐”这个身份。

唐父却愤愤地说：“解除什么啊！本来我也不想那小子当我的女婿了，但他做出这样的事，我就偏不能如了他的愿！他想解除婚约是不是？那我们就偏不解除！”

如果就这样解除了婚约，不就显得他们唐家好欺负了吗？

唐沫颜小声说：“虽然他这样对我，可我还是喜欢他，我还是不想跟他解除婚约……”

唐母很是无奈地说：“好、好、好，解除婚约的事之后再说，当务之急是先处理这件事。”

另一边，公寓。

连城问韩胤希："刚刚你'岳父'不是打电话让你过去吗，你不去？"

韩胤希瞥了连城一眼，说："我为什么要去？我又不是召唤兽，随传随到的。"

连城笑了起来，说："所以你找了借口说不去吗？我估计他们是为了帖子上说唐沫颜不是唐家的血脉这件事吧，我还挺好奇的，她父母知道这件事之后会不会起疑呢？哪怕有一点怀疑，唐大小姐这地位就不保了。"

唐氏夫妇这么多年都没有怀疑过这件事，一旦有一点起疑，再联想起当年的事，这怀疑的口子就会越扩越大。

现在医学发达，做个亲子鉴定都不用等第二天就能知道结果。

韩胤希眼眸沉了下，说："这件事现在还不能揭露。"

连城不解地道："为什么啊？唐沫颜本来就不是唐家大小姐，占着这个身份也够久了，早点揭露，唐氏夫妇还能早点找回他们的亲生女儿。"

韩胤希说："我跟她还没有解除婚约，如果这时候她的这个事爆出来，我又跟她解除婚约，你觉得别人会怎么看我？"

连城笑着看他："你不是这么在意自己名誉的人吧？"

这说明他顾虑这个是另有打算。

韩胤希把笔记本电脑放到一旁，双手撑在双膝上，把玩着桌子上的东西，淡淡地说："我只是不想多生事端。"

连城当然明白他的意思，他们的计划已经在进行中了，多生事端就容易产生变故。

连城说："那你不该急着跟她解除婚约啊。"

韩胤希说："我本来也没想这么早，但是……她回来了，我不想再让她难过。"

连城知道他指的是谁。

这大概是谁都没想到的变故，多了这么一个人，可以左右他的决定。

连城撸了撸手臂上的鸡皮疙瘩，笑着说："你赶紧把人追回来吧，真是受不了你。"

说到这个，韩胤希又发愁了。

他点进微信，看着与子颜的聊天框，想起她跟南司耀聊得那么欢快，而他想跟她说一句话都那么难。

他好想听她的声音……

韩胤希忍不住想给她拨个语音电话，哪怕聊两句就好，但手指始终不敢点下去。

连城看到他的动作，就知道他想做什么了，鼓励地喊道："点啊！"

韩胤希瞥了连城一眼，说："你别吵！"

连城哭笑不得地道："这么𡲢，这真的是你吗？连打个语音电话给女孩子都不敢。"

韩胤希解释："都这么晚了，说不定她已经睡了。"

连城看看时间，快晚上十一点了，这个时间睡了也有可能。

于是连城笑道："你发条信息过去，问她睡没睡，不就知道了吗？"

韩胤希皱起眉头说："如果她睡了，吵醒她怎么办？"

连城无奈地道："你这么体贴她知道吗？她又不知道！兄弟啊，追女孩子不是光体贴就行的，而且你的体贴也要让她知道，不然你这样追，一辈子都追不到啊！"

韩胤希当然也不想进展这么慢，问："那你说怎么办？"

连城泡妞的段位可是很高的，想了想，就给他指点："你呢，加了人家的微信，就要时不时找她聊聊天。随便聊什么都行，别让话题停下来就行，然后呢，找机会约她出来。对了！这不是快周末了吗？不然你约她看电影吧？"

周末……韩胤希立马就想到，周末了，也就是说这两天时间不用上学，他就见不着她了，这让他不禁思考起连城的提议。

他担心地问："那要是她拒绝了怎么办？"

连城摊手："拒绝了再说咯！你试都没试过，就担心她会拒绝，那怎么行？你试过就还有机会，不去试，就一点机会都没有！

"追女孩子不是像你这样，就待着不动，等女孩子自己撞进你怀里吗？做梦吧你！

"你自己不追，就等着她被别人追走。"

连城最后这句话戳到了韩胤希的心上。

他想着南司耀就是主动地缠着她，才变成了现在这样，两人你来我往，好像有说不完的话。

对，他不能坐以待毙，不能就这样等着自己喜欢的女孩儿被别人追走。

“好！”韩胤希应了声。

然后他便给子颜发微信，问得开门见山：“你周末想去看电影吗？”

连城惊愕地看着他：“兄弟……”

有你这样问的吗？你好歹先跟女孩子聊聊别的话题，再找机会问这个吧？

过了五分钟，韩胤希失落地把手机丢到沙发上：“她没有回我，应该是不想跟我去看电影。”

连城：“……”

果然恋爱会让人智商变低，再次证实了这句话。

“这才等了几分钟，再等等吧，说不定她还没看到消息呢？”

于是，再等，两个大男人就这样盯着手机，全神贯注的样子。

过了不知多久，终于，聊天框里跳出一条新信息：“约了人。”

韩胤希浑身仿佛布满了低气压，低沉地说：“她约了人……”

连城好奇地问：“她约了谁？”

韩胤希烦躁地说：“我怎么知道！说不定是南司耀。”

连城忍不住惊叹道：“这个南司耀还挺厉害的，比你厉害多了！你看看人家……”

说着，他还搭上韩胤希的肩。

韩胤希肩膀一垂，弄掉他的手，说：“我又不像他那么死皮赖脸的。”

连城调侃道：“对，你清高，你就清高着吧，现在他们都约去看电影了，随时有下一步进展，到时候你别哭给我看就行。”

韩胤希：“……”

过了会儿，韩胤希问他：“现在怎么办？”

连城给了两个字：“抢人！”

韩胤希虚心求教：“怎么抢？”

连城说：“这个嘛……具体问题要具体分析，等我想好了再告诉你……”

韩胤希白了他一眼。

想到她要和南司耀去约会，韩胤希整个人就很烦躁：“所以现在到底要怎么办？我不能眼睁睁地看着她跟别的男人一起看电影吧？”

连城不怕死地说：“你除了要眼睁睁地看着她跟别的男人看电影，还可能要眼睁睁地看着他们约会，看着他们牵手，看着他们……”

韩胤希倏然举起拳头。

连城怕死地缩了一下，这时候才起了求生欲：“我开玩笑的！”

韩胤希一字一顿地说：“她是我的！”

连城突然打了个响指，道：“我想到了！”

韩胤希盯着他，等着他说下去。

连城得意地说道：“我觉得这个主意很不错，既可以破坏她的约会，成功抢人，又可以找机会问她……”

“快点说！”韩胤希催促。

做坏事当然不能说得那么大声，连城凑到韩胤希耳边，说起了悄悄话。

第三十四章
她承认她是安子颜

周五。

论坛上的那些变化，子颜一概不知，她满腹心思都在考试上。

而其他人，因为昨晚追八卦追得过于投入，所以一个个没睡饱的样子，上午的考试简直一塌糊涂，下午才稍微好点。

终于考完了，老师宣布可以放假了："大家周末好好放松一下，周一见。"

众人发出欢呼声。

这时韩胤希出声说："大家考试辛苦了，为了让大家放松一下，今天晚上我请大家吃饭。"

同学们哗然了，这还是第一次韩少请班上的人吃饭，今天是什么好日子啊？

韩胤希说："我想大家应该也饿了，收拾收拾，我们这就去丽思。"

一听到要去丽思，大家都高兴了，毕竟像丽思这种高端会所，他们平时不是想去就去的。去丽思会所，说明吃完饭还可以享受会所里面的待遇，不管是SPA还是各种好玩的，应有尽有。

"好耶！谢谢韩少！"有人喊了一句。

其他人也跟着喊了起来。

坐在前面的南司耀往后仰躺着，吊儿郎当地说：“哟，韩少，这么大手笔啊？”

“走吧。”韩胤希这句话是对子颜说的。

“我就不去……”子颜打算拒绝，她刚考完试，更想回家休息。

然而南司耀打断了她的话：“去啊！为什么不去？难得韩大少爷请吃饭！丽思耶，我好像还没去过，去见识见识也好。”他想起什么，问韩胤希：“对了，听说丽思有最贵的鱼子酱和黑松露，可以吃到饱吗？”

韩胤希说：“吃到你撑死都行。”

“我有点累，想回……”子颜还是不想去。

南司耀又打断她的话：“就是累了，才更要去啊！那里有温泉、有桑拿，还有SPA，你想怎么放松就怎么放松，比你在家里待着好多了。”

其他人也很有眼色，生怕她不去韩少就取消这次的福利，一个个出言相劝。

“去嘛，穆子颜，这算是班上的集体活动，你怎么能不去呢？”

“对啊，不能这么不合群。”

“就这样了，大家都去，一个都不能少！”

最后一句话说出来的时候，有人看向唐沫颜坐的位置。

今天唐大小姐没有来，不知道是因为要考试，还是因为论坛上那件事。

有人问韩胤希：“韩少，要叫唐大小姐吗？”

韩胤希淡漠地说：“少她一个没关系，大家走吧。”

没人敢再问了。

于是大家快速地收拾好东西，鱼贯而出。

坐车的时候，南司耀还想着怎么跟韩胤希抢人，他快速地拉了子颜，把她塞到自己车上。

谁知等他坐上了驾驶座，就见自己的车后座上多了一个人。

“韩胤希？你的车呢？”

韩胤希说：“车坏了。”

南司耀才不信：“别人的车应该还有位置吧？”

韩胤希舒服地往后靠，微笑着看了看身边的子颜，对他说：“你这车就挺好的。”

南司耀这才发现自己失误地把她塞到了后座，当时动作太快了，只想着抢人。

韩胤希说："快开车吧，其他人都走了。"

南司耀没办法，只好开车了。

"等等，不对啊……"他从后视镜瞄了瞄，不满地挑眉，"我这不是成了你们的司机吗？"

韩胤希说："澳洲大龙虾，新鲜空运来的，要吃吗？"

南司耀顿了一下，问："可以做香辣口味的吗？"

韩胤希点头。

南司耀决定容忍韩胤希一次。

从星尚去丽思至少要四十分钟的车程，这一路上，子颜没想到会跟韩胤希坐在一起，所以有点坐立不安。

韩胤希的手臂则是很随意地横放在椅背上。

子颜不想靠他那么近，不着痕迹地贴近了车门，假装在看车窗外的风景。

就在这时，有几滴雨水滴落在挡风玻璃上，接着雨慢慢地越下越大。

南司耀嘟囔一句："怎么下雨了呢？"

不知不觉，车子就到了去往丽思的那条路。

子颜看着熟悉的路，想起了故事最开始的那场车祸。

虽然她现在还活着，一切也还原了，但她想起时还是不免有些惶惶然——那是她第一次经历生死。

偏偏今天又下了这么大的雨，让她恍然间像是回到了那天的情景。

雨帘中，在拐角的地方，突然从后面冲上来一辆车，差点要撞上他们，还好南司耀驾驶技术不错，躲开了。

子颜没坐稳，车子的甩动让她往另一个方向摔去。

一双手臂稳稳地接住了她。

下一秒，她被拥入一个宽阔的怀抱，那人体温有些烫人。

前方的南司耀只顾着骂前面超车的，没注意到身后的两人是什么姿态。

子颜被这体温熨得心慌，伸手推了推，想要起身。

然而，韩胤希把她搂得死紧。

"别动。"他的薄唇像是贴在她耳边说的。

富有磁性的嗓音掠过耳畔，直钻入心尖，子颜有点受不了这样。

她小声说："你放开我。"

韩胤希把她整个环住，声音低哑地说："我不会再放开你了，永远都不会。"

子颜的心脏狠狠地颤了一下。

整个人被他温暖的怀抱包围，她有那么一刻的恍惚，好像她是他的宝贝一般。

子颜闭了闭眼，深呼吸一口气，声音带着微微的颤意说："你放不放？不放的话，我报警了。"

韩胤希轻笑一声，显然并没有被威胁到。

子颜现在只想要他放开自己。

他贴在她耳边说："我知道你是安子颜，就算你否认也没用……"

子颜说："我是穆子颜！"

她用力地想要挣开他。

但韩胤希抱得很紧，一双手如同铜墙铁壁，纹丝不动。

就在这时，车突然来了个急刹车。前面开车的南司耀跟着吼道："你干什么！"

两人都吓了一跳。

子颜趁着韩胤希分神，用手指捏他的肉，逼他松开一点力道，然后再用手肘顶开他。

韩胤希笑了，怕伤着她，只好算了。

十分钟后，他们到了会所。

他们班的人不算多，但也有四十几人，丽思会所毕竟不是饭店，没有那么大的桌子和包间，大家便分散在了餐厅各处，各自结伴为一桌。

子颜、韩胤希和南司耀很自然地坐了一桌。

其他人当然也想过来，但不敢，所以都抢着坐他们旁边的桌子。

韩胤希说："大家想吃什么随便点，今天我请客。"

一听这话，同学们高兴坏了，齐声喊道："谢谢韩少！"

南司耀一看这架势，赶紧朝韩胤希挥手，提醒他："喂、喂、喂，别忘了我的澳洲龙虾，还有鱼子酱和黑松露！反正我不吃最好的，只吃最贵的！"

最好是能把韩胤希吃破产，这是南司耀的目标。

韩胤希叫来了餐厅的领班，让他专门给南司耀点菜。

南司耀也不客气，点了一堆好菜。

子颜看领班走过来的时候，侧过头，假装摸眼镜，遮掩地躲了一下。

她差点忘了，她之前在这里打工一个多月，这里有些员工认得她。

但见南司耀点了那么多，还没有停下的意思，她忍不住开口：“你吃得完这么多吗？别浪费了。”

南司耀说：“吃不完我打包！”

子颜无言以对。

南司耀哼道：“又不是你的钱，你这么帮他省钱干吗？”

子颜不说话了，对啊，反正不是她的钱，有人摆阔要请客，那就让他出出血。

南司耀点完自己的菜，便问她：“同桌，你想吃什么？澳洲龙虾要一只吧？别看它个头大，其实没什么肉的。鹅肝要不要？”

子颜没好气地说：“我忌口，你忘了？”

南司耀这才想起来这茬：“你怎么还在忌口啊？看你最近精神状态挺好的啊，应该没事了吧？吃一点也没关系吧？”

子颜摇头：“我不吃太油腻的，给我点个粥就行。”

“来这里就喝个粥？也太浪费了吧！”南司耀叫道，然后问韩胤希：“听说这里高价请了个米其林三星厨师，是吧？”

韩胤希点头，但他更关心子颜的身体情况，问子颜：“你的身体没事吧？”

子颜说：“没事。我只要粥就好，简单的瘦肉粥，不要加其他的。”

韩胤希点头，对领班吩咐了声。

等他们点完餐，领班才支吾地解释道：“韩少，李经理刚刚有事出去了，可能过会儿就回来。”

韩胤希颔首：“知道了。”

领班走开了。

子颜见对方没认出自己，才暗暗松了口气，放下了遮掩的手。

南司耀看向她说：“你这眼镜……还挺难看的，为什么不换一副好看一点的呢？”

子颜不想多说，随便敷衍道：“没钱。”

南司耀立马就表示：“我给你买！”

韩胤希插话：“不用你，我给她买。”

南司耀哼了一声，说：“你买你的，我买我的，你管我啊！”

子颜说：“我不要。”

韩胤希睨着南司耀说：“我买给她就够了，用不着你。”

子颜说：“我说不用了。”

南司耀接着说：“用不用得着又不是你说了算，只要颜颜喜欢，我就给她买，我就乐意给她花钱！”

子颜说：“我不需要你们给我买东西。”

韩胤希说：“不是你乐意就行的，她说不需要，你没听到吗？”

南司耀反驳他：“她说不需要是不需要你的，不是不需要我的。”

子颜：“……”

有没有人尊重一下她的意见啊？

她蹙了蹙眉，猛地站起身：“我走了。”

两人同时拉住她的手。

南司耀赶紧说：“好了，不买就不买，你不喜欢就不买了。”

韩胤希说：“坐下吧，吃完饭再说。”

子颜这才坐下。

其实她已经很后悔来这里了，她不该来的，这里来来往往的员工都是她眼熟的，就算她戴着眼镜，也难保不会被认出来。

她总不能吃个饭都要全程用手挡住脸吧？子颜很是无奈。

没想到上菜之前，有一排服务员进来了，手中都端着个托盘，托盘里装着一杯杯色泽艳丽的红酒。

众人哗然：这是谁点的红酒啊？

这时有服务员到了子颜这桌，在每人面前放下一个红酒杯，解释道：“这是韩少点的。”

同学们都看向韩胤希。

有人问道：“韩少，你给我们点酒干什么？”

韩胤希淡淡地解释：“这是酒庄新出的酒，给你们尝尝，喜欢的话就多喝几杯。”

有人笑道：“韩少，那我喝醉了怎么办？没办法开车回家啊！”

韩胤希说：“会所里有代驾，你们也可以叫家里派司机过来接你们回去，当然，如果想留在这里过夜也可以。”

大家顿时欢呼起来。

“那我要在这里过夜，吃完饭后玩一下，然后做个美美的SPA，睡觉之前再泡个温泉，太美了！谢谢韩少！”

“那不然我们都留在这里过夜吧？晚上一起玩个游戏什么的，也挺有意思的，难得全班人一起出来玩。”

“好啊！这个主意不错！”

“我赞同，反正明天是周末，又刚考完试，可以放松放松。”

子颜则是皱起了眉头。

过夜……她当然不行。

南司耀问她：“同桌，你留在这里过夜吗？”

子颜摇头：“不了，我得回家。”

南司耀一脸遗憾地说：“刚考完试，就一起玩嘛，大家都在，难得这么多人一起，你就别回去了。”

子颜还是不肯：“我家人会担心的。”

南司耀不死心地继续劝道：“你跟家人说一声就行了，这里很安全的，而且我们都在，不会有事的。”

子颜说不过他，索性就不说了，只是摇了一下头。

这时韩胤希开口说：“吃完饭跟大家一起玩一玩，到时候我再送你回家。”

子颜刚想说不用，她可以自己回去，南司耀就不满地插话了：“凭什么是你送啊？你又没开车来，当然是我送。同桌，你就留下来玩吧，晚一点我再送你回家。”

韩胤希睨着南司耀说：“你是不是忘了这里是我的地方，我会没车用吗？”

南司耀说：“反正我不管，她是我同桌，当然是由我来送。韩胤希，你别忘了，你还没跟唐沫颜解除婚约，你现在还是有妇之夫，没资格跟我抢人。”

他又一次提醒韩胤希。

韩胤希脸色沉了下来，说：“这用不着你提醒我。”

南司耀哼了一声，道：“你自己知道就好。”

他觉得韩胤希这家伙一路的行为很可疑，感觉像是对子颜有什么企图，所以警告韩胤希一下。

正好服务员上菜了，韩胤希被香味吸引过去，就没再继续说话。

子颜也沉默着喝粥，想着吃完饭就回去。

韩胤希举起酒杯，对他们说："我们来碰个杯。"

南司耀端起酒杯晃了晃，放到鼻下闻了闻，就知道这是好货色，道："这是你投资的酒庄出的货？"

韩胤希颔首。

南司耀忍下脸上的羡慕，道："这红酒还不错啊，你赚了不少吧？"

韩胤希说："一点点。"

南司耀当然知道酒庄有多赚钱，心里只能"羡慕嫉妒恨"。

他豪迈地昂头喝完一杯，抬手打了个响指，把服务员叫过来给自己又满上，道："同桌，来，我敬你一杯。"

子颜摆手说："我不会喝酒，而且我现在也不能喝酒。"

南司耀说："没事，你以水代酒就行。"

子颜便端起水杯。

南司耀跟她碰杯，说："我特别高兴能跟你同桌，我以前那些同桌都无聊死了，整天只会拍我的马屁，哪儿像你这样，总是嫌弃我、不理睬我。"

子颜哭笑不得，道："我这样，你还高兴跟我同桌？"

南司耀嘿嘿笑着说："你这样才好啊，把我当普通人看待，我就喜欢你这样的！"

嗯……这怎么听着像要表白的样子？

韩胤希皱了下眉，也跟着举杯，跟他碰了下杯子，道："希望你改一下你上课吵闹的坏习惯。"

南司耀不满了："喂，碰杯又不是许愿，你干吗这样啊！还有，我哪里吵了！"

说着，他又昂头喝完一杯。

子颜怀疑这家伙是不是喝醉了，还嚷嚷起来了。

"好了，吃你的龙虾吧。"她挑出龙虾的肉，放到他面前的盘子里。

南司耀感动地看着她："还是我同桌好……嗯，好吃！"

韩胤希挑眉，看向子颜说："我的呢？"

你不能只给他夹，不给我夹吧？

子颜："……"

韩胤希干吗一副吃醋的样子？

她喝了一口粥，便起身说：“我去一下洗手间。”

她其实是找借口想溜，她这个时候神不知鬼不觉地溜走，估计没人能想到。

果然，南司耀和韩胤希都没察觉异样。

子颜走出餐厅，她对这里很熟，直接从一个拐角穿过，再绕过一个地方，就能到前台了。

这时，她经过了一个房间，房间里传来的声音，让她瞬间停下脚步。

“李经理，我要去工作了……”里面的女声渐渐地带了哭腔，很无助的样子。

子颜终于听不下去了，伸手推开了门，走了进去。

只见屋内，李经理正把一个女孩儿压在沙发里，一只手还伸进人家的衣服里。

女孩儿两只手都推拒着，急得眼睛都红了。

李经理没想到会有人闯进来，这里比较偏僻，如果不是工作人员，很少有人经过这里，但这个时候会所的工作人员应该都在忙着伺候韩少才对。

突然闯进来的人把两人吓到了，女孩儿甚至忘了推开身上的人，李经理的手也一直在女孩儿的衣服里，忘记拿出来了。

子颜索性拿出手机，对着他们拍了一张照片。

李经理顿时就惊了，指着她问：“你干什么？你干吗拍照？！赶紧删了，快删了！”

子颜冷着脸说：“你的手还不拿走？”

李经理这才慌张地把手从女孩儿的衣服里拿出来。

女孩儿受惊地缩到一旁，彷徨地看着子颜。

愣了一下，她认出了子颜：“是你啊，子颜……”

李经理也认出子颜了，惊讶地道：“怎么是你啊，安子颜！你怎么会在这里？”

本来因为被撞破的慌张，加上安子颜戴着一副眼镜，所以他一时没认出来。

子颜没应答，只是问她：“小梦，你是心甘情愿的吗？”

小梦一愣，羞愧难当地咬着下嘴唇。

子颜说：“我知道你不是心甘情愿的，你并不喜欢他对你动手动脚，但你怕丢了工作，只能忍受他对你的骚扰，对吧？”

小梦红了眼。

李经理已经结婚了，她怎么可能会喜欢他呢？

子颜叹了一声：“你真的要用自己的身体去换这份工作吗？值得吗？”

小梦的眼泪吧嗒吧嗒地掉下来。

之前子颜在这里打工的时候，就发现这件事了，但没证据，也做不了什么，只能暗中提醒小梦，让她性子别那么软，该拒绝的时候还是要强硬地拒绝。

李经理太懂得看人了，就是看小梦好欺负，所以才敢下手。

今天他成功逼着小梦陪他去看了电影，眼看着就要得手了，怎么能容许这时候跳出一个程咬金？

李经理怕安子颜说动了小梦，赶紧打断她的话：“安子颜，你是怎么进来的？这里是你能来的地方吗？你给我出去，滚出去！”

说着，他还指向门口。

“你再说一遍，你让谁滚出去？”一道低沉的嗓音如天神一般降临。

李经理一听这声音，腿立马就软了：“韩、韩少……”

李经理望过去，才发现自己的手指正好指着韩胤希，吓得赶紧把手放下来，也不知道为什么，浑身开始发抖。

安子颜愣怔在原地，眼底有着惶然。

他刚刚……全都听到了？也听到了他们喊她安子颜？

韩胤希黑眸中带着明显的冷意，迈着长腿一步步走了进去，盯着李经理说：“你刚刚说让谁滚？”

李经理这次吓得直接软倒在地上：“我、我、我、我……”

李经理结巴得说不出话来，哪儿敢再重复刚刚的话！

李经理指向子颜，说：“她、她、她、她……”

韩胤希说：“她是安子颜，对吧？”

李经理用力地点头。

韩胤希看向子颜，那眼神仿佛在说：你还有什么想辩解的吗？

子颜感觉有些头疼，转身想走，但看了看惶恐的小梦，定住了脚步。

她不满地对韩胤希说：“你就允许你的店里发生这样的事吗？对女同事进行性骚扰，还利用职权来威胁对方，这就是你店里的管理人员吗？”

韩胤希冷眼扫向李经理，说：“李经理，你说说，这是怎么回事？”

听到这话，子颜哼了一声：“所以你是要听他的辩解吗？他说什么你就信？”

韩胤希解释：“我没说我信，但你也不能什么也不让他说，就定了他的罪吧？如果另有隐情呢？”

子颜生气地说：“我亲眼看到的！以前在这里打工的时候，我就发现他对小梦不怀好意了，小梦为了赚钱养家，所以不敢反抗他，你还要什么证据才能定他的罪？我就是证人！”

“你胡说！”李经理反驳起来，指着她对韩胤希说：“韩少，你别信她，是她诬陷我的，我跟小梦……我跟小梦什么也没有。”

李经理赶紧看向小梦，用眼神示意：安子颜就是个普通人，没权没势的，可保不了你。你敢坏我的事，我就让你没了工作！

小梦身子一抖，一脸不安，不知道该怎么办。

小梦知道安子颜是为了帮她，她怎么能反咬安子颜一口呢？

子颜看这色鬼还不知悔改，幸好她刚刚拍下了证据，她拿出手机给韩胤希看刚刚拍到的照片。

“手都摸进去了，你还想怎么辩解？你别告诉我你是在给小梦按摩。”子颜冷笑着嘲讽。

李经理脸都青了，打死不认：“她、她刚刚有点不舒服，说胸口闷，我就是帮她揉揉而已，这样也不行吗？我是出了名关心下属的，安子颜，当初你惹了唐大小姐，要不是我帮了你，你还不知道怎么样呢！”

他帮了她？子颜想起他窝囊的样子就来气。

“人家胸口闷，需要你揉？你还真是关心下属啊！这话你信吗？”

最后一句她是问韩胤希的。

韩胤希微微蹙眉，让人看不透他在想什么。

李经理生怕韩少信了这话，赶紧表忠诚：“韩少，你是知道我的，我对你是十二万分的忠心，你把会所交给我管理，我怎么敢在这里搞事情呢？再说了，我是出了名地怕老婆，我怎么敢背着我老婆做出这样的事呢？你说对不对？你别信了她的鬼话！”看韩胤希没说话，李经理赶紧又朝子颜泼脏水：“我知道了，安子颜，你是来报复的吧？你上次惹了唐大小姐，还打了人，你那点工资都不够赔的，我们当然不会发工资给你，没让你赔钱已经很不错了。”

韩胤希还是什么也没说，只是看向子颜。

他想起来了，之前他见过她。

韩胤希的记忆力向来不错，但他不喜欢认人，应该说，他不在乎那些在身边经过的人，所以就算之前见过安子颜，他也没有特地记住她。

没想到原来他和她之间早就有了交集。

什么车祸？难道就是因为那个车祸，她才跟唐沫颜互换了灵魂吗？本来是一个离奇的猜测，但他渐渐地发现，把她的事拼凑起来后，这个猜测越来越像是真的。

子颜看李经理转移话题，就懒得跟李经理辩解，对韩胤希说："事情我已经说完了，你自己看看怎么处理吧。"

这里是他的会所，他想护着李经理的话，她也没办法。

如果真是这样，只能说她看错了他。

子颜也并不指望小梦会站出来为自己证明什么，如果小梦不是那么懦弱，也不至于被李经理吃得死死的，有些人的性格是改不了的。

该做的已经做了，子颜正准备离开，手腕却被韩胤希给拽住了。

"你等等。"黑眸盯着她，他说。

子颜就静静地看着他。

这时小梦颤颤巍巍地站起来，一只手揪着自己的领口，带着哭腔说："韩少……是李经理逼我的，是他对我性骚扰，子颜只是想保护我而已……"

李经理没想到小梦敢站出来指控自己，顿时惊愕地瞪大了眼睛："你说什么呢！你这贱人，跟她一起合伙污蔑我是不是？！"

小梦掉着眼泪，显然是豁出去了，指着李经理说："上班时间，你逼我陪你去看电影……"

"没有！明明是你勾引我，让我带你去看电影的！"李经理索性倒打一耙。

小梦委屈极了，没想到李经理还反过来诬陷她。

"我手机里还有你发给我的信息，都是很露骨的内容。韩少，我可以给你看！"说着，她就颤抖着找出手机，翻出微信的聊天记录。

李经理顿时慌了起来："你……"

"她说的是真的吗？！"突然一道女声从门口传来，听着就是怒火冲冲的。

李经理愣怔了一下，看向门口：“老、老婆……你听我解释，这是假的！是她诬陷我的！”

女人冲了进来，发狠地拽住李经理的耳朵，那架势像是要把他的耳朵给拧下来。

“疼、疼、疼……老婆，真的不是你听到的那样！我没有对她怎么样，是她勾引我的！”李经理惨叫。

女人眼睛瞪得像恶鬼似的，吼道：“我早就怀疑了，这次被我抓到了吧！我告诉过你，敢背着我玩女人，你就死定了！”

李经理被拧得耳朵都红了，哭天喊地的：“老婆，我没有，我真的没有！”

子颜不喜欢这样的情景，太吵了，皱了皱眉头，想离开。

可是她的手还被拽着。

她看向韩胤希说：“你可以放手了吗？这里吵死了。”

韩胤希不放。

正好门口拥进来几个围观的工作人员，其中还有一个领班，韩胤希对领班说：“叫保安来，把他们都带出去，让他们到外面去吵。”

领班微愣，然后赶紧点头。

保安来得特别快，不管李经理情不情愿、怎么对韩胤希喊冤，都把李经理架了出去，李经理的老婆也跟出去了。

房间内终于清静了。

小梦怯怯地问：“韩、韩少，那现在……”

他打算怎么处理李经理？

如果李经理不被处理，继续留在这里的话，小梦就只能辞职了，不然绝对会被报复。

韩胤希却笑了一下，把问题抛给了子颜，问她：“你想怎么处理？”

子颜说：“你想怎么处理就怎么处理，这又不是我的店。”

韩胤希换个方式问：“那如果是你的店，你会怎么处理呢？”

他这话是什么意思？他为什么要问她的意见？

小梦虽然不解，但带着期盼看着安子颜，仿佛她说的话决定了自己的命运。

“随便你怎么处理！”子颜留下这句话就准备走人。

韩胤希却不肯放人。

子颜瞪着他说："你放手！"

韩胤希要起了无赖，说道："你不说怎么处理，那我就不处理了，让他回来继续上班，一切照旧。"

子颜愕然地道："你……"

他怎么能这样！他明明都知道李经理是什么样的人了，还留着这人？

韩胤希看着她的眼睛说："你说，你说怎么处理，我就怎么处理他，你想我炒了他，那我就炒了他。"

他又把问题丢给她来解决。

子颜觉得他莫名其妙，为什么非要她来做决定？

闻言，小梦期盼地看着子颜说："子颜……你说啊，你快点说啊！"

子颜很是无奈，但终于还是开口了："你炒了他。"

韩胤希笑了起来，好看的薄唇轻轻地吐出两个字："遵命！"

子颜听着这两个字就觉得很不妥，他这什么意思啊？

她脸上露出一抹不自然的神色，移开眼不看他，说道："你可以放开手让我走了吧？"

韩胤希身体往前倾，用只有两人能听到的声音说："你的记性这么差的吗？我不是说过以后都不会再放开你了吗？"

子颜："……"

这都什么跟什么啊？！这家伙霸道总裁的毛病又犯了是不是？

她瞪向他："你到底放不放手？我要回去了！"

韩胤希不跟她硬碰硬，对捧在心尖上的女孩儿，当然是要宠的，道："你想回去就说嘛，我带你回去。"

说着，他牵着她的小手带她走出了房间。

小梦站在原地愣怔了，再怎么迟钝也察觉了两人之间暧昧的气氛。

走廊中，子颜不情不愿地被他拽着走。

看他走的方向是餐厅的位置，她就皱起了眉头，道："我不想回去吃饭。"

韩胤希停下了脚步，回头看她："那你想去哪儿？"

子颜说："我想回家。"

韩胤希点头，道："好。"

然后他转了方向，带她往外走。

子颜还在想该怎么办才好，就被他塞进了车里。

“你喝了酒，不能开车吧？我自己打车吧……”

韩胤希把她摁住，道：“有司机开。”

子颜：“……”

让她没想到的是，韩胤希把她带回了他的公寓。

站在熟悉的公寓门口，她愣了愣神。

韩胤希拉她进屋。

“等等……”子颜哪儿可能跟他进去啊，急急地刹车，用脚顶住门，不让他拉自己进去，“我不进去！你干吗带我来你家啊？”

又是这样，她说要回家，他就带她来他家。

韩胤希微微一笑，说：“你怎么知道这里是我家？你来过？”

“我……”子颜支吾。

她被他套路了！

“我猜的啊！这里不是你家，难道是我家吗？”

韩胤希点头说：“只要你愿意，这里以后就是你的家。”

“……”子颜板下脸，“我不愿意！”

他是什么意思嘛！子颜想起在丽思会所的事就有点心慌，更不知道他带自己来这里要干什么。

他是要拆穿她吗？

韩胤希拉了拉她，道：“先进来再说，别站在门口说话。”

“我不要。”子颜摇头，继续坚持，“我不要进去，你放开我，我要回家。”

韩胤希漆黑的眸子盯着她，说：“我不想对你动粗，我们好好谈一谈，好吗？”

子颜沉默了。

谈什么啊？谈她是不是安子颜吗？他都已经亲耳听到了，还想怎么谈？

可就算她是安子颜又怎么样呢？跟他有什么关系吗？

韩胤希说不用硬的就不用硬的，只是跟她僵持。

子颜无奈地说：“你到底怎么样才肯放我走？”

韩胤希说：“进屋，我们谈一谈，然后我就送你回家。”

子颜知道他有多强硬，思考了一会儿，终于还是妥协了，松了一点力道。

韩胤希欢喜地拉她进屋。

谁知门一关，房间里是暗的，灯还没打开，子颜就感觉自己被拥入了一个温热的怀抱。

她耳边是他的呼吸声，近在咫尺。

第三十五章
以后都只有你

“你……干什么……”突然被他抱住，鼻息间都是他的气息，这让她的心跳不受控制。

要是被他听到了，那多尴尬啊，子颜双手用力要推开他。但他抱得死紧，仿佛抱着失而复得的宝贝，甚至勒得她有些难受。

“喂，你抱就抱，别收这么紧行不行？”

听到她的抱怨，韩胤希才松了手劲，但还是没有放开她。

“颜颜……我真的很后悔，你知道吗？”

子颜顿了一下，说：“后悔……什么？”

听着他喊颜颜这个名字，她好像回到了之前她还是唐沫颜的时候。

韩胤希深深地叹了一声，说道：“我很后悔没有跟你坦白，没有告诉你我早就知道你不是唐沫颜，是安子颜。我很后悔丢失了你才知道你对我来说有多重要……”

他这话让子颜整个人愣怔住了：“你……”

他是怎么知道的？他为什么会知道？

待了一会儿，子颜才声音沙哑地问：“你是怎么知道的？”

“这是真的？”韩胤希猛地拉开距离，像是在看着她的眼睛。

只是房间里太暗了，她看不太清他的动作。

或许是黑暗给了她勇气，她愣怔地点了点头。

这个秘密，她还以为到死都没人会知道，还以为她要一直隐瞒着，谁都不能告诉。

韩胤希夜视能力极佳，看到她的点头后，整个人高兴坏了——那个离奇的猜测居然是真的！

他问："为什么会这样？为什么你会变成唐沫颜？"

子颜摇头说："我怎么知道？"

韩胤希没有追问，毕竟这种离奇的事可能只是一个偶然，或许是天意？

他更愿意相信是后者。

就因为发生了这样离奇的经历，才让他遇到了她。

他继续问："所以这个是真正的你吗？可是为什么你要改名叫穆子颜？"

子颜支吾了一下，这其中的缘由当然不可能告诉他，道："我之前是安子颜，但现在我是穆子颜。"

韩胤希也不在意，反正只要她是她就行。

他又把她搂到了怀里："没关系，你是我的颜颜就行。"

名字不过是个代号，所以叫什么名字不重要，重要的是她这个人。

子颜耳朵都红了，说道："谁是你的颜颜啊……"

"你啊，勾走了我的魂，现在不想认账了吗？"韩胤希表示对她的指控。

这丫头根本不知道，在她换回去的那段时间，他以为失去了她，经历了怎样的心理折磨。

子颜被他这话弄得很难为情，只好转移话题说："你什么知道我是安子颜的？你是怎么知道的？"

就算她前期破绽百出，但也不是那么容易就被认出来的吧？

再说了，他怎么会知道她是安子颜呢？她从没有说过啊！

韩胤希想起之前她醉酒的样子，有点怀念，带着点笑意说："你自己告诉我的。"

子颜错愕："不可能！我怎么可能告诉你这件事！"

这种秘密她打死都不会说的啊，她怀疑他是骗她的。

韩胤希却很认真地说："真的是你告诉我的，不然我怎么可能会猜到这么离奇的事呢？”

虽然灵魂互换他是之后才猜出来的。

子颜闭上眼睛，用力地想了想，就是想不起来自己什么时候告诉过他。

怎么可能！绝对不可能的啊！她整个人蒙了。

过了一会儿，她聪明的脑袋瓜才反应过来——她告诉过他，而她自己却不知道、不记得，那就说明她是在没有意识的情况下告诉他的，也就是说……

子颜瞪着他问：“你之前灌醉我那次？”

韩胤希笑而不语。

他的沉默代表了默认。

子颜气得伸手打他，说：“你怎么能这样啊？！”

韩胤希接住她的小拳头，说：“不然我该怎么办？你什么都闷在肚子里，不跟我说，我不用一点办法怎么知道你的秘密？”

子颜很生气地说：“那你也不能用这种方法啊！”

韩胤希问：“那我直接问你，你会说吗？”

子颜顿了一下。

她当然不会说……

韩胤希想起了连城之前说的话，果然直接问是没有用的，这丫头心思太重，总是什么都藏在心里，什么都自己承担。

韩胤希叹了一声，说：“我也不怪你瞒着我，毕竟这种事你就算说了，我可能也不会信……”

那个时候他还以为她是另一个人，甚至以为她是唐沫颜的双胞胎姐妹，就算当时她告诉他，她们是互换了灵魂，他很可能也不会信。

子颜没说话。

韩胤希拥着她，感受着她在自己怀中，这才感觉心里安定了一些。

子颜垂下眼眸，低声说：“说了又怎么样？你身边不是还有一个江向晚吗？”

他身边，多她一个不多，少她一个也不少。

韩胤希听出了她话中的难过，想起她离开之前，正是被他伤透心的时候，她当时以那样的状态回到她的身体里，是什么样的心情呢？

韩胤希贴着她的脸蹭了蹭，用低沉的嗓音说：“不会再有别人了……

没有江向晚，也没有别的女生，只有你，以后都只有你。”

子颜并没有被他这情话感动，声音低落地说：“你就算对她不是男女之情，但你永远放不下她，不是吗？在你心里，她永远是第一位的。”

她不想承认自己小气，但她真的很介意这一点。

谁不想自己喜欢的男人心里只有自己呢？哪怕是百分之九十九都不行，必须是百分之百，必须是全部。

她不觉得这个要求很高，这是基本要求不是吗？

说她眼里容不得一粒沙子也好，她就是接受不了自己喜欢的人心里还有别人。

“不是！她不是第一位！”韩胤希激动地反驳她，拉开两人的距离，望着她的眼睛肯定地说，“现在，你才是第一位。”

子颜笑了一下：“那她是第二位。这又有什么差别呢？”

韩胤希微微一顿，然后说：“我把她当妹妹看待，甚至是亲人……她的父母因我而去世，留下她一个人，所以我没办法丢下她不管，再加上我跟她从小一起长大，说没有感情是假的。但我很清楚，我对她没有男女之情，我把她当朋友、当妹妹、当亲人，这些都可以，唯独爱情是没有的。”

子颜诧异地看着他，原来是这样……

她也不是蛮不讲理的人，江向晚的父母因他而去世，他自然不可能丢下江向晚不管，如果他那样做，她反而会觉得他太无情无义了。

可是……子颜凝重地说：“可是她对你是爱情啊，她不可能放弃你，你又舍不下她，那我……”

果然，她还是小气了，她接受不了这样，这样总有一天会出问题的，她不喜欢这么复杂的关系。

韩胤希笃定地说：“她会放弃的！”

子颜觉得他是在自欺欺人，说道：“如果她一辈子都不放弃呢？”

韩胤希笑了，摇头说：“不可能的。”

子颜有些生气地说：“你怎么知道不可能？”

韩胤希捏住她的小手，说：“因为人的心是肉做的，如果得不到回应，谁都不可能一直坚持下去。以前我没有遇到你，所以我给了她很多关心，但现在不一样，我有你了，我不会再让她有任何的误会，她只能死心，否则她连我这个唯一的朋友都会失去。”

她连他这个唯一的朋友都会失去……

子颜愣怔了一下，道：“你做得到吗？”

韩胤希没有犹豫地点头，黑眸深邃地望着她，道：“我做得到，因为我也只是个普通人，我也想要得到爱，如果鱼和熊掌不可兼得，那我也会毫不犹豫地做出取舍。”

人都是自私的，他也不例外。

这种气氛之下，当然是很自然地来一个吻，韩胤希觉得这个可以有。

他一只手托着她的背，想要低头吻下去。

然而子颜却一个侧头，躲了下。

下一秒，灯光亮了。

子颜呼出一口气，这样她感觉好了些，之前处于黑暗之中，她总感觉有些东西会失控。

面色似有羞赧，她往后退开一步，对他说：“我、我要想想……”

韩胤希没有逼她，等着她想好。

这个气氛之下太让人无法思考了，子颜觉得有些待不下去，心跳得太快了。

“我想回去了……”她呢喃道。

韩胤希犹豫了下，选择当个绅士，温柔地说：“我送你回家。”

子颜没说什么，只是往外走。

韩胤希跟在她身后。

尽管两人在电梯里什么也没说，但气氛却并不像之前那样了。

上了车后，他终于忍不住开口问道：“你想好了吗？”

子颜说：“哪儿那么快啊！”

韩胤希问：“那你要想多久？”

他们之间的问题不是已经解决了吗？

子颜转开头，不好意思的样子，道：“不知道，等我想好了再告诉你。”

韩胤希告诉自己要慢慢来，便点了下头，轻柔地说：“没事，你慢慢想。”

子颜有些意外地看着他——这家伙的霸道性子居然收敛了？

韩胤希启动了车子后，发现她在看自己，便转过头看她。

两人目光对视。

子颜似是害羞地转开头，假装看窗外。

韩胤希正好看到了她通红的耳朵，知道她不是无动于衷，心情顿时好得要飞起来。

突然一阵提示音响起，子颜回过神，发现是自己的手机在响。

她找出手机，点进微信。

是南司耀发来的："都大半个小时了，你人呢？去个厕所这么久，你掉坑里了吗？"

子颜啪啪地打字回复："你才掉坑里了。"

南司耀赶紧问："你在哪儿呢？大家都吃完了，要去玩了。"

子颜说："我回家了。"

南司耀发出一串感叹号，然后是一张满头问号的表情图，又问："你怎么回家了也不跟我说一声？"

子颜不知该怎么解释，便简单地说明："家里人在等我。"

南司耀问："你是怎么回去的？韩胤希送你回去的？"

子颜想否认，但又不想说谎，犹豫了一下，不知道该怎么回复他。

南司耀那边又连着发了几条信息过来：

"我就知道，你跟韩胤希同时消失肯定有猫儿腻，你跟他偷偷去约会了？

"你不是说不想跟他扯上关系吗？

"果然，女人的嘴，骗人的鬼。"

子颜哭笑不得，尤其是他中间那句，让她的脸有点疼。

她回复道："我没有。"

她悄悄地瞄了一眼身边开车的韩胤希，心想这也不算说谎吧？她确实没有跟韩胤希约会啊，这根本不算约会。

南司耀怀疑地道："真的没有？那你为什么不让我送你回家？明明我才是你的同桌。"

子颜说："你不是喝了酒吗？怎么开车？"

南司耀发过来一张郁闷的表情图，然后又是连续几条消息：

"这是韩胤希的诡计，我中了他的计！

"他是故意灌我酒，让我喝了酒就不能送你回家了。

"韩胤希真是卑鄙无耻！他是我见过最狡猾的人！"

南司耀觉得骂得不够泄恨，又用语音骂了一次。

子颜不知道他的语音是说这些，点开了听，还吓了一跳。

正好遇到红灯，车停了下来。

韩胤希显然也听到了语音，转头看过来，问：“他骂我？”

虽然那语音里说的是“那家伙”，但他猜到南司耀是在骂他。

子颜点头，道：“他说你故意灌他酒，让他喝了酒后不能载我回家。你真的是故意的？”

她也挺好奇的，所以想知道答案。

韩胤希勾唇，嘴角噙着笑意，看向她说：“你说呢？”

子颜抿嘴，说：“我怎么知道啊。”

她眼里有笑意，明明就知道。

韩胤希叹了一声，说：“本来想留你在会所的，但你不喝酒，我也没办法。”

他的原定计划是留她在会所过夜，然后班上的人难得聚一聚，一定会玩到通宵，这样她第二天就没办法去赴那个什么约会了。

谁知道她这么聪明，半路偷偷溜走了。

幸好他够机智，察觉了她的意图，不然就没办法撞见李经理欺负她的事，也就没办法让她承认她就是安子颜了。

过了一会儿，车到了目的地，是她说的地址。

韩胤希把车停靠在一旁，疑惑地看着四周：“你住在这里？”

这里不像是住人的地方，更像是商圈。

子颜说：“不是，我让人来接我。”

说着，她就拉开门要下车。

韩胤希摁住她的手，很想问她为什么不让自己送到家，但想着她可能是不想让人知道她住在哪儿，就算了。

子颜看他一副欲言又止的样子，问道：“怎么了？”

他还有什么想跟她说？

韩胤希深邃的黑眸望入她的眼，用低沉的嗓音说：“别让我等太久。”

子颜对视他的眼，有种被夺取魂魄的错觉。

两人就这样望着彼此。

过了一会儿，子颜才回过神来，低下头，推开车门，下了车。

她拿出电话，打给司机。

很快，韩胤希就见一辆车停到了她面前。

是一辆黑色的宾利，这车可不便宜，低调且奢华。

其实他很想知道她后来发生了什么事，为什么改名叫穆子颜，为什么转到星尚来，他有很多疑问。

尽管他知道，跟着她的车，找到她的住所，就能查出很多事情，但他并没有这样做。

虽然他很想，但他不能这样做，他更想要的是，她主动地告诉他所有的事，而不是他自己去查。

明明她回到了原本的她，他也知道了她的真实身份，可是他发现，她好像还是有那么多让他猜不透的秘密。

其实韩胤希并不喜欢任何不受控的东西，尤其是她，在失去过她一次的情况下，她有那么多他不知道的东西，这种自己无法掌控的感觉，会让他产生不安。

韩胤希回到公寓的时候，发现房里多了一个人。

他差点抡起旁边的花瓶就砸上去，幸好认出了是连城。

他问："你是怎么进来的？"

连城摊手道："走进来的啊。"

韩胤希挑眉，说："我记得我锁门了。"

连城笑着点头，说："我可以做证，你确实是锁门了，但你是不是忘了你之前给了我开门的密码？"

韩胤希皱眉想了十几秒，终于想起来了，确实有这么一回事。

就是他之前酗酒，喝醉的一天，因为懒得去给连城开门，就索性告诉了他门锁的密码。

"你来是不是应该跟我说一声？别这么突然出现，很吓人，你该庆幸我手上没有枪，不然你的脑袋就开花了。"

"兄弟！"连城上前，一把搂住他的肩膀，笑容有几分暧昧，"先说说你跟她的事吧，怎么样，是不是成功了？我看你发的消息，都能想象到你弯起的嘴角，那满到溢出屏幕的高兴……"

韩胤希用手肘顶开连城，说："我跟她说开了。"

连城听他说完，哇了一声，道："我之前就说嘛，有什么事直接问就好，你这磨磨蹭蹭的性格，如果没我在，可怎么办哦！只能注定孤独一生了。”

韩胤希白了连城一眼，道：“你才注定孤独一生。”

“好了、好了，知道你有人了，不是注定孤独一生，是我注定孤独一生，行了吧？快点说说，你们进展到什么程度了？在那样干柴烈火的情况下，一定……”连城表情夸张，声音也夸张，露出的笑容也很猥琐。

其实韩胤希一路回来的时候就很后悔了，后悔自己为什么不把她摁在墙上，强势地吻上去，干吗要装什么绅士？

一只手突然在他面前乱晃。

连城把脸探过去，问：“你在想什么呢？”

韩胤希一脚就踹过去。

还好连城身手够好，敏捷地躲开了，道：“我知道了，你一定是在想什么不可描述的事情，对吧？啧啧，有女朋友的人就是不一样啊……”

韩胤希说：“你走吧，不想看到你。”

连城错开身子，指着茶几上的东西，摊手说：“我买了这么多好吃的过来，你居然赶我走？你是真心的吗？”

韩胤希说：“如果是呢？”

连城委屈巴巴地说：“那我很难过。”

韩胤希绕过连城，道：“出门的时候记得帮我关上门。”

连城才不走，跟着他在沙发上坐下，还大爷似的把双腿交叠在茶几上。

“我不走！”连城双手环胸。

韩胤希睨着他说：“你是要我把你丢出去吗？”

“哇，兄弟，你这么狠心吗？”连城不可置信地看着他。

韩胤希点点头。

连城突然神秘兮兮地伸长脖子，手指对他勾了勾，道：“我有件大事情告诉你，想听吗？”

韩胤希一口拒绝：“不想。”

连城说：“是跟你家安子颜有关的哦，你也不想听吗？真的不想听吗？好吧，不想听就算了，那我走了，再见！你真的不想听？我告诉你，你不听的话，一定会后悔的！你绝对会后悔的！”

连城一边说着，一边作势要走，只是起身的动作很慢，迈出的步子很小。

韩胤希觉得连城嚷嚷得有点吵，道："你别吵，走快一点。"

居然还赶他！真是太过分了！连城气愤地回到原位，坐下来，说道："哼，我不走了！"

韩胤希扫了一眼茶几上那些零食，说："对了，把这些也一起拿走。"

连城见他都不接自己卖的关子，只好自己委屈一点，给他透露一点："你家安子颜是真的改姓穆了，不是假名字。"

韩胤希终于有了反应，问道："你是怎么知道的？"

连城得意地说："我有个黑客朋友，他最近正好在国内干点活，我就让他帮忙查一下安子颜的资料，没想到她真的是叫穆子颜，不是叫安子颜。"

韩胤希问："那她为什么改名？"

连城摊手说："这我哪儿知道啊，她现在不是你的女朋友吗？你应该问她本人去。"

韩胤希瞥了他一眼。

如果能问本人的话，韩胤希还问他？

"你想说的就是这个吗？"

韩胤希的话外之意就是，你要是把话说完了，那就请回。

连城笑眯眯的，不说话，还起身慢吞吞地走到冰箱那边拿了一瓶啤酒，打开来喝，然后又慢吞吞地踱回来，才道："你知道她现在住在哪里吗？"

韩胤希目光动了一下，问："她现在住在哪儿？"

现住址，这个在人事局的档案里面是需要填写的一项。

连城一字一顿地说："葵园！"

听到这个地址，韩胤希露出错愕的眼神，问："葵园？你是说真的？那里有人住？"

连城说："我也以为那里没人住，但一直有人打理不是吗？说明是有主人的。只是没想到这家的主人居然是你家安子颜，哦不对，现在叫穆子颜了，真是人不可貌相。"

韩胤希纠正他："人不可貌相不是这么用的。"

连城为自己辩解："随便啦！我又不是在国内长大的，成语用得差很正常吧？"

韩胤希笑了一下，道：“还知道这是成语啊，那很棒了，对你的要求不能太高。”

言归正传，连城转回刚刚的话题：“那个葵园面积这么大，还处于燕城那么好的位置，你说，这得多有钱才买得起这么大块地？”

韩胤希说：“不知道。”

连城自己算了算，是一个天文数字，还是放弃了。

“兄弟啊！”连城勾住他的肩膀，一脸激动地说，“天上掉下来的大馅饼啊！傍上这么个女朋友，你还那么努力赚钱干什么？吃软饭就行了！”

韩胤希把连城的手拉起甩开，道：“不好意思，我喜欢吃硬的。”

连城摸着下巴说：“你说这个穆子颜到底是什么来历啊？我真是好奇死了！”

韩胤希不是不好奇，但他已经决定了，不会去查子颜。

他无情地对连城说：“那你就死在这里吧，我去洗澡了。”

谁知，他刚要起身，手机就响了，是子颜发来的微信。

韩胤希的表情立马就变了，从刚刚的“无情”变成了脸上开了花似的。

“回到家了。”

他的颜颜真乖，回到家马上就给他汇报，怎么这么可爱呢！

连城好奇地伸长脖子，想要偷看他的手机：“谁发来的，你家穆子颜？”

韩胤希不理会连城，抱着手机回了房间，砰的一声关上门，还上了锁。

连城坐回沙发上，吐槽一句：“小气鬼！”

翌日。

这天是周末，子颜心情好，所以难得地放松自己，睡了个懒觉，但她也只是睡到上午九点就起床了。

她下楼的时候，王慧玲已经在客厅了，正在喝花茶。

看到她，王慧玲笑道：“小懒猫，起床了？”

子颜伸了伸懒腰，点头回以微笑：“妈妈，早餐呢？我好饿。”

就算已经知道王慧玲不是自己的亲生母亲，但有这么多年的养育之恩，她还是把王慧玲当妈妈。

王慧玲说："在热着呢，我去端给你。"

"不用了、不用了，你继续喝你的茶，我自己过去吃就行。"子颜走过来把王慧玲摁住，笑着走向饭厅。

而用人动作很快，在她刚走近时，就已经把早餐端上了桌，恭敬地道："小姐，请用餐。"

子颜礼貌地说："谢谢。"

用人微笑着退到一旁。

她才刚吃了一口早餐，还没咽下去，就收到了一条微信，是韩胤希发来的。

想起昨晚的事，子颜光是看到这个名字，嘴角就情不自禁地勾起甜甜的笑意。

"起了吗？"

子颜笑眯眯地打字，问他："你是不是在我家装了摄像头啊？我刚起，你就知道了？"

韩胤希很快回复："这就叫心灵感应。今天你要干吗？"

子颜理所当然地说："在家里学习啊。"

那边韩胤希沉默了一下，问她："看电影吗？"

这是在约她？子颜抿嘴忍住嘴角的笑意。

那她要不要答应呢？

她正犹豫着，南司耀的聊天框就跳了出来。

"同桌桌桌桌桌桌……"

南司耀的信息就好回复多了，子颜笑道："你结巴了？"

南司耀问："你放假不会还在家里学习吧？拜托了学霸，你给别人留点活路行不行？"

子颜说："你走你的路，我又没拦着你。"

南司耀说："出来玩吧！刚考完试，放松一下自己，别再学习了。"

子颜想都没想就拒绝了："不去了，我约了人。"

说完，她转回与韩胤希的聊天框，思考着该怎么回答他。

其实她挺想看电影的……

突然，手机左上角的信息提示像是疯了似的，火箭一般飙升，变成了好几百条，她不解地返回去，才发现自己被南司耀拉进了一个群，看名字像是他们班的班级群。

她好奇地点进去，就看到大家在抢红包，一连串的感谢，都是在感谢唐大小姐。

这时唐沫颜发了一张照片，一副显摆的样子。

子颜一眼就看到了唐沫颜故意露出的戒指，那是韩胤希送她的那枚……

群里眼尖的人发现了唐沫颜发的照片的背景有些不一样，连忙问道：“唐大小姐，你这是在哪儿呢？不像在国内，好像在日本？”

“咦，好像是啊，唐大小姐，你出国玩了吗？”

“我也觉得像在日本，搞得我也好想出国玩哦。”

唐沫颜回复道：“是在日本。这不是刚考完试吗？我爸妈带我出国放松放松，我说想泡个温泉，他们就带我来神户了。这里的温泉挺不错的，你们想来的话，也来啊。”

有人调侃道：“唐大小姐，你好像没来考试吧？”

“你爸妈带你去的啊？看来你爸妈真的很疼你，羡慕。”

“这就是别人家的爸妈了，我爸妈只顾着赚钱，都没带我去旅游过。我也想跟爸妈出国玩，就算在国内也行，一家人在一起，在哪儿都一样。”

唐沫颜又发了一个红包，大家争先恐后地抢着。

唐沫颜说：“好了，不跟你们说了，我刚起床，去吃早餐了，拜。”

等唐沫颜走了之后，就有同学说：“看来之前的传闻是假的，唐大小姐确实是唐家人，不然她爸妈怎么可能还对她这么好？”

之前那件事几乎在豪门圈子里传开了，唐家不可能不知道，这种情况下唐氏夫妇还带着唐沫颜去旅游，对她百般疼爱，可见唐沫颜确实是唐家人。

果然，爆料什么的都是假的，唐家那么大一个家族，怎么可能会认错自己的血脉呢？

有些人之前还信了那个爆料，现在想想都觉得自己太蠢。

子颜沉默地看着群里的聊天内容。

只有她知道，唐沫颜确实不是唐家的血脉，这是她亲自做过的亲子鉴定，怎么可能有假呢？

至于唐父、唐母是被蒙在鼓里，还是知道了真相，却依旧把唐沫颜当亲生女儿对待，这就不得而知了。

第三十六章
我爱的是你的灵魂

周日，王慧玲陪赵叔叔去参加一个宴会，把子颜也带上了。

这是上流社会的宴会，所以子颜毫无意外地遇到了唐沫颜。

“你怎么会在这里？！”唐沫颜走了过来，看着她身上的礼服，一眼就认出是哪个品牌的，心里笃定是韩胤希给她买的，顿时怒火中烧！

唐沫颜把手中的酒杯一甩，酒液泼到了子颜的礼服上。

“不好意思，我是故意的。”唐沫颜高傲地说。

虽然子颜反应够快，后退了一步，但还是被泼到了一点。

幸亏她的衣服是深色的，不仔细看的话，看不太出来。

子颜面无表情地看着唐沫颜说：“唐沫颜，你知道你现在的样子有多难看吗？”

唐沫颜一愣，没想到她会这样说，顿时怒道：“你说什么！你的样子才难看！”

子颜不想跟唐沫颜起争执，因为不想麻烦到赵叔叔和王慧玲，免得他们难做人。

但唐沫颜显然没有放过她的意思：“是韩胤希带你来的吧？他人在哪儿？”

子颜说：“我不是跟他一起来的，我不知道他在哪儿。”

她转身想去找纸巾，想擦掉裙子上的污渍。

唐沫颜却以为她是想逃，快步追上去，说："你是想去找他告状吗？你以为我怕你吗？"

子颜说："唐大小姐，你还是赶紧去看医生吧，你真的病得不轻。"

唐沫颜说："你才有病！你别忘了，我和他的婚约还在，我才是正宫，你就是小三！你还敢来这里，真是不要脸！"

要不是为了赵叔叔，子颜差点就忍不下去了，唐沫颜这颠倒是非的能力还真是强大。

子颜找到了纸巾，低头想擦去衣服上的污渍，但纸巾是干的，作用有限。

这时一只手伸到她面前，一道男人的声音响起："用湿巾比较好擦。"

子颜抬头，看到是一个穿着西装的男人，她把湿巾接了过来，说："谢谢。"

唐沫颜看到这一幕，立马就嚷嚷起来："我看你真的是狐狸精转世，这都能勾引到男人，手段还真是厉害。"

子颜："……"

什么手段？她明明什么都没做吧！人家是好心给她湿巾，这都不行？

她把用过的湿巾递给唐沫颜，说道："就一张湿巾，你用不着'羡慕嫉妒恨'吧？你喜欢的话，给你。"

"谁'羡慕嫉妒恨'你了！"

这时，一道干练优雅的身影走了过来，叫住了唐沫颜："宝贝，你在跟朋友聊什么呢？聊得这么开心。"

是唐母。

子颜从唐母走过来的时候就注意到了。

她有些恍惚，毕竟这是曾当过她一段时间母亲的人，虽然她不喜欢唐沫颜，但她对唐母还是有感情的。

唐沫颜一听到母亲的声音，心里一慌，很快收起刚刚恶毒的表情，换上另一副面带微笑的表情："妈，你不是跟那些阿姨在聊天吗，怎么过来了？"

唐母笑着说："过来找你啊。"唐母很自然地把视线落在了子颜身上，问："这是你的新朋友？"

唐沫颜说："妈，我跟她都不认识，算不上朋友。走了走了，我们去爸爸那边。"

唐父也来了吗？子颜发现自己挺想念唐母和唐父的，她缺失的那份父爱，从唐父身上得到了不少。

唐沫颜挽着唐母的手走了。

子颜看着她们的背影，目光有些深。

她还在思考那个问题：关于唐沫颜不是唐家血脉这件事，唐父、唐母是知情的吗？

其实以她那段时间和唐父、唐母的接触，知道他们有多疼爱唐沫颜这个女儿，所以如果他们是知道真相的，却依旧把唐沫颜当自己的女儿看待，也不是不可能。

子颜刚想着回到王慧玲和赵叔叔身边，手机就振了一下，有微信发过来，是韩胤希的。

先是一张照片，是她跟刚刚那个男人说话的照片。

"唐沫颜发给我的，还说你的坏话。"

子颜笑了一下，回复道："她是说我勾引男人什么的吧？"

韩胤希回道："对，但你放心，我相信你。"

子颜想起了刚刚唐沫颜说的话，便四处环视了一下，找不着人，才问他："你在宴会上吗？"

韩胤希发来一张后悔不已的表情图，又回复道："我没去，要是知道你在的话，我就去了。"

然后她身后就传来某人的笑声。

"你这个骗子！"她说道。

韩胤希绕到她面前。

他一身白色西装，像是白马王子，帅得她屏住了呼吸。

"你……"她一时说不出话来。

韩胤希靠近她，说："惊不惊喜？"

子颜露出哭笑不得的表情："你不是说不来的吗？"

韩胤希改口说道："我是说一开始我是不打算来的，后来被迫无奈，只好过来应付一下，没想到你正好在。这绝对是真的，我没有骗你。"

为了表示自己没有说谎，他还举起了手。

子颜瞥了他一眼，也不知他是不是骗她的。

算了，反正他都来了，她又不是他的谁，总不能连他去哪儿都要管吧，她也管不着。

韩胤希想起那张照片，问道："唐沫颜没对你怎么样吧？"

子颜轻描淡写地说："没怎么样，就是泼了我一身酒。"

"什么？！"韩胤希像是动气了。

子颜笑了一下，说："没啦，就泼了一点点，我擦干净了，然后她就走了。"

"就这样？"

韩胤希不信唐沫颜那么好说话，以唐沫颜的性格，尤其还是对子颜，下手只会更重，不会手下留情的。

"不然你还想怎么样？"子颜恍然地说，"对了，她还说今晚要对我怎么样，让我看不到明天的太阳。"

韩胤希拧眉，说："那你等下跟着我，我在你身边，她不敢对你做什么。"

闻言，子颜想都没想就拒绝了："不要！你在，她只会更加找我的麻烦，你还是离我远一点吧。"

韩胤希听到这话就不乐意了："你真的要我离你远一点？"

子颜点头，想了想，说："至少三米以外。"

韩胤希不高兴了。

子颜说："我等下也要走了。"

早知道就不来这个宴会了，她完全就是个局外人。

韩胤希板着脸说："不行，一米内，不，半米内！"

他没说负值已经很好了。

子颜睨着他说："怎么可能？你是不是又忘了，你现在还是她的未婚夫，我跟你走那么近，那怎么行？别人看到会怎么说啊？"

让人看到，不就把她当第三者了吗？这绝对不行。

虽然她不在意别人怎么看她，但她是跟着赵叔叔来的，那别人在背后说她，就会牵连赵叔叔，她不能给赵叔叔带来麻烦。

韩胤希最不想提的就是这个话题，这也是他现在想尽快解决的问题。

他沉声说："你放心，我很快就会解除婚约的。"

子颜说："那等你做到了再说吧。"

说完，她就转身去找赵叔叔和王慧玲了。

韩胤希继续跟上去，很听话地跟她保持距离。

子颜回过头，无奈地道："你别跟着我啊。"

韩胤希委屈巴巴地说："不是我想跟着你，是我的脚好像有自己的意识，我也管不了它。"

子颜："……"

这么不听话的脚，不如砍掉算了。

韩胤希始终是焦点人物，所以很快就被人群包围了。

子颜则是趁机把唐沫颜叫到了外面。

宴会厅外。

这是一家五星级酒店，外面的院子很是漂亮，只是灯光有些暗。

唐沫颜本来是不情愿来的，但她突然很想知道子颜有什么话想跟她说，这才半推半就地跟了过来。

她说："你想跟我说什么？如果你是想让我成全你跟韩胤希的话，那你想都别想！"

子颜开门见山地说："我要你手上的戒指。"

唐沫颜快要气死了，原来子颜是打她的戒指的主意，她当然不可能给子颜。

子颜说："这戒指是韩胤希送给我的，里面还刻了我的名字。你不是讨厌我吗，所以你一定不愿意留着这戒指吧？不如还给我吧。"

戒指的内侧确实刻了什么字，但子颜看不懂，这些话只是瞎扯的。

唐沫颜一听这话，果然很嫌弃地脱下了戒指。

她冷笑一声，说："你想要？"然后她快步往外走，对着院子里的池子用力地丢过去，道，"那就给你！"

灯光本来就暗，那么小一枚戒指，顿时被吞没在黑暗之中。

子颜知道唐沫颜不会心甘情愿地把戒指给自己，但没想到她这么恶劣，居然会把戒指扔了。

几乎想都没想，子颜就朝戒指被扔的方向跑了过去。

"颜颜！"

身后传来韩胤希的声音，下一秒，子颜的手被握住了。

"别去了！"他对她说。

子颜侧头看着他，笑了一下，说："不，我要去，放开我。"

这是他送给她的戒指，不管被丢到哪儿了，她都要找回来。

韩胤希定定地看着她的眼睛，松开了手，道："我陪你找。"

子颜点点头。

唐沫颜在身后生气地跺脚，吼道："韩胤希！"

韩胤希充耳不闻。

眼前的视野太暗了，只是借助旁边的路灯根本不可能找到戒指，韩胤希低声对子颜说："我去叫人把灯都打开，或者拿大灯来照着，不然很难找到。"

"不行。"子颜拽住了他，摇头说，"不能让其他人知道，这么招摇的话，参加宴会的人都会注意到这里的，这样不好，我自己找就行。"

不管怎么说，这枚戒指名义上是唐沫颜和他的订婚戒指，他却和她在这里找，别人看到了会怎么说？所以不能让其他人知道。

韩胤希明白她的意思，便说："那我吩咐他们，让他们守着门口，不让人过来院子里。"

子颜点头说："你去吧。"

韩胤希看了看那个黑暗中的池子，也不知道深浅，便叮嘱她道："你在这里等我，别下去，知道吗？"

子颜也不太敢，但又很急切。

韩胤希睨着她的眼睛说："听话！"

子颜没辙，只好点头。

韩胤希找来了宴会的管理员，让他们派人守在院子门口，尽量不要让人到院子里来。

大灯不能开，于是他找来了两个手电筒。

他回到院子的时候，发现子颜居然站到了池子里。

他奔过去，担心地说道："不是让你别下去吗？"

子颜解释道："我刚刚试了一下，这池子不深的，你看，就到小腿。"

路灯不够照明，她就开了手机的照明灯，弯着腰用手摸着池子底下。

韩胤希递给她一个手电筒，说："用这个吧，比手机亮。"

子颜把手机的灯关了，把手机放回包包里，这才接过手电筒。

为了避免劳师动众引起注意，所以他们没有让服务员帮忙找，就只两个人一起，弯着腰，用手电筒照着，手在不知干不干净的池子底下摸着。

子颜看了看他，说：“你要是怕脏的话，我在这里找就好，你在上面找吧……”

像他这样的豪门少爷，估计没干过这么脏的事吧？

韩胤希头都没抬，打断她的话：“专心找，别说话。”

子颜笑了，低头继续找。

找了一会儿没找到，两人商量了一下，分工行事，各自从两边往中间找。

一时间两人就顾着埋头找，没时间再说话。

手电筒的两束灯越靠越近，两人好像都没察觉。

然后它们重叠了。

嘭——两颗脑袋抵在了一起，磕了个正着。

子颜很痛，抬头埋怨地瞪他。

韩胤希毕竟是男生，又锻炼过身体，所以脑袋没什么感觉。

两人对视，不约而同地笑了起来。

池子这么大，两人居然还能撞到头，也是够有“缘分”的了。

已经找了大半个小时还是没有找着，韩胤希想起她的病刚好，这样站在水里，脚一直泡着水，不知道会不会影响身体，心疼地说：“算了，别找了，我重新给你做一枚。”

子颜摇头说：“那意义不一样了……”

韩胤希抬头环视一眼四周，说道：“会不会被丢到池子旁边去了？”

子颜说：“那你上去找。”

韩胤希说：“你上去找，我在这里找。”

子颜当然不肯。

她是看着唐沫颜丢的，所以心里有九成肯定，戒指是被丢到池子里了。

“咦……这里好像有什么东西反光……”她眼尖地注意到池子边的杂草底下好像有什么反光的东西在亮着。

于是她凑上去，拨开杂草。

因为是池子边缘，所以有不少泥，她伸手去摸，摸到了一个小小的、硬硬的东西，拿起一看，是戒指！

“找到……啊！”她激动得下意识地跳起来，谁知踩到了淤泥，脚下一滑，摔倒在池子里。

韩胤希离她就两步远，赶紧跑过去，把她拉起来。

子颜笑得很开心，完全没在意自己坐在池子里。

她举起手中的戒指，明明是在黑夜中，她的笑容却如阳光般灿烂。

“找到了！”她欢喜地说。

韩胤希凝视着她脏兮兮却盛满了欢悦的小脸。

就为了这一枚戒指，就因为这是他送给她的戒指，这小傻瓜。

他把她往怀里一搂，她整个人就跌入他温暖的怀抱中。

韩胤希嗓音低哑地说：“你知道戒指内环刻的字是什么意思吗？”

子颜当然不知道，她想办法查过，但没查出来，这不是任何一种文字。

“是什么意思啊？”她问，这也是她一直想知道的答案。

韩胤希说：“这不是世界上任何一种文字，算是某种语言密码吧，里面刻了你的名字……”

原来是她的名字啊。

子颜当然猜过这一点，问：“是我的名字啊，安子颜那个？”

韩胤希点头说：“还有一句话。”

子颜好奇地问：“一句话？什么话？”

韩胤希把她手中的戒指拿了过来，然后牵起她的手，虔诚地为她戴上戒指，道：“那句话的意思是……我爱的是你的灵魂。”

听到这句话，子颜的心狠狠地震了一下。

那时候他就知道她不是唐沫颜，而是安子颜……所以他早就用这枚戒指向她告白了吗？她却不知道。

子颜情难自禁地抱住了他。

这一刻她才真正感受到，自己是被他所爱的。

他是真的爱她，爱的只是她，无关她是谁。

她声音微微哽咽地说：“你为什么不早点告诉我……”

要是她早点知道，两人之间就没有那么多误会了。

韩胤希用薄唇在她的脸颊上蹭了蹭，偷亲了几下，声音低沉地说：“本来我策划了一个告白计划，想到时候再告诉你，给你一个惊喜的，谁知道……”

想起她消失的那段时间，他以为自己再也找不回她了，那种失去的感觉他现在还心有余悸。

还好她现在在他身边。

他不会再弄丢她了。

韩胤希收紧手臂，仿佛要把她揉碎了融入自己的身体里一般。

子颜也知道，谈过去没有意义了，但还好他们还有未来，很长、很远的未来。

这天晚上，唐家。

唐沫颜耐着性子在家里陪父母吃了晚饭，就想着出去找人看电影，让她一直在家里待着是不可能的，她是闲不住的那种人。

只是她才刚要出门，就被唐父叫住了。

“宝贝，等下回一趟老宅。”

唐沫颜不想回去，找借口说：“可是我已经跟朋友约好一起看电影了，票都买好了！”

回老宅准没好事，所以她才不要回去呢。

唐母开口说：“你爷爷说一定要回去。乖，电影票就退了，下次再看。”

唐沫颜说：“电影票买了就退不了啦！爷爷有什么事啊？没什么要紧的事的话，你们两个回去就行了，我就不用回去了吧？”

想到那个严肃的爷爷，她就更不想回去了。

唐母说：“电影票退不了的话，那就给同学去看，或者直接不要了。”

唐沫颜一听这话，是非要带她回老宅不可的样子。

越是这样，她越不想回去，固执地说：“我不要，我都跟同学约好了，怎么能爽约呢？我一个小孩子，回老宅也没什么事啊，又不关我的事，干吗非要带我回去啊？”

唐父看她这么坚持，不由得心软了，看向妻子说：“女儿不想回去就算了，约了朋友，爽约确实不太好……”

唐母没好气地说：“你就纵着她！是爸说了，一定要她回去。”

唐父也不知道老爷子这是闹哪出，非要他们带沫颜回老宅，但父亲的命令确实不好违抗。

他对唐沫颜说：“电影就别看了，回老宅要紧，可能爷爷有什么重要的事。”

“可是……”

唐沫颜还想推托，但被唐母打断了：“好了，电影什么时候都能看，走吧。”

唐沫颜知道没办法推了，只好说：“那我上去拿个包包。”

唐母点头：“嗯。”

唐父看了一眼她身上露肩的裙子，说道：“晚上有点转凉了，你披件外套。”

唐沫颜不想披外套，到了老宅就进屋了，冷不到的，她穿着这么漂亮的裙子，披上外套就不好看了。

她转身上去拿了包包，磨蹭了好一会儿，才不情不愿地下楼来。

唐父看她不听话，没穿外套，便叫管家上楼去拿。

唐沫颜郁闷地说：“我不觉得冷，不想穿外套！”

唐父柔声细语地劝道：“穿上，听话。”

唐沫颜嘟起嘴：“不要！”

唐母严厉地睨过去一眼，道：“披上，等下会有其他长辈在，你穿成这样怎么行？”

母亲一开口，她只能妥协了。

人都是这样，懂得看眼色，知道谁好说话，谁不好说话。

唐沫颜在女佣的伺候下，不情不愿地穿上了外套。

一家三口坐着两辆车出门了。

老宅离得并不远。

老人家住惯了老房子，所以不肯去新房子住，坚持要住在这里。

唐沫颜特别不喜欢这栋旧旧的老宅，虽然在别人看来古香古色，但她不喜欢这种古典风格，觉得欧式风格更显得高贵。

所以她进门后就一脸嫌弃，等看到客厅里的长辈，才慢慢地收拾脸上的表情，勉强扯出一抹笑容。

唐氏夫妇看到有这么多人在，露出惊讶的表情。

他们本来没以为老爷子叫他们回来是有什么重要的事，现在看到唐家这么多人在，心里就明白，这是出大事了。

有人先跟他们打招呼了，寒暄道：“沫颜不是刚考完试吗？考得怎么样？”

唐沫颜最讨厌别人提考试成绩的事了，尤其还拿她跟别人比，如果说话的人不是她的长辈，她真想撕烂对方的嘴。

唐母和唐父对视了一眼。

两人显然都不知道考试的事，更没听女儿说过成绩的事。

两人又齐齐看向唐沫颜："宝贝，你这次考试……"

唐沫颜又不能说自己没去考，只好推托道："考试吗？我还不知道成绩呢。"

那个长辈说："怎么会不知道呢？今天就出成绩了，难道你没去学校吗？"

唐沫颜脸色不太好看。

这时唐老爷子出来了，神色看上去有些威严，道："成绩那些不重要。"

唐父问："爸，你叫我们回来，是有什么要紧的事吗？"

有些人也不知缘由，有些人好像知道，神情有些奇怪。

唐老爷子看向唐沫颜，沉声说："叫你带沫颜回来，主要是想查清楚，她到底是不是我们唐家的血脉这件事。"

唐老爷子这话一出，在场之人的反应不太一样，有些人显然知情，并没有露出任何诧异的表情，而有些人则是一脸吃惊，还有些人是等着看戏的姿态。

在众人目光的注视下，唐沫颜先是僵了一下，然后面露怒气，对着唐老爷子吼道："爷爷，别人不信我就算了，连你也不信我吗？我可是你的亲孙女！你居然怀疑我！"

唐母和唐父都没想到唐老爷子叫他们回来是因为这件事，有些无奈。

看唐沫颜这么生气、激动，唐母上前拥住她，对唐老爷子说："爸，这件事我们很清楚，您不要听外人怎么挑拨，沫颜是不是我们的亲生女儿，难道我们还不清楚吗？"

唐父也微微蹙眉："爸，是谁跟您说这件事的？这一开始就是有人在学校论坛抹黑我们沫颜，这种明显的假话，您怎么还当真了？"

还没等唐老爷子开口，就有长辈在旁边说："如果不是真有这种事，为什么别人会拿这个来抹黑沫颜？我估计啊，指不定是真的。"

旁边的人接话："就是啊，我们唐家的血脉这种重大的事，怎么能随便糊弄过去？要查清楚才行。"

"现在电视上不是都这么演吗？偷龙转凤啊什么的。我还记得，侄媳你生沫颜那天好像是下了暴雨吧？去的医院还乱糟糟的，所以被换了孩子也不是不可能。那种医院，什么人都能去，说不准就是有个穷人看你们富贵，就把他们的孩子换过来了。”

这长辈一顿假设，引来众人的侧目，觉得这么一说，好像有点道理。

唐母不满地说：“您是看电视剧看多了吧？哪儿那么多戏剧化的事！”

唐沫颜的脸色则是变得有些难看，但她怕别人看出来，只能强忍着不发脾气。

她一脸伤心地环视众人，对他们说：“别假设，别嚼舌了，我就是唐家的血脉，如假包换！就算你们再不喜欢我都好，这都是改变不了的事实！”

“你这孩子说什么呢，我们哪儿有不喜欢你，我们只是觉得这件事很严重，血脉这种事，哪儿能随便就糊弄过去？”

“既然你认为自己就是唐家的血脉，那就做个亲子鉴定，反正真金不怕火炼，对吧？”

“对、对、对，做亲子鉴定吧，一验就知道真假。”

唐老爷子拍了拍椅子扶手，威严地说：“好了，你们都别说了！”

众人乖乖地闭嘴。

唐老爷子看向唐父说：“做个亲子鉴定吧。”

唐父看了看唐沫颜伤心的神色，无奈地喊了一声：“爸！”

唐老爷子抬眸睨过去，道：“做个亲子鉴定，验清楚了不好吗？现在这事都传开了，就算是假的，我们做个亲子鉴定，把事实摆出来，让他们止了这个话题，不然总是这样被指指点点的，我们唐家的声誉还要不要了？”

唐父明白父亲的担忧，抬头看了一眼唐母。

唐母皱着眉，显然不太赞成这样做。

这对孩子的心理是会造成伤害的。

“爸，别人在外面怎么说，我们管不着……”

唐母的话还没说完，唐老爷子就打断了她，说道：“怎么就管不着了？别人怎么说，就任由他们说吗？我告诉你，我们唐家这么多年，还没被人在背后这样指指点点过！”

唐母说：“可是，您不能因为别人质疑，我们就做亲子鉴定啊！那如果有一天，别人质疑您儿子不是唐家的血脉，是不是也要去验一遍？我们不能那么在意别人怎么说，不能被他们牵着鼻子走！”

唐老爷子怒瞪过去，叱道：“你这是变着法儿说我老糊涂了吗？”

唐父赶紧解释：“当然不是！爸，您别误会，我们绝对没有这个意思。”

唐母还想说什么，被唐父拉了一把，只能把要出口的话咽了回去。

唐老爷子激动地拍着椅子扶手，道：“总之，这件事一定要验，没得商量！我会找人验清楚的，是我们唐家的血脉就最好，如果不是……”

“好啊！验就验！”唐沫颜突然插话。在众人看向她的时候，她从头上拔下一根头发，愤愤地递给唐老爷子，吼道：“你们拿去验吧！就像刚刚谁说的，真金不怕火炼，我知道我是唐家的血脉，所以我不怕验，你们拿去验吧！”

这次，众人都看向唐老爷子。

对于唐沫颜的笃定，唐老爷子也微变了一下神色。

唐老爷子示意了一下站在一旁的管家。

管家上前，接过了唐沫颜手中的头发。

唐沫颜还哼了声，说：“拿好了，别丢了！别到时候拿了别人的头发验，然后冤枉我不是唐家的血脉。”

这话就有点话中有话了。

唐父反应过来，环视了在场的人一眼，明白过来，这估计是有人怂恿唐老爷子的，怕不是有人想要算计一把，到时候在其中动手脚，验出沫颜不是他的女儿，就要搞得腥风血雨。

唐父和唐母对视了一眼。

唐母自然也想到了这其中的计谋，端起长媳的架子，对管家说：“头发先给我拿着，你去找个密封袋过来。”

管家没马上给，而是看向唐老爷子。

唐老爷子说：“把头发给我吧，你去找密封袋。”

管家便毕恭毕敬地把头发放到唐老爷子手上，然后转身去找密封袋。

没一会儿，管家就拿了一个透明的密封袋过来。

唐老爷子在众人的瞩目下，把唐沫颜的那根头发放了进去，密封好，还在袋子上做了记号。

但这样还是不够保险，唐父担心会有变故，便表示要陪同唐老爷子一起去医院做这个亲子鉴定。

唐老爷子也有意叫他一起去。

唐父让唐母先带唐沫颜回家等消息。

“妈，我们回家吧！”唐沫颜看都不看其他人一眼，仿佛生气了，赌气地往外走，也不等唐母。

唐母握了握唐父的手，便跟着出去了。

其他人面面相觑。

之前大部分人怀疑唐沫颜唐家血脉的真实性，但看她这样的表现，还主动同意了做亲子鉴定，又觉得她应该是真的。如果不是真的，怎么可能这么理直气壮呢？

唐沫颜和唐母离开了唐家老宅。

唐父和唐老爷子也随后离开，有几个长辈跟了过去。

其他人则是渐渐散去，各回各家。

其中一人坐上车后便打了个电话：“唐沫颜同意了做亲子鉴定，大家都亲眼看着她拿了自己的头发，给了老爷子，老爷子亲自去医院做亲子鉴定，这应该就假不了了。”

对方应道：“嗯。”

那人犹豫了一下，又道：“可是看唐沫颜那样子，她是很自信的，等亲子鉴定的结果出来，她要真是唐家的血脉怎么办？我们的下一步计划……”

手机那头的人沉声说：“放心，我答应过你的事一定会办到，而且我敢打包票，她绝对不是唐家的血脉。”

“我对你当然是相信的，但是吧……”

“不用但是了，等结果吧。”

“那行吧。”

第三十七章

做好被我宠的准备

另一边。

车没开出多远，正好经过一个商区，唐沫颜就板着脸喊道：“停车！”

唐母知道她在生气，在车上一直哄她，可都没有用，没见她的怒火减轻半点。

这时候她还要下车，那怎么行？唐母向来严厉，今天为了哄她，难得地放软了语气：“宝贝，别生爷爷的气了，估计是有人在背后使计，爷爷也是想顾全大局……”

唐沫颜冷笑道：“他就是不信我啊！亏我每次回老宅都想方设法地让他开心，就想着爷爷年纪大了，陪伴一年是一年，可是他怎么能这样对我呢？！我是他的孙女啊，他怎么能怀疑我？！”

唐母拍了拍她的手背，说：“爷爷不是怀疑你……”

“他都让我做亲子鉴定了，还不是怀疑？那怎么样才是怀疑啊？”唐沫颜一边说，一边拉开车门就愤愤地下车。

唐母赶紧跟着下去，拉住她，看了看天色，说：“时间都这么晚了，你去哪儿啊？我们先回家吧，应该今晚就能出结果了……”

提到这个，唐沫颜更来气了，不耐烦地甩开了唐母的手，说：“我不想回家，到时候有结果了你也别告诉我，我不想知道！既然爷爷不想认我，行，那我以后就不是他的孙女了！”

唐母皱眉道：“你怎么能说这种话呢？你是我女儿，怎么就不是爷爷的孙女了？别跟爷爷赌气了。”

唐沫颜就是要赌气，而且要把脾气闹得越大越好，因为她很清楚，她闹了脾气，家里人才会哄着她，什么都顺着她。

“妈，我现在真的很生气，我不想回家！”

唐母说：“好、好、好，知道你心情不好，妈妈能够理解。这样吧，你不是想看电影吗？妈妈陪你去看电影，行吗？”

唐沫颜当然不想跟唐母去，所以一口拒绝道：“不要，你回去吧，我想叫朋友过来陪我，你在这里，我就想到爷爷对我的怀疑，就特别生气、特别难过。”

唐母也很无奈，说道：“可是时间都这么晚了……”

唐沫颜才不管这个，道：“这才几点啊，时间还早！”

唐母想让她开心，只好顺着她说：“那好，你找朋友去玩玩，放松一下心情也好，记得早点回家。”

唐沫颜不说话了，因为她已经决定好今晚不回家了，她要闹一闹失踪，这样才能让家里人担心她。

“妈，你先回去吧，别管我。”她对唐母说。

唐母只好上了车。

等车走了，唐沫颜才扯了一下嘴角，拎着包包往商场走去。

只是她走了没几步，就有电话打了过来。

她正在气头上，想拿这人出气，然而一看到来电显示上是韩胤希的名字，她就顿了一下。

他这时候给她打电话？唐沫颜也不笨，隐约猜到了什么。

她接通了电话。

韩胤希沉声说道：“你在哪儿？约个地方见面，找你谈个交易。”

唐沫颜眯起眼，说：“交易？我就知道是有人在背后搞鬼，是你？”

韩胤希没有直接承认，只是开门见山地说：“选个地方吧。”

有些事不宜在手机里谈，会被录音当证据之类的，所以为了保险起见，最好见面谈。

唐沫颜不知道他是这个心思，哼了一声，说：“不必了！我知道你想要什么，但我可以告诉你，你的计划失败了，你威胁不了我。”

韩胤希说：“你就不怕？”

唐沫颜笑着说：“我怕什么啊？我就是唐家的血脉！如假包换！”

韩胤希说：“如果验出来不是呢？”

唐沫颜自信满满地说：“验出来一定是！”

她这话让韩胤希不由得微顿了一下——她这么自信，说明她有后招。

韩胤希微微一笑，重复道：“如果验出来不是呢？”

唐沫颜说：“不可能不是！”

“这个世界上，没有什么是不可能的。是真是假其实你最清楚，或许你有什么办法把假的弄成真的，但你要知道，别人也有办法把真的弄成假的。”韩胤希话中有话。

唐沫颜一愣，明白了他的意思，道：“你想干什么？你想对报告结果动手脚？”

韩胤希说：“我只是还原真相。”

唐沫颜怒道：“真相就是，我百分之百是唐家的血脉！你别想套我的话。”

韩胤希说：“是不是，结果出来就知道了。”

唐沫颜突然有点慌：“你……”

韩胤希在这个时候什么也没说，就把通话给挂断了。

唐沫颜顿时感觉到一股强烈的不安。

她不清楚韩胤希有怎样的能力，能不能在唐老爷子的眼皮底下动手脚，可是她敢赌吗？

唐沫颜慌了起来，反过来给韩胤希拨电话。

然而他不接。

韩胤希就是故意在玩心理战，唐沫颜怎么玩得过他？

接连打了好几次，唐沫颜都快急死了，韩胤希那边才慢悠悠地接了电话。

“有事？”

唐沫颜听着他那带笑的声音，就气得想杀人，她仿佛能想象到他此刻露出的胜利模样。

“你想怎么样？”

韩胤希不会在电话里说这个，淡漠地说：“想谈，就见面说。”

唐沫颜还是第一次这么不想见他，以前是求着想要见他，现在是怕见他。

静默了几秒，韩胤希就不耐烦地说："那我挂了。"

唐沫颜赢不了他，只能妥协："好、好、好，见面谈！我去你的公寓。"

"不，在外面找地方。"

唐沫颜生气了，怀疑安子颜是不是在他的公寓，所以他才不肯让她去，道："你是金屋藏娇了吗？我去你的公寓都不行？"

韩胤希冷漠地说："这用不着你管。"

他倒是想金屋藏娇呢，可是某人不肯啊。

唐沫颜听他这么说，更加肯定安子颜就是在他的公寓了，所以坚持要去："如果你想谈，那就去你的公寓谈，其他地方，免谈！"

韩胤希呵了一声，道："现在是我求你吗？唐沫颜，你是不是还没搞清楚啊？"

说完，他冷然地挂断了电话。

唐沫颜握着手机在原地愣了好一会儿。

她气得想砸了手机，可恶！

但她想了想，又怕韩胤希在亲子鉴定上动手脚，所以还是忍了这口气，又给韩胤希拨了电话过去。

"喂！"她的语气还是不太好。

"想好了吗？"韩胤希倒是慢悠悠的，反正急的人不是他。

唐沫颜深呼吸，看上去是气坏了，但又只能忍着，只是说话的态度更差了："你说在哪儿就在哪儿，这样行了吧？"

真是烦死了！也不知道爷爷和爸爸到医院了没有，亲子鉴定的结果什么时候出来，所以她还是抓紧时间，看看韩胤希想要干什么。

韩胤希没多说，只是给了她一个地址。

还好离得并不远，唐沫颜这才不情不愿地挂了电话，赶去他所说的地方。

时间已经有些晚，唐沫颜到了地方就先进去了，直接要了一个包间。

韩胤希没一会儿也赶到了。

"说吧，你想怎么样？"唐沫颜开门见山地问。

韩胤希也不跟她拖时间，直接说明："很简单，你主动提出解除婚约，我就什么也不做。”

果然，他是想要在鉴定报告上动手脚。

唐沫颜故作犹豫，思考着该怎么应付。

不如她就暂时答应，事后变卦？

无论如何，她都不想跟他解除婚约。

他想跟她解除婚约，好跟安子颜在一起？想都别想！她才不会那么轻易就让他们在一起。

就算知道韩胤希不喜欢自己，她也绝不会就这么放手。

唐沫颜装作很为难的样子，思考了好一会儿，才勉勉强强地点头，说：“行，我可以跟你解除婚约，你别再插手我的任何事。”

韩胤希怎么会不知道她的不甘心，往前一凑，冷酷的黑眸盯着她，说：“别想事后反悔，不然你唐大小姐这个位置坐不了多久。”

唐沫颜明显地感觉到他眼中的杀气，心猛然颤了一下，心口涌上一股恐慌：“我……我是那种会反悔的人吗？我唐沫颜说话算数。你也别忘了，不准插手我的事，不然我跟你没完！”

跟婚约相比，当然是唐大小姐这个身份更重要，没了这个身份，她就什么都没了，所以就算跟他解除婚约也行，只要她还是唐家的大小姐，她以后就有享不尽的荣华富贵。

唐沫颜陷入了犹豫之中，这样看来，是不能反悔了，只能跟韩胤希解除婚约。

说完话后，韩胤希就站了起来，准备离开。

唐沫颜连忙叫住他：“喂！你就这样走了？”

韩胤希没理会她，甚至没回头看她一眼。

唐沫颜不满了，追了上去，道：“我们才聊了几分钟啊？你要不要这么嫌弃我？我可是你的未婚妻！”

韩胤希撇了撇嘴角，说：“很快就不是了。解除婚约的事你最好明天提出来，明天之后，我们的这个交易就作废。”

唐沫颜咬着下嘴唇，本来还想拖一阵子的，没想到他这么急。

哼，以为她不知道他是急着跟安子颜在一起吗？以为解除婚约，他们就能顺利地在一起了吗？想得美！

她就算不是韩胤希的未婚妻，也不会眼睁睁地看着他们两个在一起的。

第二天。

韩胤希跟唐沫颜正式解除婚约后，便第一时间打电话给子颜。

他现在急迫地想要见到她，想要告诉她这个好消息。

“怎么了？”子颜疑惑的声音在手机那边响起。

韩胤希埋怨道：“我打了好几个电话给你，你怎么不接啊？”

子颜解释道：“刚刚去洗手间了，手机放在抽屉里……”

没等她说完，他就按捺不住地宣布：“我已经跟唐沫颜解除婚约了！”

子颜一愣，诧异地问：“真的吗？”

她显然很诧异，他昨天才说会很快，她没想到会这么快。

从语气就能听出韩胤希有多高兴，他说道：“是的！如果不是真的，我怎么敢告诉你？我刚刚从唐家出来，很快他们就会对外宣布解除婚约的事。”

“哦。”

子颜的语气听不出是高兴还是不高兴，这让韩胤希不太高兴，他问：“你不高兴？”

“没有啊。”

“那你为什么不笑？”

子颜哭笑不得地道：“你还要我笑出声吗？好了，我是高兴的，你满意了吧？”

韩胤希不太满意地说：“你现在在教室里乖乖地待着，我过去找你。”

子颜笑着说：“好。”

韩胤希听着她低低的笑声，心尖都要化了，声音喑哑地说：“我想亲你……”

子颜害羞了，立马说道：“那你别来了！”

韩胤希笑得一脸流氓样，还装作听不懂地说：“好，那我马上去！”

子颜说：“叫你别来！”

别以为她不知道他是装听不懂。

韩胤希继续装蒜，说：“你别急，我马上就到。”

子颜真是败给他了。

这天，班上来了一个新同学。

女生有着一张很明朗的面容，梳着高马尾，一看就是漂亮又活泼的女生。

班上的男生顿时骚动起来。

“哇，又有新同学！还是一个美女！”

“有女生来太好了，跟我坐、跟我坐！”

老师走到讲台上，敲了敲桌面，让大家安静下来，然后道：“这位是新转来的同学。你来自我介绍吧。”

新来的女生露出爽朗的微笑，环视台下的同学一圈，然后视线像是落在了子颜身上，道：“大家好，我叫麦甜，‘甜心’的‘甜’。”

她的话音刚落，班上的男生哄然起来。

“哇，甜心！这个名字太可爱了！我喜欢！”

“你喜欢有什么用啊？谁都别跟我抢，甜心同学是我的！”

“人家不叫甜心，叫麦甜。”

老师又敲了敲桌面，说：“都别吵了，别的班在上课呢！”

教室里顿时安静下来。

老师说：“麦甜同学找个自己喜欢的位置坐吧。”

麦甜凑到老师耳边，说了什么。

老师点点头，目光先是落在子颜身上，然后转到了跟子颜隔着一个过道的女生身上：“胡心媛，你去二组那个空位坐，你的位置让给麦甜同学。”

叫胡心媛的女生明显不情愿，问道：“为什么啊？”

任谁坐惯了一个位置，也不想跟自己熟悉的同桌分开。

老师随口胡扯道：“你的成绩有提升，让你坐在前面一点不好吗？好了，快点搬课本，要上课了！”

女生再不情愿也没辙，只好搬课本。

麦甜走过去，坐在了那个位置，没先跟自己的同桌打招呼，反而对隔着过道的子颜露出友好的笑容，道：“你好啊，我叫麦甜。”

子颜礼貌地点头，说：“我叫穆子颜。”

麦甜微笑道：“我知道。”

子颜眼中露出疑惑。

麦甜说："你的名字真好听。对了，我可以叫你颜颜吗？我想跟你交个朋友，我觉得我们会成为很要好的朋友。"

虽然这个新同学有点奇怪，但子颜并不觉得她讨厌，也没有反感的情绪，反而觉得她挺可爱的——谁会讨厌一个笑容这么明朗的女生呢？

子颜微笑着说："我也很乐意。"

下课后。

"颜颜，你能不能陪我去厕所？我不知道厕所在哪儿。"

子颜扭头看着跟她说话的麦甜，瞄了一眼麦甜的同桌，眼神仿佛在说：你可以叫你同桌带你去。

但麦甜不知是不是没看懂她的眼神的含义，很亲热地搂住她的手臂说："走吧、走吧。"

子颜只好站了起来。

两人手挽手，看上去像是好朋友。

有男同学叫住了麦甜，想搭讪："麦甜同学，我可以加你的微信吗？"

麦甜笑着拒绝："不可以哦。"

她连拒绝别人都这么爽朗，让人生气不起来。

那男生讪讪地挠头，也没有被人拒绝的尴尬。

旁边的男生起哄道："那麦甜同学，我可以加你的微信吗？"

又有一个男生道："我也想加！"

麦甜对他们摆摆手，说："现在还不行，以后再说吧。"

说着，她就挽着子颜的手出了教室。

然后她凑到子颜耳边，小声问："他们有加你的微信吗？"

子颜摇头。

麦甜说："那我也不给他们加！"

子颜笑了一下，道："你想让他们加的话，就加啊。"

麦甜神秘地说："我的微信可不是谁都能加的，因为我的身份不能随便让人知道。"

子颜一顿，怔怔地看着她——既然她的身份这么神秘，那她为什么要告诉自己？

麦甜眨巴着眼睛问："你知道我是谁吗？"

子颜摇头。

麦甜有点失望地道："那我不告诉你，等你自己发现吧。"

子颜疑惑地看着她。

麦甜说："放心啦，我不会害你的，我是真心想跟你交朋友，反正不管怎么样，我们都会认识，都会成为好朋友的！"

子颜低头思索着什么。

放学后。

麦甜问子颜："有车来接你吗？"

这时一辆车停在了路边。

麦甜一眼看出是来接自己的车，便对子颜说："要不你坐我的车吧？反正我们顺路。"

子颜诧异地问："顺路？你又不知道我住在哪里，怎么知道我们顺路啊？"

麦甜神秘地笑着说："我知道你住在哪儿啊！谁说我不知道了？"

子颜诧异地道："你知道？"

她好像没告诉麦甜自己住在哪儿吧？

严格说来，她没告诉任何人自己住在哪儿，连韩胤希都不知道。

麦甜凑到她面前，用只有两人能听到的声音说了两个字："葵园。"

子颜吃了一惊，问："你是怎么知道的？"

麦甜俏皮地对她眨巴眼睛，说："等一下你就知道了。走吧，你上我的车，我看穆家的车好像还没来的样子。"

麦甜知道穆家？子颜对麦甜的身份更加好奇了，她总感觉麦甜好像对她真的很了解。

子颜鬼使神差地上了麦甜的车。

葵园。

子颜注意到，麦甜的车开过来后，没有经过通报，大门就缓缓地打开，让他们通行了。

也就是说，这车是已经通报过的。

到了大屋前面，两人下了车。

用人迎了上来，微笑着招呼道："小姐、麦甜小姐。"

子颜一脸疑问地看向身边的麦甜。

麦甜对她眨巴着眼睛，说："走吧，有什么话进去再说。"

用人跟在她们身后。

麦甜问用人："我的行李放哪儿了？"

用人回答："搬到楼上的房间了。"

麦甜问："哪个房间？我要住颜颜隔壁的房间。"

用人颔首回答："按照麦甜小姐的吩咐，给您安排了小姐隔壁的房间，方便两位小姐交流沟通。"

麦甜表示很满意。

两人进了屋，看到客厅里坐着王慧玲。

看到子颜回来了，王慧玲道："颜颜，用人说有人要搬进来住……"然后王慧玲注意到了子颜身边的麦甜，顿了一下，微笑着说："你就是麦甜吗？"

麦甜特别乖巧，笑容甜美地上前问好："您就是王阿姨吧？你好啊！我是麦甜，你叫我甜甜就行。"

这样可爱的女孩子，哪儿有长辈不喜欢呢？王慧玲露出了慈母的笑容，说道："你好啊。真是太好了，是个跟颜颜年龄相仿的女生啊，以后可以跟颜颜做好朋友。"

麦甜点头道："阿姨，你说对了！我和颜颜一定会成为最要好的朋友！"

子颜还处于愣怔状态，没搞清楚是怎么回事。

王慧玲问："你要上去看看你的房间吗？颜颜，你饿了没？要不要开饭？"

麦甜说："我想先看看房间，颜颜，你陪我上去看看好不好？"

王慧玲点头说道："颜颜，你就陪她上去看看吧，以后你们就一起住了，要多交流。"

看得出王慧玲特别开心，因为以前见女儿都是自己一个人，几乎没什么来往的朋友。

子颜还没回过神，就被麦甜拉着上楼了。

麦甜一边上楼梯，一边对她解释道："你一定很吃惊吧，我为什么会住在你家？哈哈，你绝对猜不到！本来嘛，我家人不让我来燕城念书的，但我非要来，他们不让，我就自己偷偷地跑过来。他们不让我转校，我就自己转校，他们也拿我没办法。

“最后我妈妥协了，担心我的安全，就让我住在你家，这样我跟你之间也有个照应。

“我挺开心的，知道你的时候就很想跟你做朋友了。

“对了，你为什么要戴这么一副老土的眼镜啊？你明明那么漂亮！戴着眼镜遮挡了你的美……不过这样也挺好的，少一点男生来搭讪。我是不是也去弄这样一副眼镜呢？

“但我不喜欢黑色的，不然我挑一副白色的？好像透明的也不错，你觉得哪种比较适合我？”

一路走上来，都是麦甜在说话。

过了好一会儿，麦甜才发现子颜一直都没有开口，便站定了脚步，看向子颜，疑惑地问：“你为什么不说话？是不是你不喜欢我跟你一起住？”

子颜摇头说：“不是啊，我只是……很诧异，所以你到底是谁？”

麦甜露出标准的甜美笑容：“好吧，现在来个正式介绍，我叫麦甜，是麦家的小女儿。”

子颜这才恍然大悟地道：“原来你是麦叔叔的女儿！”

虽然只是见过一面，但她的记性不错。

麦甜笑眯眯地说：“这个你可别说出去，不然在学校就麻烦了，很不方便的。”

子颜点头说：“我知道。”

麦甜问：“所以你在学校也隐藏身份了吧？”

不然要是学校的人知道她的身份，不可能对她的态度是这样的。

子颜笑了一下，说：“你也说了，那会造成很大的麻烦，所以……还是别让他们知道了。”

麦甜说：“确实，像我以前在原来的学校念书，真的可麻烦了，那些同学对我都是阿谀奉承，我都看不出来他们是不是真心对我好的，其实这样真的很难交到真心的朋友。”麦甜突然表情一转，拉起子颜的手，笑得很灿烂，“所以我很高兴有你，我相信我们能成为最要好的朋友！”

子颜本来就挺喜欢麦甜的性格，很开朗，感觉在麦甜身边，就像沐浴着阳光一般。

没想到两人之间还有着这样的联系。

子颜点头说："嗯，我觉得也行。"

麦甜笑着说："什么也行啊，是非常行！以我们两家的关系，那是世交，我们应该生来就是好姐妹的，可惜……"

她没说下去，但子颜也懂她的意思。

"走吧，你不是要看房间吗？"

麦甜点头，亲昵地挽住子颜的手臂，说："好啊，走，我们去看房间！"

晚上。

子颜跟韩胤希聊电话的时候，想起一件事，问他："对了，唐沫颜那件事，你还没跟我说清楚，到底是怎么回事？"

韩胤希简明扼要地说了事情的经过。

子颜听后，沉默了。

然后她说："你知道唐沫颜根本不是唐家的血脉吗？"

韩胤希说："我猜到了。"

子颜想起唐父、唐母，曾经他们给过她家人的温暖，虽然他们只是把她当成唐沫颜来疼爱而已，但对她来说，是不一样的。

她很喜欢唐父、唐母，所以看着他们被唐沫颜欺骗，真的于心不忍。

子颜问："所以最后的鉴定结果，唐沫颜是唐家的血脉？"

韩胤希回答："嗯，这显然是唐沫颜动了手脚，但我感到奇怪的是，她应该买通不了做鉴定的人，所以她到底是怎么动这个手脚的，就不太清楚了。"

为了确保真相，唐老爷子和唐父是亲自去守着那个检验师出报告的，这其中应该经不了谁的手，所以想要在报告上做手脚，几乎不可能。所以他判断，唐沫颜应该是在鉴定的东西上做了手脚，这是最大的可能。

当然，他不是唐沫颜，所以不清楚她干了什么。

子颜有点无奈地道："不得不说，唐沫颜还真是厉害，都这样了，她还能瞒天过海。"

韩胤希大概意识到了她的情绪，问道："你想揭穿她吗？"

子颜沉默了一下。

说实话，她当然是想的，但她无法想象唐父、唐母知道真相会怎么样。

他们是真的把唐沫颜当心肝宝贝在疼、在宠爱，给予她一切，可是现在却告诉他们，唐沫颜不是他们的亲生女儿，这对他们的打击应该很大吧？

但她又不想看着他们继续被蒙在鼓里啊。

原本子颜是想顺其自然的，毕竟这不关她的事，但现在她有点内疚，总觉得上天让她知道真相，是让她做点什么，而不是袖手旁观。

她是不是真的不应该袖手旁观，应该做点什么，揭穿唐沫颜的真面目？

韩胤希又问了一遍："你想揭穿她吗？"

子颜终于开口道："想……"

韩胤希沉声说道："好，我知道了。"

子颜问："你想怎么做？"

韩胤希笑着说："我怎么做是我的事，你不用管，你也不要去插手做什么，知道吗？任何事情都由我来做，你只要做好一件事就好。"

子颜疑惑地问："我要做什么？"

韩胤希带着浓郁的宠溺说："做好被我宠的准备。"

子颜笑了，笑容中能轻易地看出甜蜜的味道。

韩胤希这段时间一直派人跟踪唐沫颜，终于，今天有了消息。

手下发来唐沫颜跟一个穿着医生袍的男人的聊天视频，他用平板电脑看着，黑眸低垂，渐渐地陷入沉默。

叮咚——

门铃声打断了他的思路。

不用猜也知道是谁，韩胤希本来不想起身，但门铃一直响，外面的人还拍起门来。

"兄弟，我知道你在家……"

韩胤希啧了一声，才不情不愿地起身去开门。

门外果然是连城。

他想进门，韩胤希挡住了门，不让他进，问他："你不是去德国了吗？"

连城笑嘻嘻地说："我今天回来了啊！你看，我多够兄弟，一回来就找你，而且给你买了烧烤，还带了啤酒，不错吧？"

韩胤希白了他一眼，说：“这是给你自己吃的吧？”

连城从韩胤希的手臂下面钻了进去，道：“兄弟，我是带来跟你一起吃的，我自己当然是要吃的，但是你也可以吃啊。来、来、来，我心情不好，陪我喝酒！”

韩胤希还真看不出他心情不好，不过他都这么说了，韩胤希也信他。

一般这家伙不会拿心情不好来说谎，也不知道是发生了什么事，他不说，韩胤希也就不问。

有时候男人就是这样，有什么事就自己扛着，实在扛不动的话才会跟兄弟开口。

连城就像在自己家似的，走到了沙发那边，把烧烤放到茶几上后，就直接坐在了地毯上。

他打开啤酒，自己先喝了起来。

韩胤希没说什么，就只是陪他喝酒。

连城打了一个酒嗝儿，说：“还是跟你喝酒爽！酒吧里太吵了，而且我才刚坐下，就有美女搭讪，真烦，想一个人静一静都不行。”

韩胤希看这烧烤不错，也吃了起来。

然后韩胤希拿起刚刚的平板电脑，继续看视频，分析着唐沫颜话中的意思。

连城好奇，探头去看。

韩胤希也没遮掩，任他看。

连城忍不住问：“这是什么东西啊？”

韩胤希说：“唐沫颜今天跑了大老远去一家很偏僻的医院，就找了一个人说话，但我觉得她有点问题。”

连城又扫了一眼平板电脑，说：“她说不想那个人醒来，那个人是谁啊？”

韩胤希说：“不知道。”

连城摸了摸下巴，道：“我记得你跟我说过，她明明不是唐家的血脉，可是她给的头发验出的结果是吻合的，如果她没有在报告上动手脚的话，会不会她给的那头发就是真正的唐家大小姐的头发？”

连城的猜测，跟韩胤希之前所想的差不多，韩胤希眯起了眼。

连城打了个响指，说：“我知道了！她口中所说的那个人，就是真正的唐大小姐！很有可能唐沫颜早就知道自己的身世，她不想失去唐家大小姐这个身份，就暗中找到了真正的唐大小姐，然后把对方藏起来了……”

韩胤希习惯了连城这人的天马行空，听他这么一说，突然觉得也不无可能。

不管如何，那个被唐沫颜藏着的人，很有可能就是真正的唐大小姐，他要想办法把人找出来。

连城喝了几口啤酒，又开始胡扯起来：“对了，还有一种可能，就是她爸爸在外面有私生子，她拿的头发是那个私生子的，但这样的话好像就跟医院没什么关系了。所以我觉得还是第一种可能性比较大，你说呢？”

韩胤希瞥向他，道：“话都让你说完了，我还能说什么？”

连城嘿嘿笑着，骄傲地指着自己的脑袋说：“是不是觉得我的分析很对啊？那你不赶紧把真正的唐大小姐找出来？只要找出了真正的唐大小姐，就能揭穿唐沫颜了！”

想到那个嚣张跋扈的唐沫颜失去了唐大小姐的身份的情景，连城突然就有点期待这剧情的发展。

第三十八章
她才是真正的唐沫颜

等事情查得差不多了，韩胤希才打算跟她说这件事。

子颜还以为他找自己出来是约会的，就看到他拿出手机，给她看一张照片。

韩胤希开门见山地说：“你知道她是谁吗？”

子颜摇头说：“不知道。”

韩胤希沉声说：“她才是真正的唐沫颜。”

子颜错愕地瞪大眼睛，多看了几眼那照片，问道：“这是怎么回事？”

韩胤希又给她看了另外一张照片，是那个女孩儿躺在病床上，身上满是管子，看上去情况不太好的样子。

子颜连忙问：“她怎么了？”

韩胤希这才解释道：“她叫梁依雪，一年前，一场严重的车祸让她变成了植物人，现在就靠仪器活着。”

子颜想到了什么，倒抽了一口气，问：“那场车祸不是意外？是人为的？”

韩胤希点头说：“我也这么认为，我让人去查了。从表面上看是一个意外，是一辆货车撞到了她所坐的计程车，计程车司机当场死亡，而她成了植物人，货车司机逃逸了，一年了都没找着，这个案子就不了了之了。”

子颜不解地说：“怎么会找不着？现在监控那么厉害。”

韩胤希说：“所以我怀疑这场车祸是背后有人指使的，那个人安排了货车司机逃出国，所以才会抓不到人。”

子颜想起了自己的遭遇，沉下脸，说：“是唐沫颜找人做的？”

韩胤希沉声说：“只可能是她。梁依雪的家庭本来就不富裕，她父亲还烂赌，母亲在她很小的时候就抛下她离家出走了，她父亲也不管她，所以可想而知，在她出车祸后，根本没人会照顾她。”

子颜有点同情这个梁依雪，觉得她的遭遇挺惨的，如果不是意外被调换，她才是唐家的大小姐。

子颜问：“那她后来怎么样了？”

韩胤希说：“这就是奇怪的地方，她变成植物人后，就一直住在一家医院里。按道理来说，她父亲烂赌没钱救治她，不可能还有钱让她住医院。我查了，是一个医生在照顾她，住院的费用则是一个神秘人支付的。”

子颜诧异地道：“所以你怀疑这个神秘人就是唐沫颜？那她为什么要这样做？”

韩胤希说：“如果是她，就很好理解了，她想留着真正的唐家大小姐，以备不时之需。这不，前段时间唐家的老太爷要她和父母做亲子鉴定，她应该就是拿了梁依雪的头发，所以亲子鉴定的结果是吻合的，唐家也就没再怀疑唐沫颜是不是他们家的血脉了。”

如果不是唐沫颜留了一手，亲子鉴定一验，她真实的身份就败露了。

唐家知道她不是真正的唐家血脉，到时候一查，就很容易找回真正的唐家大小姐。

韩胤希也没想到，唐沫颜的手段这么厉害，居然把真正的唐家大小姐藏着，不知她是太自信还是太大胆。

真正的唐家大小姐还活在世上的话，对唐沫颜来说无疑是一把双刃剑，一旦有人发现这件事，唐沫颜不只是地位没了，她的所作所为也会被知道，到时候唐氏夫妇就算对她再有感情，也不可能接纳她了。

只能说，唐沫颜太自信自己能掌控一切，但她忘了，这个世界上就没有不透风的墙。

子颜沉默了，没想到这背后还有这么复杂的事情。

子颜以前是不太相信命运的，但现在，经过灵魂互换那件事，她就有点信了。

可谓是天道轮回，报应不爽，唐沫颜所做的那些伤天害理的事，终有一天是要偿还的。

子颜问他："那你打算怎么做？那个梁依雪还在昏迷中，要把她救出来吗？"

提到这件事，韩胤希握住她的小手，叹息了一声，说："晚了一步，本来我就是这么打算的，在确认了是她后，我就派人一直盯着那个病房，但不知对方是怎么做到的，无声无息就把人给转移走了。"

子颜吃惊地道："那么大个人，还躺着不能动，都能在你的人眼皮底下被无声无息地带走？那能做到这个的人也太厉害了吧！"

韩胤希有点糗地摸了摸鼻子，说："我也不是万能的嘛！我怀疑是那个医生做的，后来他就没再出现过了。我找人去打听，医院的人说他辞职不干了。"

子颜说："辞职不干了？那确实可疑！"

韩胤希说："应该说，基本确定就是他转移了梁依雪，因为梁依雪身边没有其他人，她父亲早就放弃她不管了，只有那个医生在她身边。但他又不见了踪影，所以现在也不知道梁依雪在哪儿。"

子颜有点担心，皱起眉头说："会不会……唐沫颜觉得她没有了利用价值，就让那个医生把她给……"

唐沫颜那人心肠太恶毒，什么都干得出来。

韩胤希蹙了一下眉头，说："这个可能性也有，唐沫颜已经向唐家人证明，她就是唐家的血脉，所以她不再需要养着梁依雪了，留着梁依雪反而是个威胁。"

子颜着急起来，连忙说："那怎么办？有什么办法可以找到梁依雪？"

一方面，她同情梁依雪；另一方面，唐沫颜做了这么多坏事，是该得到报应了，不能让唐沫颜再继续无法无天下去。

而现在，梁依雪是最重要的证据，只有找到梁依雪，才能揭穿唐沫颜所做的事。

没了梁依雪这个真正的唐家大小姐，就算他们去告诉唐家，说唐沫颜不是唐家的血脉，唐家人也不会相信的。

韩胤希双手搂着她，说：“好了，你别担心，我派人去找了。现在监控很厉害，只要那个医生在任何摄像头下露了脸，就能把他找出来，除非他一直藏着不露脸。”

子颜不由得往坏的方向想，说道：“那他就是不露脸怎么办？”

韩胤希哭笑不得地说：“那就没办法了，还有他跟他的亲人要是一直没联系，或者他带着梁依雪离开了燕城，去乡下躲着，也确实很难找到他。”

子颜有点无奈。

韩胤希把她揽过来，又趁机偷亲了一下，然后让她靠在自己怀中，道：“好了，别想了。”

他在她身边，她怎么能一直想着别的人呢？

子颜这才发现自己在他怀中，脸上微微发热，说道：“就这些了？没有其他事了吗？”

他慢悠悠地说：“还有……”

子颜认真地听着，问道：“还有什么？”

韩胤希贴到她耳边，用低沉的嗓音说：“我想你了。”

我想跟你单独待一会儿，过二人世界，约会。

另一边。

唐沫颜接到了一个未知号码的电话：“喂。”

“梁依雪在我手上，你想要她，准备两千万元。”

唐沫颜问：“你是谁？”

对方的声音是经过处理的，听着像是机械发出的声音，那人说道：“你不用管我是谁，梁依雪对你很重要吧？两千万元对你唐大小姐来说又不算什么。”

两千万元对她确实不算什么，但唐沫颜不喜欢被威胁，她冷着脸说：“我凭什么要给你两千万元？你算个什么东西？！你最好把人还给我，不然我让你在燕城待不下去！”

“哈哈哈，唐大小姐，你是不是还没搞清楚状况？现在我要加码，三千万元！不然我就把梁依雪送到唐家，到时候看看还有没有人叫你唐大小姐。”

唐沫颜一僵。

为什么这个人知道这么多事？她想来想去，都想不出幕后的主谋是谁，难道说是南司耀？

唐沫颜咬牙切齿地说：“你做梦！我不会给你钱的！”

对方嗤笑道：“你自己想想，到底是三千万元重要，还是你唐大小姐的位置重要，想好了再告诉我。”

说完，那人就把通话挂断了。

唐沫颜气得把手机砸了。

唐沫颜气愤地回了家。

而当天晚上，她又接到了那个神秘人打来的电话。

对方开门见山地问：“想清楚了吗？”

这一次，那人用了不一样的变声器。

唐沫颜生气地说：“南司耀，你到底想干什么？！”

对方说：“我不是南司耀！”

唐沫颜追问：“你不是南司耀，那你是谁啊？梁依雪这件事没几个人知道，除了我、南司耀，还有就是……”

说着说着，唐沫颜顿了一下。

难道说……

“是你，吴明浩？”

吴明浩是那个医生的名字。

唐沫颜生气地说：“原来是你把梁依雪带走了！我给了你那么多钱，你还勒索我？”

智商上线了，她立马就想通了，最有嫌疑的就是吴明浩，他也最容易带走梁依雪。

唐沫颜得知被背叛，愤怒地对着手机骂了很多脏话，然后道：“这两年我给你的钱还不够多吗？你不感恩戴德就算了，还反过来勒索我？”

对方索性不装了，冷哼道：“你还要我感恩戴德？我帮你做了多少坏事，可是你就给我那么点钱，够谁花啊？”

唐沫颜说：“你没钱跟我说！我又不是不给你。”

对方反驳道："我每次问你要钱，你就跟打发乞丐似的，我受够了！"

唐沫颜凶狠地说："把梁依雪给我送回来，不然我把你弄死！"

对方笑了："把我弄死？唐大小姐，你先担心一下你自己吧，我告诉你一个好消息，哦不，对你来说，是坏消息。"

唐沫颜心头跳了一下，问："你想说什么？"

对方冷笑道："梁依雪醒了。"

唐沫颜握着手机的手猛然绷紧，眼睛也愕然地睁大——梁依雪居然醒了？

她失控地吼道："你不是说过她不可能会醒的吗？！"

就因为梁依雪不会醒来，不会对她造成威胁，她才容许梁依雪以植物人的方式活下去的。

谁知道，梁依雪居然醒了！这怎么可以！唐沫颜顿时慌了起来。

吴明浩笑了起来："唐大小姐，我再问一次，你愿意给钱了吗？"

唐沫颜用力地咬住下嘴唇，眼睛发红地说："给！"

吴明浩很满意地说："那就明天，你把钱准备好了，我会通知你交易的地点。"

唐沫颜愕然地道："把钱准备好是什么意思？你不会让我拿现金给你吧？这么短的时间，我去哪儿弄来这么多现金啊！"

吴明浩说："放心，不是现金，你只要在卡里准备好三千万元就行了，到时候你过来，我让你把钱转进一个账户。"

唐沫颜冷下脸，说："知道了。"

那边马上挂断了通话。

唐沫颜捏着手机，眼睛变得凶恶。

韩胤希很快就得到了这个消息，立刻去找子颜。

子颜上了车，疑惑地问他："怎么了？"

韩胤希说："找到那个医生了，梁依雪应该是被他带走的。"

他派去监听唐沫颜的人，从昨晚他们的通话查到了吴明浩的信号所在地，经过一个晚上的搜索，基本上锁定了对方的位置。

子颜惊讶地道："这么快？"

韩胤希点点头，说："我现在要赶过去，得尽快把梁依雪找出来，免得她再次被藏起来，可就不那么好找了。”

子颜说：“我陪你去！”

吴明浩躲在郊区的一座小镇上，这里虽然也属于燕城，但因为位置偏僻，所以跟乡下差不多。

这里的路边都是小店铺，很少装监控，正好就让他逃过了。

一大早，吴明浩在唐沫颜还没清醒的时候，就打电话给她，告诉她地点。

唐沫颜有起床气，在手机里骂骂咧咧的。

吴明浩根本不管她，说完地址，限定她几点赶到，就挂了电话。

他放下手机，转身进了房间。

床上坐着一个人，很瘦，但脸色还算红润。

这人便是梁依雪。

梁依雪抬头看着他，不说话。

吴明浩说：“等我拿到钱，我就送你去唐家，以后的事你自己看着办吧。”

梁依雪点点头，对他并没有怨恨的样子，轻声说：“谢谢你。”

吴明浩转身要走，脚步顿了一下，又好心提醒道：“你也很清楚唐沫颜不是什么好人，你斗不过她的，就算让你见到你父母，他们也不一定信你。”

梁依雪垂下眼眸，说：“我知道，但我想回到亲生父母身边，想看看他们是什么样的，毕竟他们是我唯一的亲人了，就算……就算我死了，至少我还能认得他们的样子。”

“随你的便。”吴明浩留下这句话，就沉默地走出房间。

唐沫颜到了吴明浩所说的目的地，又接到吴明浩的电话，上了他安排的车。

在小巷子里绕了不知多久，摩托车停在了一栋很旧的两层楼房前。

唐沫颜皱着眉走到了楼房的门前，犹豫着要不要进去。

这时有人从里面开了门，是吴明浩。

吴明浩瞅了她一眼，撇了撇嘴，说：“进来吧。”

唐沫颜看到他就来气，端起了大小姐的架势说：“你为什么要这样做？”

吴明浩好笑地说："为什么？为了钱啊！"

好像她问了什么好笑的问题。

吴明浩把她带到桌前的电脑前，对她说道："过来吧，别耽误时间了。"

唐沫颜走了过去，不知道他要干什么。

电脑是开着的，屏幕上是什么网页，但她看不懂。

吴明浩问："卡呢？带来了吗？"

唐沫颜从包包里掏出了一张卡，递给他。

吴明浩睨了一眼她的包，知道这是名牌的包，好几万元一个，冷冷地撇了一下嘴角。

他夺过她的卡，走过去电脑前操作，过了一会儿对她说："你过来，人脸识别。"

唐沫颜警惕地问："人脸识别，干什么？"

吴明浩懒得跟她解释，说道："你照做就对了！我跟你解释，你听得懂吗？"

他那语气，好像很看不起她的样子，唐沫颜不满地说："你怎么知道我听不懂？"

吴明浩呵呵笑了两声，说："我还不知道你有几两重吗？课都不去上，除了花钱买奢侈品，就是吃喝玩乐，你还会干什么？哦不，你还会算计人，狠毒的时候你倒是厉害。"

唐沫颜冷然地盯着他说："我再会算计人，不还是被你算计了吗？"

吴明浩懒得跟她扯："少说废话，赶紧把钱转了再说。"

唐沫颜眯了眯眼，却往后退开，说道："梁依雪呢？你不会以为我这么傻，直接把钱给你吧？我要先看到人！"

吴明浩说："我收到钱后，自然会把她交给你。"

唐沫颜却不信，环视了一眼前面的房间，问道："她在里面吗？"

吴明浩睨着她笑了，道："你觉得呢？"

唐沫颜不跟他打哑谜，索性走过去，打开了门。

房间里什么都没有。

果然，他没有傻到把人带在身边。

唐沫颜转头看向他，说："人呢？我怎么确认梁依雪是你带走的？如果是别人带走的，你就是讹我，怎么办？总之，见不到梁依雪，我是不会给你钱的。”

吴明浩拍了拍手，说：“没想到唐大小姐还是有脑子的。”

唐沫颜白了他一眼。

吴明浩拿出手机，点开一个视频，递给她看。

唐沫颜接过，在上面看到了醒着的梁依雪，背景就是在这个房间里。

吴明浩很快地抢回手机，说：“确认了吗？那就赶紧交钱。”

唐沫颜问：“她现在在哪儿？”

吴明浩笑着说：“你放心，等钱到位了，我就把她给你。至于你想怎么处置她，那就是你的事了，我不会插手。”

唐沫颜冷着脸说：“告诉我，她在哪儿？”

吴明浩拧眉，察觉了什么，往后退了一步，然后就朝她扑上去，想要先制服她。然而他还是慢了，有两个男人一脚踹开门，进了房间，用枪指着他。

唐沫颜躲开他后，上前踢了他一脚，道：“现在，把梁依雪交出来！”

吴明浩没想到自己失算了，他以为这个唐大小姐没什么本事，所以没想到她还叫了两个这么厉害的人来，躲过了他安排的眼线。

毕竟他也只是个普通的医生。

被迫之下，他举起双手。

唐沫颜凶狠地问他：“梁依雪在哪儿？”

吴明浩顿了一下，说道：“我不知道……”

唐沫颜说：“你怎么可能不知道？你不肯说？”

吴明浩叹了一声，解释道：“其实在你来之前，她被人救走了，我也不知道那帮人是谁。”

唐沫颜表示不信，但她也想不出有什么理由让他在被枪指着的情况下，还是不肯把人交出来。

唐沫颜抢过其中一人的枪，对准了吴明浩，然后对那两人示意道：“搜！”

吴明浩沉默着。

这栋房子很小，上下两层，面积也不大，所以很快就搜完了。

“不在。”其中一人回复道。

唐沫颜气愤地用枪顶着吴明浩的脑袋，说：“她到底在哪儿？！”

吴明浩无奈地说：“都跟你说了，她被人救走了，你就是不信我，我也没办法。”

唐沫颜对着他吼道：“我不会信你的！你到底把不把人交出来？不交出来，那你这条命就没了！”

吴明浩还是说：“她真的被人救走了……”

唐沫颜把他踢倒在地上。

在她的示意下，两个男人上前，你一脚我一脚地踹着。

吴明浩咬紧了牙关，发出闷哼声。

这时一个男人停了下来，像是听到了什么动静，然后看向唐沫颜，说：“有人在房间里！”

在房间里？明明房间里搜过了。

吴明浩的脸色似乎微微变了下。

那男人进了房间，不知道捣鼓着什么，好像在搬东西。

吴明浩的脸色变得有些僵。

过了一会儿，里面传来男人的声音：“原来床下有个密道！”

唐沫颜顿时欢喜，得意地看向吴明浩说：“你把她藏在床下？”

吴明浩的脸明显绷紧了。

唐沫颜最讨厌别人骗她了，气得用力地踩了他一脚。

没一会儿，男人就把梁依雪带了出来。

梁依雪被丢到地上，她本来身体就不好，此时脸色都白了。

唐沫颜睨着她，哈哈大笑，说：“真没想到你还能醒过来。”

不是亲眼看到的话，唐沫颜还以为吴明浩是骗自己的。

梁依雪有点怕唐沫颜，怯怯地缩着。

她知道自己死定了，唐沫颜知道她醒了，是不会放过她的。

果然，唐沫颜把枪对准了她，冷笑道：“可惜你醒了也没用，反正你醒没醒都是要下地狱的。”

“不要！”吴明浩看唐沫颜要开枪，着急地喊道。

唐沫颜诧异地看向他，好像不理解他为什么要阻止自己：“你不会想救她吧？”

吴明浩没说话，因为他很清楚，他现在说什么，都无法让唐沫颜放过梁依雪，但他又无法做到眼睁睁地看着梁依雪死去。

唐沫颜问他："她是什么时候醒的？"

吴明浩看能拖时间，便回答她："三个月前。"

唐沫颜诧异又生气地说："她三个月前就醒了？！"

她还以为梁依雪是最近才醒的。

这说明吴明浩一直瞒着她这件事，该死的！唐沫颜生气地过去踢他。

吴明浩没有反抗，任她发泄。

唐沫颜愤怒地说："哈，我想起来了，一开始就是你让我留她一条命的，一直说服我，说留下她以备不时之需，不然她当年就已经死了！"

吴明浩低着头不说话。

梁依雪看向吴明浩。

其实梁依雪隐约有一点记忆，当时在昏迷中，她好像一直有听到外界的声音，但时隔太久，她已经忘记了这件事，被唐沫颜这么一提醒，她才想起来。

其实吴明浩并不是多坏的人，他帮唐沫颜做事，是当时急需钱。

梁依雪隐约记得，在昏迷中听到过最多的是吴明浩打电话的声音。

他是个孤儿，从小在孤儿院里长大。

他靠自己考上大学，因为想救人，所以选了医科，但因为没有背景，只能在这种小医院里工作。

工作后他还会时不时回孤儿院帮忙。

孤儿院的院长患了重病，需要很多钱来治疗，他就算拿出所有的积蓄，也只是杯水车薪。

就在这时，梁依雪出了车祸，送到了他所在的那家医院里。

唐沫颜用钱收买他，让他帮自己办事。

当时他只犹豫了一会儿，就答应了唐沫颜，他想着反正他帮唐沫颜做的不是坏事，只是帮唐沫颜看着变成了植物人的梁依雪。

就是因为这笔钱，院长的病得到了救治。

到现在他也不后悔当初的选择。

他从来不觉得自己是什么好人，人都是自私的，做的事也都是利己的，但这一年他一直悉心地照顾梁依雪。

他也没想过她会醒过来，或许这是上天想让他做出补偿。所以他一直瞒着唐沫颜，没有告诉唐沫颜，梁依雪已经醒来的事。

在他接到唐沫颜的电话，要他弄死梁依雪的时候，他想了一个晚上，最后选择带走梁依雪。

他不知道自己这样做对不对，但他知道，自己下不去这个手。

他想把梁依雪送回唐家，但这件事不是那么容易的，他们是陌生人，突然跑去唐家说梁依雪才是他们家的血脉，唐家人怎么可能会相信他们？而且唐沫颜这个人心狠手辣，不知道会做出什么事。

他就想到了这个办法，假装绑架走梁依雪，找唐沫颜要钱。

有了这笔钱，他就不用怕唐沫颜了。等安顿好孤儿院的孩子，他就可以带梁依雪逃出国，就算她不能回唐家，但至少还能活着。

吴明浩抬头看着唐沫颜说："她才是真正的唐家大小姐，你占了她的位置这么多年，该够了吧？人在做，天在看，你就不怕有报应吗？"

唐沫颜像是听到了什么笑话，说道："报应？我不信报应，我信人定胜天！自己的命运，自己掌握！"

她不觉得自己有什么错，谁不想过富裕的生活？她只是为自己争取而已，这样错了吗？

唐沫颜把枪指向梁依雪，说道："梁依雪，就算你是唐家的血脉又怎么样？上天安排了这样的命运给你，你自己不争取，你怪谁？一年前你就该死了，我留了你这条贱命多活一年，你该谢谢我才对。"

就在唐沫颜准备开枪的时候，突然大门砰的一声被关上了，然后两扇窗降下黑布，房间里顿时变得漆黑一片。

唐沫颜问："怎么回事？！"

她带来的一个人反应比较快，惊呼道："他们跑了！"

唐沫颜诧异，急忙对着所指的地方开枪，但都没打中。

她生气地对他们吼道："快去追啊！蠢货！"

在这个空当，吴明浩带着梁依雪不知跑了多远。

下一秒，大门被踢开了。

唐沫颜终于看得见，急急忙忙地出了这栋旧楼。

唐沫颜吼道："快去追啊！"

说着，她也急忙冲了出去，只是她跑得比较慢。

走出一条比较宽的路，她远远地看到一辆跑车开过来，觉得有点眼熟，这好像是韩胤希的车？

她就在旁边站着，等那辆车开近。

那辆车停在了路边。

车内果然是韩胤希，还有安子颜，他们来这里干什么？唐沫颜眼尖地注意到，两人下车，韩胤希拿着手机，看上去像是在导航，在找谁的样子。

难道他们在找吴明浩？她偷偷地跟了上去。

绕了几条路，韩胤希跟几个人会合了，看上去是他派的人。

得知了刚刚发生的事，韩胤希蹙眉问道："那梁依雪呢？"

"他们躲在前面那栋房子里。"

原来是躲在房子里！唐沫颜觉得真是天都在帮她，让梁依雪逃不出她的手掌心。而且……她把目光落在子颜身上，笑容更灿烂了——这贱人也在，正好今天就送她们两个一起归西。

平时子颜身边总是有麦甜跟着，再加上在学校的时候她们身边还有韩胤希和南司耀，所以唐沫颜真的很难有办法对子颜下手，而现在正是机会。

背后莫名地探出一只手，突然拽住了唐沫颜的后领。

没给她说话的机会，她已经被丢到了韩胤希和子颜面前。

拎着她的人显然是韩胤希的手下，他对韩胤希汇报道："少爷，这个人鬼鬼祟祟地躲在旁边。"

子颜想起刚刚听到的事，想到唐沫颜这么心狠手辣，看着她就很反感，呵斥道："唐沫颜，你做了那么多坏事，难道就不怕被天打雷劈吗？"

唐沫颜怎么也没想到，自己刚刚想了一番计谋，还没来得及实施，就被揪了出来。

更不好的是，她没帮手！

但就算如此，对着穆子颜的时候，她也绝不能落了气势。

她冷哼道："我为什么要怕？有本事你就让老天爷打个雷劈死我啊！"

这时一朵很大的乌云飘了过来，似乎有下雨的征兆，天空响起轰隆隆的雷鸣，一道闪电在昏暗的天空划过。

唐沫颜吓得哆嗦了一下。

被雷劈这种事现实也不是没有发生过，再说了，她连灵魂互换这么离奇的事情都经历过，雷劈还算是自然现象，她突然心里一虚。

唐沫颜嗓门大了起来，喊道："放开我！你们抓我干什么？放开啊！”

子颜没理会她，他们来这里的主要目的不是唐沫颜。

子颜凑近韩胤希说：“我们走吧，去找梁依雪要紧。”

现在要确保梁依雪的安全，才能揭穿唐沫颜的假面具。

轰隆隆——又是一记惊雷，天空渐渐地下起了雨。

韩胤希护着子颜躲进了旁边的楼里。

唐沫颜看到韩胤希对子颜这么好，眼睛都变得猩红了，嘴里骂骂咧咧的。

这时另一队人找到了梁依雪和吴明浩，把两人带了过来。

两人看到在雨中大吼大叫的唐沫颜都惊呆了。

“你们是谁？”

显然，他们都不认识韩胤希和子颜。

子颜看向梁依雪，问道：“你就是梁依雪？”

梁依雪谨慎地点点头。

子颜笑了一下，说：“你跟你爸爸长得很像。”

难怪都说女儿长得像爸爸，儿子长得像妈妈，一看到梁依雪，子颜就能确认，梁依雪确实是唐氏夫妇的女儿。

相比起唐沫颜，梁依雪是从轮廓上就能看出一点痕迹的。

梁依雪感觉得出他们不是坏人，所以紧绷的精神放松了一些，又问：“你们是谁？”

子颜说：“你不用在意我们是谁，我们是来帮你的。”

梁依雪不解地问：“为什么？”

子颜抬头望着越下越大的雨幕，笑了一下，说道：“大概……是老天爷看不下去了吧。”

在韩胤希的安排下，梁依雪见到了唐氏夫妇。

真相被揭露的时候，唐家人都不敢相信会有这样的事，尤其是唐氏夫妇，看着狼狈的唐沫颜，脸上的表情难以形容。

唐沫颜还想顽固抵抗，但吴明浩拿出了一段视频，是在那栋破旧小楼里对峙的时候，唐沫颜说的那些话都被录了下来——他把唐沫颜带进那楼里，就是为了准备这个。

视频一出，唐家人都相信了。

唐沫颜落败，整个人无力地跪在地上，只能眼睁睁地看着唐氏夫妇把梁依雪拥入怀中，一家三口团聚的画面刺痛了她的眼睛。

唐家人会怎么处置唐沫颜，韩胤希不关心，做完这些就离开了。

反正现在唐氏夫妇也知道了唐沫颜的真面目，知道了她的心狠手辣，如果都这样了他们还把唐沫颜留在身边，那外人也没什么好说的。

第三十九章

就算全世界都离她而去，她还有他

周一上课。

子颜没有跟着去唐家，所以不知道后续，今天才从韩胤希口中得知了。

“我后来就走了，不知道唐沫颜是怎样的结果。”

子颜点点头。

韩胤希看向她说：“你会觉得不公平吗？唐沫颜干了那么多坏事，还差点害死梁依雪，可是唐氏夫妇养育了她这么多年，应该也是有感情的，可能还会把她留在身边，当养女去照顾。”

子颜笑了一下，说：“这是他们的选择，我们无权干涉。”

但她想到唐父、唐母终于跟自己的亲生女儿团聚，这一点让她很开心。

至于唐沫颜的结局如何，她并不关心，这个世界本来也不是善恶终有果的，只要唐沫颜别再出来害人就好。

麦甜从教室门口走进来，手里拎着饮料，好奇地问道：“你们在聊什么呢？”

子颜摇头说：“随便聊聊。你去买什么了？”

麦甜说：“不知道为什么突然想喝可乐。喏，这瓶给你，草莓果汁。”

韩胤希看向麦甜，那表情仿佛在说：我的呢？

麦甜笑了一下，说：“不好意思，忘了你那份。”

说着，她就要坐进子颜旁边的位置。

“闪一边去！”

突然一只手臂从身后伸来，把她扯开了。

麦甜踉跄了一下，差点跌倒，抬头瞪着南司耀说：“你干什么啊？！”

南司耀睨着她说：“我问你干什么才对，这是我的位置！别以为我不知道，我不在的这几天，你都霸占我的位置，我不收你租借费就不错了。”

麦甜郁闷地噘着嘴说：“你就让我跟颜颜坐嘛……”

南司耀一口拒绝：“不行！”

麦甜只好惨兮兮地回到自己的位置上。

南司耀坐到自己的位置上，看到桌子上的课本不是自己的，就抓起来，丢回去给她。

麦甜没好气地说：“你——”

南司耀笑眯眯地说：“从今天开始，我不会再缺课了，所以你也别想再来占我的位置。”

麦甜看向子颜，怨念地喊：“颜颜……”

子颜也无可奈何。

麦甜拉着子颜的手哀怨地道：“为什么快乐的时光都这么短暂……”

子颜拍了拍她的手，以示安慰。

“嘿嘿！”麦甜突然笑了起来，看向南司耀，吐了吐舌头，说，“等着瞧，过几天放中秋节的假，颜颜就是我的了！”

南司耀问：“你不用回家过节吗？”

这人整天就缠着子颜，也好意思？

麦甜说：“回啊。颜颜，你也回去的，对吧？”

子颜似乎微微顿了一下，脸上的神情让人看不太懂，淡然地说：“应该不去……”

麦甜诧异地道：“为什么？！”

子颜没说，只是对她笑了一下，道：“好了，要上课了。”

麦甜想不通：“你刚回穆……”

还好她很快意识到有些话不能说，只能硬生生吞了回去。

过了一会儿，手机屏幕亮了起来，子颜低头一看，是麦甜发来的微信：“你刚回穆家，他们不接你回去过节吗？怎么可能会丢你一个人在燕城呢？”

子颜垂眸，手指僵着，不知道该怎么回复她，最后只能说：“你别问了。”

麦甜侧头看了一眼子颜，很听话地不再问下去。

下课后，麦甜借口拉子颜去上厕所，中途问：“难道是你家人会过来燕城陪你过中秋吗？”

但这样的话，就只能几个人来，不可能整个穆家的人都来，而且她爸爸不方便吧？

子颜摇头说：“不知道，他们没说。”

麦甜无法接受：“怎么会没说呢？离中秋就三四天了，不管是什么样的安排，都应该跟你说了啊。”

其实她也想不明白，既然穆家把子颜找了回来，为什么不带子颜回京城，而是留子颜一个人在燕城念书呢？

她在葵园住的这段时间，也没见任何一个穆家人出现，甚至连打电话问候都没有。

麦家跟穆家是世交，所以她很了解穆家人，穆家人绝对不是那种不顾亲情的人啊。

所以这到底是为什么？

还记得她要来燕城的时候，她爸妈虽然一开始不肯，但后来拗不过她，答应了之后，还提了一句，让她对子颜好一点，多照顾子颜，还说了一句“子颜这孩子很可怜”。

这也是为什么她跟子颜做朋友之后，总是缠着子颜，想要对子颜好。

潜意识里，她认为父母这样叮嘱她，是因为子颜在被认回穆家之前一定是受了很多苦。

但接触的这段时间里，她感觉子颜是个温柔善良的人，不像是以前很惨的样子。

所以她父母为什么要说子颜可怜呢？麦甜实在是想不明白。

子颜说：“好了，你别问了，我在这边有妈妈陪着啊。”

她所说的妈妈，自然是王慧玲。

麦甜有点伤感地说："可是阿姨很快就跟赵叔叔结婚，就要搬过去了，那你怎么办？"

王慧玲跟赵享宇正式结婚后，不可能还住在葵园，那整个葵园不就只剩下子颜一个人了吗？这也太可怜了吧！

麦甜心疼极了，挽着子颜的手臂说："那我不回京城了，我留在燕城陪你过中秋。"

子颜吓了一跳，赶紧劝她："那怎么行？你家人一定很想你的，而且这是中秋啊，是要一家人团聚的。"

麦甜嘟起嘴，闷闷地说："中秋是一家人团聚的日子，那你呢？你为什么不回家跟家人团聚呢？"

闻言，子颜露出一抹苦笑，她当然也想跟家人团聚啊，可是……他们没人告诉她，也没人联系她，她能怎么办呢？

麦甜看出了她的不开心，只想打自己一巴掌，忙说："对不起颜颜，我不说了，你别难过，我想你家人都是很想跟你团聚的，是有什么原因才让他们没办法……你也知道，穆叔叔的身份比较特殊，可能需要避忌吧。"

子颜勉强扯出一抹笑容，说："好了，不说了。你不是要去厕所吗？走吧。"

第二天。

唐家的事一下子传开了，这是唐家自己公布的，把唐沫颜从族谱上除名，而梁依雪改名唐依雪。

唐家对外公布，唐依雪才是真正的唐家大小姐。

最让子颜没想到的是，唐家并没有包庇唐沫颜，她做过的那些坏事都被公之于众，杀人未遂，自然是要受到法律的制裁的。

得知这个消息，学校的人哗然了。

谁能想到，那个嚣张跋扈的唐沫颜，居然根本就不是真正的唐家大小姐！

不少受过唐沫颜欺负的人，都站出来叫好。

而大快人心的是，唐沫颜不再是唐家大小姐了，唐家不要她了，等她坐牢出来后，未来又该去哪里呢？这才是最惨的。

对于这样的结果，其实子颜是有点意外的。

她想过，唐父、唐母以前那么疼爱唐沫颜，就算知道唐沫颜不是他们的亲生女儿，应该也不至于会狠心。

但她再一想，他们的亲生女儿差一点就要被唐沫颜杀害，唐沫颜在明知道梁依雪才是真正的唐家大小姐后，却痛下杀手，想取而代之，这样狠心的人，唐父、唐母估计也是寒了心吧。

晚上。

子颜在学校门口看到了梁依雪，哦不，现在应该叫唐依雪了。

跟之前不同，她穿着名贵的衣服，远远地看着就很有千金小姐的气质。

子颜很轻易地从她身上看到了唐父的影子，那种从内心散发的温柔。

唐依雪看到子颜，小步靠近，唤了子颜一声："穆子颜！"

子颜停下脚步，看着她问："你找我？"

唐依雪点点头，说："我想请你吃顿饭，可以吗？对了，还有你的男朋友韩胤希。"

毕竟旁边围观的都是星尚的学生，子颜听她这么直接地说出来，低头轻咳了一声，快速地转移话题，问道："你为什么要请我吃饭？"

唐依雪微笑着说："我想感谢你们，如果不是你们，我可能早就……"

子颜说："不用特地感谢的，我们也是看不下去唐沫颜的行径，现在她有这样的结果，也是她自己造成的。"

其实要是一开始唐沫颜选择告诉唐家，自己不是唐家的血脉，让唐家找到梁依雪，就算梁依雪回到了唐家，以唐父、唐母的仁慈，也是不会赶走唐沫颜的。最可能的结果就是唐沫颜会成为他们的养女，继续留在唐家。

然而唐沫颜选择了最自私的那一条路，所以会有如今的结局，是唐沫颜咎由自取，怨不得任何人。

唐依雪有点难为情，犹豫了一下，才伸手去拽子颜，柔声说道："其实，感谢是一方面，另一方面……我也很想跟你交朋友，可以吗？"

子颜露出笑脸，说："当然可以。"

一旁的麦甜看着她们对视而笑，心中顿时涌起危险的信号。

像是怕子颜被抢走，麦甜连忙挽住子颜的另一只手臂。

子颜回头看了麦甜一眼。

麦甜没说话，只是用哀怨的眼神瞅着子颜。

子颜有点看不懂。

唐依雪看她们两人这么亲密，想着应该是好朋友，便对麦甜露出友好的笑容，说道："你好，你要不要也一起去吃饭？"

麦甜看她这么友好，又不好意思敌视她了，问："我可以一起去吗？"

唐依雪笑着说："当然可以啊！子颜的朋友就是我的朋友。"

她当然不知道子颜和麦甜是什么样的身份，她只是觉得，子颜救过自己，是个好人，所以她想跟这样的人交朋友。而麦甜既然是子颜的朋友，那一定也是个不错的人，所有她也很乐意跟麦甜交朋友。

麦甜诧异地看着她，说："你跟之前那个唐大小姐真是完全不一样！"

面对唐依雪那种温柔的笑容，真是让人拒绝不了。

子颜扯了麦甜一下，说道："别提那个人了。走吧，我们去吃饭。"

唐依雪也不想提唐沫颜，就算事情过去了，但曾经发生过的事依旧在她心里留下了阴影，所以唐沫颜对她来说，始终是个噩梦般的存在。

但是她相信，这个噩梦总有一天会被现实的美好覆盖。

周四一放学就代表放假了，同学们齐声欢呼。

子颜问麦甜："你订了几点的高铁？"

还好京城离燕城不算远。

麦甜笑眯眯的，不说话，等她起身后，就过去挽着她的手说："走吧，我们回家。"

"等等！"南司耀拉住了子颜。

子颜回头看他。

南司耀拎出了一个纸袋子，递给她，说："喏，给你的！"

子颜问："月饼？不用了……"

南司耀硬要塞给她，说道："拿着！这个牌子的月饼很好吃，我特地让人从别的地方带回来给你尝尝的。"

子颜只好收下了，点头说："谢谢。"

南司耀便跟她们一起走。

今天下午韩胤希没来，不知道忙什么去了。

回到家，子颜担心麦甜赶不上车，一直催麦甜快点。

麦甜却慢条斯理的，一点都不在意的样子。

子颜问麦甜："你到底订了几点的高铁？还是说有人来接你回去？"

麦甜被她缠得没办法，只好摸了摸鼻子，说："其实……我没有订票。"

子颜诧异地问："为什么？"

麦甜凑上去搂住她的手臂，说："我在这里陪你过中秋，不好吗？"

子颜愣怔了一下，虽然是感动的，但也有些内疚，说："中秋是要跟家人一起过……"

她说到这个，麦甜就为她心疼——那她的家人为什么不接她回京城过中秋？

麦甜索性耍赖："不管，我就要跟你一起过中秋。"

子颜叹了一声，说："那你家人同意了吗？"

麦甜没说话。

子颜无奈地看着麦甜。

麦甜说："哎哟，这有什么关系嘛，我从小跟家人一起过中秋，少一次又没什么关系，我现在就比较想跟你一起过。"

子颜试图劝麦甜："你不用陪我的，我又不是一个人过……"

王慧玲还在。

麦甜嘟起小嘴说："你不想我跟你一起过中秋吗？你讨厌我吗？"

子颜哭笑不得地说："我没有讨厌你。"

麦甜还想说什么，这时候外面响起了奇怪的声音，轰轰轰的，一时让子颜听不清是什么声音。

王慧玲疑惑地跑过去看了一眼，然后吃惊地对她们说："外面来了一架直升机！"

麦甜一听就明白了，拉着子颜说："我们上楼去！"

子颜拉住麦甜，问："是来接你的吗？"

麦甜苦了小脸，说："呜呜呜……"

子颜反而笑了起来，说道："好了，家人都来接你了，你赶紧回去吧。"

麦甜说："那你怎么办……"

子颜拍了拍麦甜的手，说：“我有妈妈陪我呢，而且葵园还有这么多人在，我又不是自己一个人。”

麦甜不情不愿地被她拉了出去。

门外，宽阔的院子里，停了一架直升机。

子颜也是第一次知道，原来这个院子是可以停直升机的。

从直升机上下来一个男人，五官跟麦甜有几分相似。

麦甜挪了上去，小声唤道：“哥……”

男人对子颜礼貌地颔首，便把麦甜带走了。

麦甜不舍地对子颜挥手，说：“颜颜，拜拜……”

子颜笑着跟麦甜挥手，说：“拜拜，周一见！”

直升机在她面前缓缓地上升，载着麦甜离开了。

子颜在原地站着，直到直升机在晚霞中消失，才慢慢地收回视线。

回到客厅之后，突然没了麦甜活泼的声音，她有些不适应的感觉。

这一刻她才意识到，有麦甜的这些日子，真的让她很开心，至少每天家里都充满了笑声，而且有人陪伴的感觉真的很好。

第二天，子颜一大早就收到了麦甜的电话。

“中秋快乐！颜颜，你醒了吗？”

子颜揉了一下惺忪的眼睛，带着笑意说：“中秋快乐。我刚睡醒呢，你这么早？”

麦甜说：“我们家这个节日有拜佛的习惯，所以很早就起了。哈——我又困了。”

子颜笑着说：“那你再回去睡一会儿。”

她看了一眼时间，才早上八点钟。

麦甜声音很甜地说：“颜颜，才跟你分开了一天，我就好想你哦，你想我吗？”

这丫头真是个“小甜饼”，子颜突然明白了为什么都说女儿是贴心小棉袄，有麦甜这样的女儿，谁的心里不甜呢。

不得不说，麦家真会起名字。

子颜打了个哈欠，顺她的意说：“想啊。”

麦甜说：“我等一下要做冰皮月饼，真想给你尝尝我的手艺。”

子颜听着也想尝一尝，道：“那你留几个，等周一拿给我。”

麦甜应道："好啊！"

两人又聊了一会儿，麦甜被人叫走了，才不得不挂了电话。

子颜起身去洗漱。

刚换完衣服走出来，就听到手机又响了，她急忙去接。

是韩胤希打来的。

子颜脸上露出笑容，很快地接通电话："喂。"

不知道是不是被麦甜感染了，她的声音也变得甜甜的。

韩胤希听着她的声音判断，说道："醒了？"

子颜点头应道："嗯。"

韩胤希问："今天有空吗？"

子颜说："有空啊，你想……"

韩胤希笑着说："想跟你约会，可以吗？"

子颜一顿，有点傻傻地应了声："嗯！"

在别人都合家欢聚的时候，她内心其实也想有个人陪自己。

约好了时间、地点，她下楼去吃早餐。

王慧玲对她说："颜颜，我今天要出去一会儿，可能要晚上才能回来……"

子颜笑着问："是跟赵叔叔约会吗？"

王慧玲羞赧地点了点头，说："我会早点回来陪你过中秋的。"

子颜想了下，对她摇头说："你要是跟赵叔叔有安排的话，就不用急着回来。"

王慧玲说："那怎么行，那你不就一个人了吗？"

子颜笑着说："我不是一个人啊，我约了朋友，等一下出去玩，可能也会晚一点回来。"

王慧玲以为她是想跟朋友玩到晚一点，便表示明白了，道："那你跟朋友玩得开心一点。"

"嗯嗯。"

子颜吃完早餐就出门了。

她不想让家里的司机送，便走出去准备打车，然而却看到了一辆眼熟的跑车。

这不是……她愣怔地走过去。

跑车的车门打开了，走出一道俊朗的身影。

她诧异地说："你怎么会在这里？"

韩胤希笑着朝她走过来，深邃的黑眸凝视着她，说："来接我女朋友啊。"

闻言，子颜笑了。

韩胤希走过去，牵起她的小手，带她上了车。

他问她："有想去哪里吗？"

今天是假期的第一天，街上应该挺热闹的，但子颜不想去那些人多的地方。

她想了一下，说："都可以，找个人少的地方，兜兜风就好。"

韩胤希点头说："好，找个只有我们两个人的地方。"

子颜没好气地看向他，说："你不会是想带我去你的公寓吧？"

韩胤希故作吃惊地道："你怎么知道？"

子颜瞪他。

韩胤希笑了起来，说："当然不是，既然要约会，当然不能在家里，虽然呢，只要跟你待在一起，我去哪里都行。"

但今天是约会，当然是要去约会的地方。

韩胤希先带她去了高档西餐厅，吃完饭后，带她去了丽思会所，让她午休一下。

两人还去了电玩城和电影院。

一整天下来，行程还是挺满的，两人回到葵园的时候，都已经是傍晚了。

子颜抱着一个很大的娃娃准备下车，回头对他说："拜拜。"

韩胤希牵住她的小手，不肯让她走的样子。

子颜看向他，韩胤希趁机偷亲了一下。

子颜笑道："你干吗啊？"

韩胤希沉声说："真想把你带回家。"

子颜说："你也要跟家人过中秋赏月的吧？赶紧回去吧。"

提到家人，她的心情有些低落。

韩胤希注意到了，问她："怎么了？"

子颜对他微微一笑，说："没什么啊。好了，你快回家吧。"

今天有他一整天陪着，她觉得已经够了。

她抱着娃娃下了车。

韩胤希只能不舍地盯着她的背影，看她进了屋才开车离开。

子颜回到自己的房间，把大娃娃摆放到一个显眼的位置，越看越喜欢。

她坐到飘窗的位置，把脸埋进大娃娃的怀抱中。

房间里过于安静，可能是以为她很晚才会回来，所以王慧玲还没回来。整个家里，除了用人，只有她一个人。

想着别人都是一家人团聚地过中秋，一起吃月饼、赏月，子颜忍不住鼻子泛酸。

她不明白，如果她的家人不喜欢她的话，为什么还要认回她呢？

蓦地一抹温热从身后覆盖上来，子颜吓了一跳，忙抬起头。

身后传来熟悉的声音，在她耳边说："是我。"

是韩胤希。

子颜这才松了口气，转过头，吃惊地问他："你怎么会在这里？"

韩胤希指着阳台说："我爬上来的，你家这里的安保挺不错的，差点发现我了。"

幸好他更厉害一点。

他看到了她眼中的泪花，心疼地伸手为她拭去，问："怎么哭了？这么舍不得吗？"

子颜扑上去抱住他，眼泪掉得更凶了。

情绪一时崩塌，她没忍住，哽咽着说出心里话："我的家人好像不喜欢我……"

韩胤希抚摸着她的头发说："怎么可能呢，没有人会不喜欢你的。"

她这么好、这么优秀，又这么乖巧善良，是长辈最喜欢的那种女孩儿了，她的家人怎么可能不喜欢她？

子颜红着眼摇头，终于忍不住向他坦白自己的身世："中秋这样的日子，他们也不接我回去，丢下我一个人……"

其实她心里还是有怨念的，谁不想跟家人一起团聚过中秋呢？

韩胤希听着她的哭腔，心疼极了，搂紧了她，问："怎么回事？他们为什么不喜欢你？"

子颜摇头，掉着眼泪说："不知道……我不知道……可能是我不够好吧……"

韩胤希把她的头抬起来，让她对视自己的眼睛，黑眸紧锁她的眼，认真地说："你很好，你是全世界最好的女孩儿！我不许你这样说自己，懂吗？"

子颜抽了抽鼻子，说："可是他们不喜欢我……"

韩胤希捧着她的脸，深深地望着她说："他们不喜欢你，我喜欢你；他们不要你，我要你，好不好？"

子颜愣怔地看着他的眼睛，眼泪盈满她的眼眶，她用力地点头，说："好！"

韩胤希把她揽到怀中，沉声说："等大学毕业，我们就订婚，好不好？"

子颜一愣，颤颤地回拥他，闭上眼睛说："好。"

她空洞的心好像一下子被填满了，这是她第一次感受到这份爱带来的幸福，原来被人所爱，是这么幸福的事。

就算全世界都离她而去，她还有他。

两人拥抱了一会儿，韩胤希突然握住她的小手，说："走。"

子颜不解地看着他，但她没问，乖乖地跟着他走。

就算多她一个人，韩胤希也有办法避开安保人员，带着她神不知鬼不觉地离开了葵园。

过了不知多久，王慧玲回来了，上来敲她的门："颜颜，出来吃月饼了。"

王慧玲敲了好一会儿，都不见门开。

一旁的用人猜测道："小姐可能是睡着了吧，她今天出去了一天，回来的时候看着有点累的样子。"

"这样啊……"王慧玲不想打扰她睡觉，只好算了。

到了赏月的最佳时间，王慧玲又去敲门，问道："颜颜，你醒了吗？"

敲了几次还是没人开门，王慧玲才感觉有点不对劲，平时就算子颜睡得再熟，敲门叫她都会醒的，今天怎么没醒啊？该不会是出什么事了吧？

王慧玲顿时担心起来，扭了下门把手，才发现门没关。

王慧玲进屋一看，并没有子颜的身影，在房间里四处找了一圈，还是不见踪影。

王慧玲赶紧问用人："颜颜呢？你确定她真的回来了吗？"

用人也蒙了，说道：“小姐是回来了啊……”

王慧玲担心地问：“那她人呢？”

用人也急了起来：“我去跟管家说！”

子颜不知道韩胤希要带自己去哪儿，但无所谓，只要他跟自己在一起，不管去哪儿都可以。

而她怎么也没想到，韩胤希会带她去了山上。

注意到她诧异的目光，他笑了下，说：“赏月当然是要去离天空最近的地方，才能看得更清楚嘛，对吧？”

闻言，子颜笑了，原来是这样。

韩胤希对那头的人吩咐道：“嗯，准备一下。对，热气球。”

子颜一听到后面的三个字，愣住了，问：“什么热气球？“

韩胤希很快挂断电话，对她笑了下，说：“到了你就知道了。”

子颜又是好奇又是期待。

终于，两人到达了山顶。

这里是燕城有名的六星级温泉酒店，现在天气渐凉，等过段时间降温之后，这里将会成为燕城最热门的地方。

一路上，两人也陆陆续续地遇到一些车子，显然今天有些人选择来这里赏月。

韩胤希没有把车开到酒店大门，而是从另一条小路开了进去。

子颜什么也没问，静静地等着他给予的惊喜。

会是惊喜吧？

车停了。

有工作人员绕过来，毕恭毕敬地拉开子颜这边的车门。

韩胤希下了车，走过来牵住她的小手，道：“走吧。”

子颜抓紧了他的手，点了点头。

从这里，两人直接进了酒店的后方。

因为是晚上，所以看不太清楚眼前一大片的草坪，前方只是一片漆黑。

子颜喃喃地道：“这么黑……”

她的话音刚落，突然地上的灯光齐刷刷地亮了，照亮了眼前的草地。

夜色中，仿佛在地上点缀了一颗颗的星星，画面很是唯美。

子颜看向韩胤希，眼中盛满了欢喜。

韩胤希笑着说：“还有呢。”

还有？她被韩胤希拉着往前走，这才看到前面的热气球。

对哦，她差点忘了他之前说过的热气球。

居然真的有热气球！子颜简直不敢相信自己的眼睛，错愕地问：“这是真的吗？”

韩胤希笑着调侃道：“当然是真的，不然你以为是3D投影吗？”

如果他说是3D投影，她会相信的。

回过神来，严谨的性子让她第一个想到的还是安全问题，她问：“晚上可以乘坐热气球吗？不会有危险吗？”

韩胤希哭笑不得，这么浪漫的气氛下，她居然还能想到这个。

他握着她的小手，拉着她往前走，道：“你别扫兴了，现在应该是感动的时刻。”

子颜说：“安全很重要啊……”

韩胤希只好解释道：“放心，绝对安全，会有绳子拴着，我们只是升上去，不会飘走的。”他捏了下她的手，看向她说，“再说了，有我在你身边，不会让你有事的，你相信我吗？”

子颜定定地望入他深邃的黑眸，微微一笑，点点头。

韩胤希说：“这才对嘛，这么浪漫的时刻，你只要想着你有多幸福就好。”

子颜被他逗笑了，心口涌上一股暖意，整个人仿佛被幸福所包围。

“嗯，知道了！”她乖巧地回答。

两人走到了热气球旁，相关的工作人员立马上前，跟他们说注意事项。

然后子颜就被韩胤希扶着上了热气球。

站在筐子里的时候还好，等热气球慢慢上升，子颜就有点紧张了，紧紧地拽住筐的边缘。

下一秒，一只大手覆在她的手上。

子颜这才想起身边还有他。

她一转头，就对上了他的黑眸。

韩胤希问：“害怕吗？”

子颜笑着摇头，说：“不害怕，就是有点紧张。”

她试着放开抓着筐的边缘的手，然后举起双手，示意给他看，好像在说：你看，我多勇敢！

韩胤希觉得她太可爱了，长臂一伸把她搂到了怀里，道："你怎么这么棒啊！"

子颜有点难为情地说："这不算什么吧？"

韩胤希说："我就是觉得你很棒，没人能比你好，不接受反驳。"

子颜被他逗笑了，这算是情人眼里出西施吗？

她只好礼尚往来地说："你也很棒。"

韩胤希挑眉，好像不信的样子说："真的？"

子颜点头。

韩胤希啧了一声，说："可是我这么棒，准备了这么浪漫的赏月方式，也不见我的女朋友献个吻什么的。"

子颜抿着嘴唇，几乎没有犹豫地凑上去，在他脸上亲了下。

韩胤希不太满意，但勉勉强强接受了。

子颜有点害羞地移开视线，转移话题地问："还要上升多久啊？"

韩胤希说："应该快了，你看这绳子没剩多少了。"

子颜这才注意到边沿的绳子，在热气球攀升的时候，绳子往下落，在一点点地减少。

终于到了极限，因为有绳子的束缚，热气球稳定在一个高度。

子颜下意识地望去，在漆黑中能看到酒店的高楼，还有草坪上的一大片灯光，从这个角度看又是另一番风景。

"傻瓜，看上面才对！"

耳边传来他富有磁性的嗓音，然后她被拥入了温暖的怀抱中。

子颜就靠在他的胸前，抬头望过去。

她从没有见过这么大的月亮，又圆又亮。

"好美……"她情不自禁地发出感叹。

晚上风比较凉，再加上是在半空中，韩胤希搂紧了她一些，高大的身躯几乎把她整个人都包裹住。

子颜这才反应过来，是他为自己阻挡了寒风，她回头看着他，感动得心尖发软。

"你冷不冷？"她担心地问。

韩胤希趁机偷亲了下她，然后才说："不冷，我们正好互相取暖。"

子颜突然转过身子，跟他面对面，双手绕到他身后，抱紧了他。

韩胤希诧异地看着她，说：“不赏月了吗？”

子颜在他怀里不说话。

韩胤希突然想起来自己的一个失误，说道：“我忘记准备月饼了！中秋赏月要吃月饼的。”

子颜说：“没关系。”

月饼不重要，重要的是他在她身边。

子颜突然抬头望着他的眼睛，有点傻乎乎地问：“我是在做梦吗？”

这一定是她的梦吧？不然怎么会有这么幸福的事呢？

韩胤希又是心疼她，又是爱她，用额头抵着她的额头，用低沉的嗓音说道：“如果这是梦，我愿陪你长眠不醒。”

第 四 十 章

想让全世界知道你是我的

坐热气球赏月，这件事在第二天就成了燕城热议的新闻。

大部分人觉得这件事很浪漫，猜测是哪个有钱人干的。而小部分人有点仇富心理，认为这样做很不好，要是人人都学，那多危险啊？

有人解释，在燕城不是哪里都可以乘坐热气球的，上空有管制，所以想人人都学这种事，不太可能。

谁也没想到，消息最灵通的是星尚学院的人，几乎是当天晚上，就有人在朋友圈扒出了热气球上的人是韩胤希和穆子颜。

这是因为星尚的人大多数是豪门圈子里的，所以当晚不少人就在温泉酒店过中秋，在韩胤希和穆子颜从热气球上下来的时候，是亲眼看到两人的，他们怎么可能认不出韩少？

据说当晚韩少和穆子颜也是在温泉酒店过夜的。

两人住在一个房间里，可想而知两人进展到了什么程度。

星尚有那么多女生喜欢韩少，听到这个消息的时候，第一时间自然是不相信的，当有人把两人牵手的视频发出来，她们才终于不得不接受这个残酷的事实。

于是，这一天好多女生发出了心碎的声音。

在外界议论纷纷的时候，房间里，子颜在韩胤希身边睡得正熟。

韩胤希看她难得睡个懒觉，就没叫醒她。

一直到子颜动了动，在他怀里伸了个懒腰，他才发出笑声，凑上去偷亲了一下。

子颜睁开眼睛，映入眼帘的便是他的俊脸，然后是他深邃的黑眸。

韩胤希又想低头亲她，子颜笑了一下，迎上去搂住他的脖子，声音慵懒地问：“几点了？”

“不知道。”

他才不关心时间呢。

再说了，今天是假期，睡到什么时候都可以，只要跟她在一起，他就算在床上赖一天都没问题。

但赖床也是要吃早餐的。

吃完早餐后，子颜才恍然想起一件事，一惊：“啊！我的手机呢？”

她昨晚太开心，直接就被他留在这里过夜了，忘了给家里打个电话。

韩胤希轻笑着说：“你昨晚没带手机来。”

子颜挠了挠头，说：“那把你的手机借我。”

韩胤希起身去拿手机。

子颜直接给王慧玲打了电话。

电话接通后，王慧玲一听到她的声音，还没等她说完话，就担心地说：“你跑哪儿去了？害我担心了一晚上！管家没办法，已经告诉了穆家那边……”

子颜一愣，说：“告诉那边干吗？”

其实就算说了又怎么样？穆家人又不会担心她。

王慧玲说：“你突然不见了，当然是要告诉你家人的。”

子颜苦笑着说：“他们又不会担心我……”

门外响起了一阵吵闹声，子颜的注意力转移了过去。

韩胤希皱起眉，走过去，想看看外面发生了什么事。

子颜刚要起身，就见有人闯了进来，跟韩胤希撞了个正着。

她还没搞清楚是什么情况，就见闯进来的那个男人冷眼盯着韩胤希，猝不及防就挥了拳头。

韩胤希身手敏捷地躲过对方的攻击。

正要交手，韩胤希一眼认出了对方，愣住了，诧异地道：“你……”

为什么这个人会出现在这里？

穆迟冷声说："颜颜呢！我告诉你，敢对我妹妹下手，我不会放过你的！"

妹妹？子颜是他妹妹？

韩胤希之前没有把子颜和那个穆家联系上，这一刻整个人都是蒙的。

子颜听到了对话，神情复杂地看着穆迟。

他说她是他的妹妹，那他是她哥哥？

穆迟一眼看到了子颜，急忙走到她身边，握住她的肩膀，担心地上下查看她的情况："颜颜，你没事吧？你没被他……"

子颜不自在地挣开他的手，问道："你是谁啊？"

穆迟一顿，攥了攥拳头，说："我是你哥哥。"

子颜脸上没什么表情，问："是吗？"

穆迟看她对自己那么冷漠，有点不是滋味，解释道："颜颜，对不起，我们应该接你回家过节的……"

子颜笑了一下，像是要避开他，走到了韩胤希身边。

韩胤希牵住她的手。

子颜对穆迟说："没关系，我有人陪。"

穆迟看着她，表情复杂。

子颜对他微微一笑，但笑容里带着疏离。

她非常懂事地说："你回家去吧，不用担心我，我很好。"

穆迟听她这样说，露出了一抹难过的神情："颜颜……"

他该说点什么的，可他又能说什么呢？

说家里人是想接她回家过节的，却不能？

为什么不能？他无法说出原因，因为那对她来说太残酷了。

子颜以为他在担心自己坏了穆家的名声，便解释道："昨晚我男朋友带我来这里赏月过中秋，因为太晚了，就在这里过夜了，我们没做什么，而且你放心，没人知道我跟穆家有关系。"

她的最后一句话，直接刺痛了穆迟。

她这话是什么意思？

穆迟皱着眉说："颜颜，你误会了，家里人不是不想公开你的身份……"

子颜微微一笑，眸中带着疏离，只是仍善解人意地说："我懂、我明白，你们有你们的苦衷，我也没有抱怨什么，只是想告诉你，没人知道我是谁，所以我做了什么都不会影响穆家的声誉的。”

穆迟眉头皱得更紧了，说道：“你以为我过来是为了这个？”

子颜没说话。

不然是为了什么？他特地赶来燕城找她，难道是因为担心她吗？

她不是想不到这个原因，只是不敢想，有些事情想多了，发现事实并不是如此，到时候伤心的是自己。

子颜看向门外站着的几个酒店工作人员，不知道他们听到了多少。

她对穆迟说：“好了，你也看到我没事了，你赶紧走吧，不然要被别人看到了。”

穆迟只是定定地看着她。

子颜对他微笑道：“哦，忘了说了，中秋快乐，虽然中秋已经过去了。”

穆迟突然上前攥住了她的手。

子颜诧异，想挣开他。

喉咙像是被什么哽住了，穆迟声音低哑地说：“颜颜，走，我带你回家！”

子颜一愣，抿了抿嘴唇说：“不用了，我不想让你为难……”

她是想回家，毕竟他们是她真正的亲人，但是如果她是不受欢迎的，那就算了。

穆迟看着她，眼眸似乎有些发红，沉声说道：“颜颜，我不知道该怎么跟你说，但你要相信，我们都是爱你的。能把你找回来，你不知道我们有多高兴，这些年我们都只能偷偷地找你，还以为已经没有希望了……”

偷偷地找？为什么找她要偷偷地找？

韩胤希听不下去了，上前扯开对方的手，把子颜护到自己身边。

他看向穆迟，说：“你好，既然颜颜不想让你为难，那就算了，你放心，我会照顾好她。”

穆迟对他的态度却充满敌意，说道：“她是我妹妹，我们自己能照顾她，不需要你。”

韩胤希本来不想跟对方发生冲突的，但听到这话，他笑了，嘲讽地说：“你口中所谓的照顾她，就是丢她一个人在燕城，就是让她一个人过中秋？”

一个是自己的男朋友，一个是自己的哥哥，子颜不希望他们闹矛盾。

她握紧了韩胤希的手，看着他说："我现在不是一个人，我不是有你吗？"

韩胤希激动得想亲她一下。

听到这话，穆迟皱起眉，眸中有着难过。但他没办法否认，他们确实做得不对，不该丢下妹妹一个人在燕城，然而他们又没办法带她回京城……

就在穆迟不知该怎么办的时候，他的手机响了起来。

听了电话那头说的话，穆迟很是焦急地说："奶奶情况不好？好，我现在回去！"

子颜担心地问："怎么了？出什么事了吗？"

他喊的奶奶，也是她的奶奶，对吧？

穆迟为难地看着她，一副欲言又止的样子。

子颜问："奶奶她身体不好吗？我……我可以一起去看看她吗？"

尽管是没见过面的奶奶，但那毕竟是她的亲人啊，她也很担心，想去看看奶奶。

穆迟沉声说："你不能去。"

子颜不解地问："为什么？"

穆迟无奈地说出实情："奶奶不喜欢你，你去的话，她的情况可能会更糟糕……"

子颜愣住了："她不喜欢我……"

韩胤希在一旁皱起眉，老人家重男轻女也就算了，可都情况危急了，还这么执迷不悟，连自己的亲生孙女都不想见？

她伤心的表情让他看不下去，他把她搂到怀中，对穆迟说："你走吧。"

子颜转开头，眼泪掉了下来，没再说话。

穆迟没办法在这种情况下离开。

韩胤希不再顾及对方是什么身份，厉声说："你走啊！你觉得伤她的心还不够是不是？"

穆迟顿了一下，转身走了。

听到对方离开的脚步声，子颜扑到韩胤希怀里，紧紧地抱住他，大声哭了出来。

韩胤希心疼地拥着她。

他在她耳边轻声说："你还有我，我会一直在你身边。"

子颜点点头，声音哽咽地说："韩胤希，你永远不要离开我，好不好？"

她只有他了。

韩胤希心疼得要死，低头贴着她的侧脸，声音低哑地说："好，我答应你。你也永远别离开我，知道吗？"

子颜用力地点头。

两人紧紧地相拥。

酒店外。

穆迟上了车，又接到了一个电话。

对方语气有些沉重地催促道："你看有没有直升机，尽快回来，奶奶可能要不行了。"

穆迟微顿了一下，沉声说："知道了。"

挂了电话，他低头沉默了一会儿，然后猛地握紧手机，拉开车门，走了出去。

他快步走入酒店大堂。

大堂经理本来送走了他，正要松口气，又见他回来了，急忙凑上去："穆少爷，还有什么事吗？"

穆迟说："不用跟来。"

大堂经理不敢跟过去，站定在原地。

穆迟进了电梯，回到刚刚那个房间，一进屋就看到子颜和韩胤希抱在一起，子颜脸颊上布满了泪水。

他沉眸走了过去，一把拉住子颜的手，声音微哑地说："颜颜，跟我走。"

子颜愣住了，不知道他为什么会回来。

她不解地看着他，问道："为什么？"

穆迟望入她的眼睛，沉重地说："我带你去看奶奶。"

子颜从他的眼神中似乎解读到了什么，愣怔地说："奶奶她……"

穆迟说："走吧。"

这是她和奶奶的第一次见面，也或许是最后一次。

所以他没办法不带她去见奶奶，就算奶奶不想见到她，但那毕竟是她的亲奶奶啊，再怎么样也不能剥夺她见自己的奶奶最后一面。这次不去，可能以后就见不到了。

因此穆迟才做了这个任性的决定。

在子颜犹豫的时候，穆迟的手机又响了起来。

他看向手机，看到屏幕上显示的来电名字是“父亲”两个字。

子颜也看到了，愣怔地看着手机。

穆迟没有避开她，当着她的面接起了电话：“爸爸。”

不知对方说了什么，他抬头看向子颜：“找到她了，她在我面前。好，我正准备带她回去。嗯，明白。”

他说的每一个字，都让子颜屏住了呼吸。

挂了电话，穆迟对她说：“爸爸让我带你回去。”

子颜说不出自己是什么心情，没有期待已久的高兴，但也没有不高兴，那情绪很复杂。

“他……”

她该叫爸爸吗？子颜想着该怎么称呼比较好。

穆迟捏住了她的手，目光深深地看着她，说：“爸爸和妈妈一直都很想见你，一直都很想。”

他强调着。

子颜却不太相信，如果他们真的很想见她，为什么不来见她？如果是因为身份不方便的话，那也可以接她去京城啊。

她想不明白，难道就因为奶奶不喜欢她吗？

穆迟叹了一声，说：“等你见到他们，你就知道了。”

子颜回头看了韩胤希一眼。

韩胤希对她点点头，鼓励她：“去吧。”

他知道，她是非常想跟家人见面的。

不管是好的结果还是坏的结果，见了面才知道，她只要记住她的背后有他在就好，无论发生什么事，他的怀抱都是她可以依靠的港湾。

他会在这里等她回来。

子颜忐忑地跟着穆迟走了。

他们没有坐车，而是到了酒店顶楼的停机坪——穆家派来了直升机，直接载他们回京城。

直升机特别快，还没等子颜做好心理准备，就已经到了穆家。

这里就是穆家吗？子颜环视着眼前古雅且庄重的屋子，疑惑地问穆迟："不去医院吗？"

穆迟沉声说："奶奶执意要回来。"

老人家就是有这种执念，就算要死，也要死在家里。

子颜的心情渐渐地变得沉重。

下一秒，她的手被牵了起来。

她诧异地看向穆迟。

穆迟说："别怕，我带你进去。"

子颜心中感动——他是看出了她的紧张，有意这么做的。

"嗯。"她点点头。

刚进入大屋，她就见客厅里有不少人，脸上都是凝重的神情。

听到声音，一部分人望了过来。

"阿迟，她是……你怎么带她回来了？！"有长辈皱起眉，不高兴地说道。

穆迟迎向对方说："威叔，她是我妹妹，也是奶奶的亲孙女，她回来看奶奶，有什么不对吗？"

威叔旁边的女人突然开口说："难怪老夫人突然变成这样，都是因为她吧？她果然是扫把星！"

穆迟哪儿听得下这种话，正要反驳，一道威严的声音比他更快响起。

"她不是！像这样的话我不想再听到。"

听到这个声音，子颜身体猛地紧绷起来，怔怔地望着从楼梯上走下来的男人。

"颜颜……"

听到对方唤自己的名字，子颜喉咙微哽，顿了顿，犹豫着自己该怎么叫对方："总……"

穆丰华叹了一声，牵起她的手说："叫爸爸才对，傻丫头。"

子颜眼眶闪着泪花，喉咙像是被什么堵住了，一时说不出话。

她真的能叫爸爸吗？

这时，一个满头白发的老人打断了他们父女的温馨画面："丰华啊，你怎么能接她回家呢？你忘了大师说过的话吗？她是灾星！"

穆迟立马反驳："她不是！"

老人走过来，指着子颜说："她不在的这些年，我们穆家都好好的，她一回来，家里就出事了，难道这还不能证明吗？"

威叔也跟着说："就是啊，老夫人之前身体都还好，就是她一回来，老夫人马上就不行了。不管怎么说，老夫人现在这种情况下，怎么能带这个灾星回来呢？"

旁边有些人也连声附和。

子颜不知道这是什么情况，错愕地看着穆丰华和穆迟。

穆丰华把她护在身边，低声说："别听他们胡说。你跟我上来，我带你去见奶奶。"

谁知那老人拦在了他们面前，说："她不能上去！她必须马上就离开这里！"

穆丰华眉头一皱，油然而生的王者之气让人不敢靠近。

他沉声说："我的女儿，谁敢赶她走？"

老人无奈地说："当年就因为她的命格犯煞，才把她送走了，你为什么要执意把她带回来呢？难道她一个人比整个穆家重要吗？"

听到这话，其他人面面相觑，小声地讨论起来，大部分的声音显然都是赞同老人的，虽然说当年把子颜送走是老夫人一个人的决定。

那时穆夫人刚生育完，身体虚弱还在休养，谁也没想到老夫人会偷偷地把婴儿抱走，也不知道带到哪儿去了。

得知女儿不见后，穆夫人跟老夫人吵了起来，情绪波动太大，还晕了过去。

尽管知道老夫人重男轻女，又非常迷信，但谁也没想到她会做出这样的事来。

老夫人不顾众人的指责，还下令不准任何人去把孩子找回来，谁要是跟她作对，那她就死在他们面前。

为了保全穆家的未来，老夫人豁出了这条老命。

老夫人在穆家是非常有威严的，她的话自然没人敢不听。

他们也知道，老夫人是信佛的，最多是把孩子送给别人养育，不至于害了孩子的性命。

私底下穆丰华和妻子自然也有找寻孩子，只是老夫人手段更高，处处阻挠，还以命要挟。

而在孩子被送走后，政界的斗争也有了结果，穆丰华顺利上位，成了身处最高位的那个人。

这样的结果，让老夫人更坚信自己的决定是正确的。

不知不觉这么多年过去了，穆丰华终于有了小女儿的消息。

他找到人时，子颜已经发生了那场车祸，陷入昏迷状态。

老夫人这几年本来身体就不大好，得知此事，就生了一场大病。

老人家到了这个年纪，生一场大病就像被抽走了底子，老夫人的身体从此就更不行了。

哪怕病恹恹地躺在床上，老夫人迷迷糊糊中还念叨着，不让穆家人见那孩子，更不许带那孩子回穆家。

穆丰华不是迷信之人，但母亲的状况如此，他也怕有个万一，所以才没有跟子颜见面，把她安排在葵园。

尽管如此，他和妻子也每天都从管家那里得知子颜的状况，知道她今天做了什么、开不开心。

妻子几次在夜晚落泪，想念着女儿。

他们明明找回了女儿，却不能相见。

想女儿想得紧，妻子甚至想过偷偷地去燕城看一眼，哪怕一眼都好，但每次要去的时候，老夫人的状况就变得糟糕起来。

穆丰华无奈地让妻子打消了这个念头。

一边是自己的母亲，一边是自己的孩子，这对任何人来说都是无法选择的难题。

老人看了一眼子颜，对穆丰华说："赶紧把她送回去！"

子颜听着他们的对话，先是惊愕，然后神情渐渐地变得低落。

原来她是被抛弃的，就因为有人说她命格不好，是祸害，他们就抛弃了她。

她从没有想过会是这样的原因。

她慢慢地挣开穆丰华的手，转身要走。

穆迟焦心地唤道："颜颜，你干什么？！"

子颜还没迈出一步，手就被穆丰华又拽了回去。

她望着他的眼，自己的眼里浮现出泪花，她苦涩地一笑，说："我还是回去吧，奶奶比较重要。"

反正她对他们来说是不重要的、是可以抛弃的。

穆丰华心疼地看着子颜，沉声说："你也很重要！"

子颜抿紧了嘴唇。

穆迟正想说什么，这时有人发现正走下来的医生，急忙问道："医生，老夫人的情况怎么样？"

众人都把目光转了过去。

跟医生一起下来的还有穆夫人，穆夫人的目光落在子颜身上，忍不住走快了几步。

子颜愣怔地看着穆夫人。

不知是不是血缘的作用，明明是第一次见面，她却能一眼认出这是自己的妈妈。

穆夫人眼眸中似乎含着水雾，一把握住她的小手，低声唤道："颜颜……"

这时医生也走了下来。

众人几乎是一拥而上："医生，老夫人到底怎么样了？"

那是一位德高望重的老医师，他抬手示意了一下，大家便安静了，不敢吵闹。

老医师说："老夫人目前状况略有好转，撑过这两天没什么问题，所以你们可以先回去了。"

这种情况下，这些人待在这里也没什么用处。

听到这话，穆迟忍不住为妹妹辩护道："你们看，奶奶好转了，这说明我妹妹是福星才对！说不定妹妹回来了，奶奶就会好起来的。"

长辈都没在意他的话，大家都担心老夫人的情况，围着老医师询问着。

这边，子颜的一只手被穆丰华牵着，另一只手被穆夫人握着。

穆迟走回来，开口说："妈，你带颜颜上去吧。"

穆夫人马上会意，拉着子颜往楼上走去。

子颜顿时紧张，想要抽回手："我……我就不上去了吧……"

她怕自己真的是灾星，要是害了奶奶怎么办？

穆夫人眼睛都红了，心疼地攥紧了她的小手，说："傻孩子，这里是你的家，你还要去哪儿？"

听到这话，子颜又想哭了，这里真的是她的家吗？她可以留在这里吗？

穆迟看向穆丰华说："爸，你和妈带颜颜上去看奶奶，我留在这里就行。”

穆丰华颔首应道：“好。”

于是夫妻两人便带着子颜上楼去了。

那老人看到了，还想要阻止，但被穆迟拦住了。

老人气愤地指着子颜说：“她是灾星啊！你怎么就让她上去了？这不是害了老夫人吗？！”

穆迟努力保持着对长辈的礼貌，但还是有些恼怒：“你凭什么说她是灾星？她害了谁吗？”

他可怜的妹妹，一出生就被送走了，她明明没有做错什么，却因此经历了颠簸的人生。

老人被他问得哑口无言，一时不知该如何反驳。

楼上。

子颜被穆丰华两人护着，到了一个房间门口。

她有些退缩：“我……我还是不进去了吧……”

穆夫人握紧她的小手，给她鼓励。

穆丰华拍了拍她的肩膀，说：“那是你的奶奶，你去见见吧。”

谁也不知道这会不会是最后一面。

听到这话，子颜终于慢慢地走了过去。

床边还有两三个人，看到穆丰华和穆夫人过来了，便让出位置。

老夫人躺在床上，神志似乎并不清明。

老夫人抬起手，不知是在招呼谁。

子颜在父母的指引下走上前，挨在床边，乖巧地握住了老夫人的手。

其实穆家的大部分人都不讨厌子颜，像老夫人这样迷信且固执的人终究是少数。但奈何老太爷去世后，老夫人在穆家拥有很高的掌控权，加上大家对她的尊重，所以尽管对她的做法不赞同，也不敢跟她对着干。

所以对这一晚子颜留在了穆家过夜，没人说什么，甚至有人对她表示了亲近。

第二天。

老医师在众人用了早饭之后就来了穆家，查看老夫人的情况。

子颜没有靠前，站在众人身后，从缝隙中探看。

她从昨晚到现在一直很忐忑。

尽管她不是个迷信之人，不相信什么灾星的说法，但毕竟经历过“灵魂互换”那么玄乎、离奇的事情，所以也不敢轻易否决这个事。

万一呢？那毕竟是自己的奶奶，她希望奶奶能够好好的。

在众人的目光下，老医师放下了把脉的手，似乎有些疑惑，回头看了他们一眼，问道：“你们昨晚给老夫人吃了什么？”

众人互看了一会儿。

穆丰华和穆夫人身为儿子、儿媳妇自然是站在最前面的。

穆夫人从别人眼里确认了答案，便对老医师说：“我们都没有给她吃什么，就早上尝试着给她喂了点粥。”

老医师问：“她喝下去了吗？”

穆夫人点头：“喝了，而且早上我来看的时候，她脸上的气色也好了些。“

老医师摸了摸胡子，像是难以置信地摇了摇头。

这让众人都紧张起来，忙问：“医生，老夫人是不是情况不好？”

老医师似乎笑了下，道：“你们别担心，老夫人情况好转了很多，所以我才感到诧异，这简直可以说是奇迹！”

闻言，众人吃了一惊。

“您说的是真的吗？”

“那……老夫人是不是就没事了？”

穆丰华也赶紧问：“医生，是不是我母亲可以康复？”

老医师说：“像昨晚老夫人的情况，最多能再撑几天，没想到她今天好转这么多，能吃下东西了，说明情况还很乐观。要是按照这样的康复情况，老夫人有很大的概率能好起来。”

这话让众人惊呆了。

“真的吗？”

“老夫人真的能好起来？那真是太好了！”

“真是菩萨保佑啊！”

老医师站起来，对穆丰华说：“我给老夫人开一帖药，补一下她的精气，应该对她有帮助。”

穆丰华习惯了不让人看透自己的心思，但这一刻脸上也难掩激动的情绪。

之前老医师都没有开药，说明老夫人已经药石罔效了，现在要开药，那证明还有希望。

穆丰华让人跟老医师去拿药，自己也亲自送老医师离开。

穆迟就站在子颜身边，得知这个好消息后，就赶紧打了个电话："哥，奶奶情况有好转了，你不用急着回来。好，我会盯着，有消息马上告诉你。"挂了电话后，他跟子颜解释："是大哥，他在外面出任务呢，昨天家里也给他发了消息，让他赶回来，但他在的那个国家回来很不方便。"

子颜微微笑着——奶奶没事，她当然也开心。

穆迟握着她的手说："颜颜，他们错了，你是福星才对！"

像是要证明子颜真的是福星一样，在她待在穆家的这些天里，穆老夫人的状况每天都有好转，甚至已经清醒过来。

子颜知道老夫人不喜欢自己，便在她清醒后就没去过那个房间，只是窝在自己的房间里。

穆迟劝了她几次，她都摇头不肯。

不知不觉一周过去。

韩胤希之前暗示、明示了几回，问她什么时候回燕城。

不只他催，南司耀也在微信上天天问她。

而麦甜得知她回了穆家，虽然知道原因，原本一句话没催，但一周不见她，还是忍不住透露了对她的想念。

今天早上，老医师来给老夫人看诊后，说老夫人恢复得很好，基本上没有危险了，以后好好调养就行。

子颜怕哪天被老夫人发现她在穆家会不高兴，所以想了想，就跟穆迟提出，说自己想要回燕城。

穆迟一听这话就皱起眉，低声说："妹妹，这里是你的家啊，你以后就在这里住下，不用想着回燕城，没人敢赶你……"

没等他说完，子颜就摇了摇头，说："我不是担心这个，现在奶奶也没事了，我也就放心了，我就是想回去上课。。"

穆迟见她那么坚持，有点无奈地说："那你跟爸妈说了吗？"

穆丰华身处高位，职务繁忙，自然不可能时常待在家里，而穆夫人也有很多事要忙，两人这时候都不在家。

子颜想了想，说：“来不及跟他们说了，我先回燕城，你帮我跟他们说吧。”

这些日子父母对她都很好，她也能感受到他们对她的感情有多深。

穆迟盯着她说：“你为什么不自己跟他们说？”

“我……”子颜支吾着，不知该如何开这个口。

尽管她能感受到父母对她的爱，但分开这么多年，也不可能一时半会儿就变得亲近。

穆迟拿出手机递给她，说：“我打电话给他们，你自己跟他们说。”

子颜有点为难地说：“你跟他们说吧，这又不是很重要的事。”

穆迟板着脸说：“你说什么傻话呢，这怎么就不重要了？只要是你的事，不管是大事还是小事，都重要。”

这句话让子颜有些错愕，也让她心里暖暖的。

她凑上前，犹豫了下，抓住他的手臂说：“哥，我不知道该怎么说，你帮我说嘛，好不好？”

妹妹这是在对自己撒娇？穆迟感觉心都要融化了，哪儿受得了啊，最后不知不觉就答应了她的请求。

本来穆迟想安排直升机送她回燕城的，但子颜觉得这种方式太张扬，便拒绝了，坚持自己坐高铁回去。

回到学校的时候，子颜才知道今天是校庆。

麦甜拉着她的手，兴奋得不行。

子颜从她断断续续的话语中知悉，原来他们班要弄鬼屋，大家要扮鬼吓唬人，韩胤希还提供了学生会大楼当场地。

等他们到了学生会大楼，就看到里面变了样。

学生会的成员正在布置，尽管还没完成，也能看出鬼屋的样子了。

进了会长办公室，南司耀如同进入自己的地盘，大大咧咧地走过去冰箱那边拿了饮料，还递给子颜一瓶，问她：“同桌，你想扮什么鬼？”

子颜摇头，表示自己一时间还没想到。

她反问：“你呢？”

南司耀笑得贼兮兮地说：“先不告诉你，不然怎么吓到你呢！”

韩胤希把子颜拉到自己身边，说：“我帮你准备好了造型。”

子颜好奇地问：“什么造型？”

南司耀不满地道："你凭什么给她准备造型啊？"

韩胤希挑眉，说："就凭我是她男朋友。"

南司耀："……"

是她男朋友了不起啊！

韩胤希眸中盛满了嘚瑟：没错，就是了不起！

到了下午，麦甜才回过神来，惊呼道："不好！时间都这么晚了，我们的鬼屋快要开始了，我还没化妆呢……"

她拉着子颜就跑。

韩胤希及时地把子颜抢回来，不满地对麦甜说："你去化你的妆，拉她去干什么？"

麦甜说："我给子颜准备了造型。"

韩胤希一口回绝："不用你，我给她准备了更好的造型。"

麦甜不服地说："我的更好！"

韩胤希懒得跟她说，直接拉着子颜就走。

麦甜在后面喊："喂！"

可恶，韩胤希这霸道的家伙。

南司耀好奇地问她："你准备了什么造型？"

麦甜想起自己的造型就得意，说道："等一下你就知道了！"

学生会大楼。

子颜被他拉进房间，才发现里面候着几个人，看上去是化妆师。

她好奇地问："你准备了什么造型？"

韩胤希做了个手势，就有个人托着一件婚纱凑了上来。

子颜发蒙地说："啊？你是不是搞错了？我们这是鬼屋，要扮鬼才对。"

韩胤希低头，用手指戳她的脸蛋："你没看过一部动画片吗？叫《僵尸新娘》。"

子颜恍然地道："哦，这个看过。"

原来是要扮僵尸新娘的造型啊，她觉得还觉得挺有意思的。

韩胤希让人帮她换衣服，他则去另一个房间，换自己的衣服。

子颜的虽然是婚纱，但并不是大裙摆那种，是经过改装的，裙摆较短，方便走路。

等她出来后，就看到他一身白色的西装站在她面前，犹如白马王子，帅得让人失神。

“你……”她总感觉哪里不对。

《僵尸新娘》里面的男主角是穿白色西装的吗？因为太久远，她记不起来了。

韩胤希看着她，不知从哪里拿了一束花，慢慢地走来，牵起她的手，低头一吻。

他抬起头，深邃的黑眸望着她说：“你好美。”

子颜被他弄得难为情。

她接过他递来的花。

因为没有大镜子，所以她也不知道自己穿着这件婚纱是什么样子。

但女生都免不了有公主梦，这样洁白漂亮的裙子让她感觉自己像个公主，被他捧在手心细心呵护。

韩胤希让造型师给她做头发的造型，为了骗她把眼镜拿掉，还给她化了个淡妆。

子颜很想看看自己被化成什么样了，但不知道他是不是故意的，房间里没有镜子。

她想拿出手机，韩胤希却夺走了她的手机，藏了起来，然后牵起她的手，说：“走吧。”

子颜不解地问：“去哪儿？”

他说：“带你去吓唬人。”

吓唬人？子颜这才想起鬼屋这件事。

“可是鬼屋不是下午六点半才开始吗？这还没到六点呢……”

韩胤希说：“趁着天还没黑，出去逛逛。”

出去逛逛？子颜被他拉着下了楼。

走到门口，她发现已经有不少同学在等着鬼屋开启了。

“等等，我们这样被他们看到，他们等一下不就不害怕了吗？”

韩胤希莞尔一笑，回头看着她说：“你这样子是吓不到人的，只会让他们惊艳而已。”

她脸上化的是漂亮的妆，可不是恐怖的妆。

子颜不知道，一直以为化妆师给自己化的是恐怖的妆，闻言忙问：“你不是说我扮的是僵尸新娘吗……”

韩胤希笑道："对啊，你将是我的新娘，没错啊。"

子颜："……"

她感觉自己被骗了，但为时已晚，两人彻底暴露在了众人面前。

果然如他所料，同学们看着她的脸，眼中大多是惊艳的神情。

他们之前去吃饭的时候也被同学们撞见了，所以大家不难猜出，跟韩胤希在一起的女生是穆子颜。

这、这真的是穆子颜？穆子颜居然这么漂亮吗？

备受瞩目的感觉让子颜不太自在，她催着韩胤希快走。

韩胤希嘴角弯起，拉着她走到外面停着的一辆重型机车前，道："上车。"

子颜看着眼前帅气的重型机车，错愕地问："你要干吗？"

韩胤希用手指点了下她的头，道："刚刚不是说了吗？"

子颜一脸问号。

韩胤希索性抱她上车。

"啊！"子颜被吓到，叫了声，下一秒就稳稳地坐在了机车后座上。

因为穿着裙子，所以她只能侧坐。

韩胤希跨上车，然后把她的手拉过来，环在自己的腰上，道："抱紧一点。"

子颜害怕他会开得很快，所以听话地抱紧了他的腰。

韩胤希满意地勾起唇。

轰轰轰——引擎启动的声音顿时响起。

机车启动了，但并没有那么快。

风带起了她的裙摆，从远处望过去，她飘飘犹如仙女。

校园里掀起一阵阵惊叫。

"啊啊啊，好帅！"

"第一次看韩少穿白西装，也太帅了吧！我不行了！"

"等等，韩少载着的女生是谁啊？"

"不会是穆子颜吧？穆子颜摘了眼镜后这么漂亮吗？"

"他们怎么穿得像办婚礼似的……"

没一会儿，论坛上就唰唰地冒出很多帖子讨论这件事。

有人说韩胤希和穆子颜在一起了，这是在"官宣"。

"不！我不相信！"

“楼上的，振作一点，事实已经摆在眼前了，而且听在学生会亲眼看到的人说，是韩少策划的这个事，穆子颜并不知情的样子。”

“所以这是韩少给穆子颜准备的惊喜吗？也太浪漫了吧！”

好多人发了一堆柠檬图片，大家都酸了，试问谁不想要韩少这样的男朋友呢？

随后有人发了个帖子，让大家猜测韩胤希跟穆子颜会交往多久。

有人说马上分手，有人说最多一个月，这些分析得到了很多人的认可。

然而谁也没想到，在众人不看好的回复中，突然有人回复了三个字——“一辈子”。

这是谁啊？

一看账号的名字，众人愣住了。

韩少？这、这是本人？真的假的？

很快就得到了证实，这确实是韩胤希的论坛账号！

所以这是当事人的回复？

那些喜欢韩胤希的女生心都要碎了。

但是也有不少女生觉得这样是专情，更喜欢他了．当然，也一致对穆子颜表示“羡慕嫉妒恨”。

一处树荫下。

韩胤希早已停好车，长臂一揽，把子颜抱了下来。

子颜好笑地说：“你就带我在学校兜一圈？”

这有点“宣示主权”的意味啊。

韩胤希完全不掩饰自己的目的，搂着她，眉目得意地挑起，说道：“我就是要让全校的人都知道，你是我的。”

子颜哭笑不得：“那你也不用这样啊……”

韩胤希哼了声，要不是年龄还不够，他恨不得马上带她去领证。

子颜戳了他一下，说：“难怪你说吓唬人，是挺吓人的。”

韩胤希把她的小手捏在手心中，勾唇笑了下，问：“你没生气？”

他还以为她会生气呢。

之前她都不肯公开跟他在一起的事，所以他只能用非常手段了。

子颜看着他，笑了起来，似乎有点无奈的样子说：“我为什么要生气？”

她明白他是急于确认两人的关系。

是她不好，非让他配合她。

子颜凑上去搂住他，展露笑颜，带着些许甜蜜说：“其实我还是很开心的。”

有一个人这么重视自己，她怎么可能不开心呢？

韩胤希环住她的腰，两人额头抵着额头。

灯光下，是两人拥吻的倒影。

甜蜜了一番，两人回到了学生会大楼。

鬼屋竟然很火，好多学生在外面排队，等着体验一番。

韩胤希拉着子颜从后门进去了，刚进一楼的休息室，子颜就被迎面而来的“鬼”吓了一跳。

“颜颜，是我！”

子颜听声音才辨认出是麦甜。

她不可置信地看着眼前这个造型：一个没有头的人，手上捧着自己的头。

这也太吓人了吧？

“甜甜？你怎么是这个造型啊？”

麦甜得意地笑着说：“是不是很吓人？每个人看到我都吓死了，哈哈哈，这个太好玩了！”

子颜哭笑不得。

在休息室里这么亮的灯光下，她都被吓到了，更别说在鬼屋里，那些特意布置的恐怖灯光配上她这个造型，会营造出多吓人的氛围。

她不由得感慨道：“你也太拼了。”

“这样才好玩嘛！”麦甜打量她身上，因为心思都在鬼屋上，所以并不知道论坛上热议的话题，又看看韩胤希，疑惑地问，“你们……就这造型？”

这造型能吓唬到谁啊？

麦甜调侃道：“我知道了，你们是想给他们‘撒狗粮’，进行心理攻击对吧？”

子颜有点不好意思。

这时有学生会的成员走了过来，对韩胤希说：“会长，这部手机一直在响。”

子颜一看是她的手机，便赶紧拿了过来。

是穆迟打来的！

她赶紧接了起来。

那边传来穆迟焦急的声音：“颜颜，你没出什么事吧？”

子颜解释道：“不好意思，刚刚把手机放在一旁了，所以没接到电话。有什么事吗？”

穆迟顿了一下，说：“奶奶让你回来。”

子颜诧异地道：“什么？”

她还以为自己听错了。

穆迟说：“原来奶奶早就知道你回了家里，只是没说。昨天你走后奶奶还没什么，今天就有些不舒服，然后她突然开口，要你回来，我们才知道原来她早就知道了。”

子颜沉默了一下，才说：“她为什么叫我回去？”

听出她的担忧，穆迟笑了起来，道：“你别担心，看奶奶的意思是接受你了。”

子颜不解地道：“她为什么会突然接受我了？”

穆迟说：“奶奶说，她在昏迷不醒的时候梦到了你，然后她醒来的这段时间想通了，你并不是灾星，你是福星才对。

“其实当初那个大师并没有明说你是灾星，只是说你的命格特殊之类的，就是那些很玄乎的话。因为当时有人恶意引导，才让奶奶误会了，以为你是灾星。

“奶奶跟爸说，要让你认祖归宗，她说很对不起你，以后一定会好好补偿你。

“颜颜，奶奶确实有不对的话，但你别生她的气，好吗？”

子颜听着这些，眼眶渐红，微微哽咽地说：“我……”

她心里是怨的，但对着年事已高，刚刚从鬼门关回来的奶奶，又没办法去怨。

挂了电话，她看向身边的韩胤希。

韩胤希凑近她，温柔地用指腹拭去她眼角的泪，问道：“怎么了？”

子颜扑上去抱住他，开心地说：“我奶奶接受我了，她让我回家，我不是灾星。”

韩胤希抱紧她，抚着她的背说：“傻瓜，我都跟你说过了，你是福星。”

至少你是我的福星，如果没有你的出现，我不会明白爱是什么，更体验不到把一个人装满心腔是如此幸福的事。

子颜靠在他肩上，哭得止不住。

她是委屈的，但现在又是幸福的。

感受到他的疼爱，她心里涌动着甜蜜的情绪，忍不住说：“韩胤希，我爱你。”

韩胤希笑了，捧起她的小脸，柔情似水地说：“真好听，你可以再说一次吗？”

“韩胤希，我爱你。”

“再说一次。”

“我爱你……”

“再说一次。”韩胤希深深地吻上她，说道，“我也爱你。”

一旁的麦甜双手环胸，无奈地叹息道：“哇，这‘狗粮’也撒得太猛了吧……”

【完】